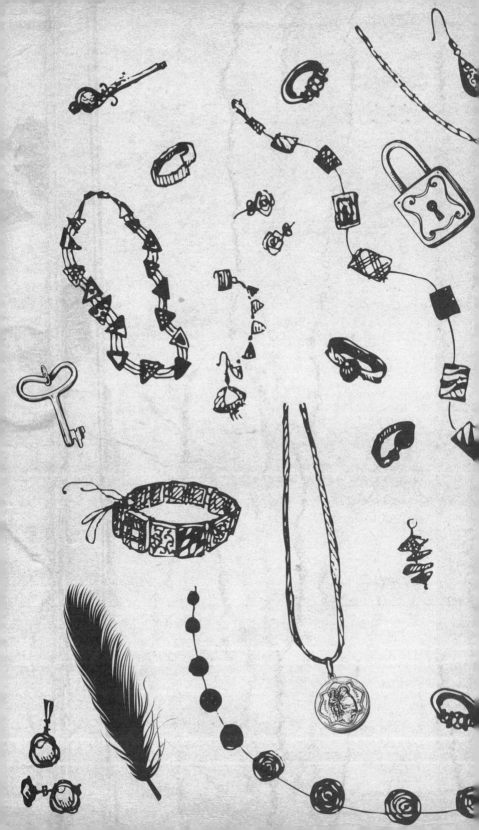

El **LIBRO** de **HECHIZOS** de lo **PERDIDO** y lo **ENCONTRADO**

GRANTRAVESÍA

Moïra Fowley-Doyle

El LIBRO de HECHIZOS de lo PERDIDO y lo ENCONTRADO

Traducción de
Marcelo Andrés Manuel Bellon

GRANTRAVESÍA

EL LIBRO DE HECHIZOS DE LO PERDIDO Y LO ENCONTRADO

Título original: *Spellbook of the Lost and Found*

© 2017, Moïra Fowley-Doyle

Publicado originalmente como "Spellbook of the Lost and Found" por Random House Children Publishers UK, una división de The Random House Group.

Traducción: Marcelo Andrés Manuel Bellon

Diseño de portada: Lindsey Andrews
Fotografías de portada: © Luc Kordas/500p

D.R. © 2017, Editorial Océano, S.L.
Milanesat 21-23, Edificio Océano
08017 Barcelona, España
www.oceano.com

D. R. © 2017, Editorial Océano de México, S.A. de C.V.
Eugenio Sue 55, Col. Polanco Chapultepec
C.P. 11560, Miguel Hidalgo, Ciudad de México
www.oceano.mx
www.grantravesia.com

Primera edición: 2017

ISBN: 978-607-527-135-4

IMPRESO EN MÉXICO / *PRINTED IN MEXICO*

Para Alan

Prólogo

Todos perdimos algo esa noche.

No todos nos dimos cuenta.

Era un sábado en pleno verano y el ambiente olía a madera caliente y hule quemado, a alcohol y saliva, a sudor y lágrimas. Hacía calor debido a la fogata en medio del terreno y a las cervezas robadas, las bebidas alcohólicas compradas con las identificaciones de los compañeros mayores, el vodka hurtado de los gabinetes de los padrastros. Parecía escucharse un sonido extraño: algunos pensaron que se trataba de los aullidos de un perro cautivo, pero la mayoría decidió culpar a la imaginación.

Algunos siguieron bebiendo, creyendo que ésta era sólo una noche más en un terreno despejado en las afueras del pueblo, cerca de esa línea invisible en donde los suburbios se convierten en paisajes rurales.

Algunos se dieron cuenta sin comprender realmente lo que habían perdido. Algunos se besaron con pastel en sus lenguas y el glaseado arcoíris se disolvió entre sus bocas para formar nuevos colores. Algunos arrojaron sus libros de texto a la fogata, sin importarles que aún faltaran dos semanas para los exámenes finales.

Algunos dieron media vuelta y regresaron a casa. Algunos olvidaron cosas que siempre habían sabido. Otros se tambalearon, sólo por un instante, sin saber que habían perdido algo más que el paso.

Algunos se quedaron atrás, nerviosos, dudando entre acercarse al fuego o llamar a sus padres para que vinieran a recogerlos. Algunos deslizaron pequeñas pastillas sobre sus lenguas y se las tragaron con líquido gasificado que les cosquilleó en sus gargantas al pasar. Algunos se atragantaron con el humo de cigarrillo aunque habían fumado por años. Algunos sujetaron con dedos temblorosos las cremalleras de otros, bajaron jeans o levantaron faldas. Otros observaron desde las sombras.

Para la hora en que el fuego se había consumido hasta convertirse en brasas y un puñado de madera carbonizada, cuando todos soñaban profundamente en sus propias camas o les mentían a sus padres a través de sus dientes manchados de vino o vaciaban el estómago en los retretes de sus mejores amigos o seguían la fiesta en la casa de alguien más, sin contar los pocos que se habían desmayado en donde estaban sentados, nada quedaba en el terreno, salvo las cosas que habíamos perdido.

Olive

Domingo 7 de mayo

*Perdido: broche para el cabello plateado en forma
de estrella, chamarra (verde claro, una manga rasgada),
zapatilla plateada (derecha, raspada al frente)*

La primera luz del día apenas roza la copa de los árboles cuando el fuego se apaga. Estoy recargada contra un bloque de paja en donde duerme alguien que no conozco.

Giro la cabeza para buscar a Rose. Estoy segura de que estaba sentada junto a mí, en el suelo, despatarrada. La hierba es casi lodo a estas alturas, pisoteada por muchos pares de zapatos y pies. Mis propios pies descalzos, con las uñas cubiertas de un verde metálico brillante que no se distingue en la oscuridad de la mañana, están sucios. Como el resto de mí.

Rose no está. La llamo pero nadie responde. No es que espere que ella sea capaz de hacerlo: perdió su voz en algún momento de la noche, después de gritar como compitiendo con la música, corear canciones realmente malas y mucho llorar.

Anoche, mientras nos preparábamos para salir, Rose me dijo:

—Nuestro plan para hoy es embriagarnos y luego llorar —y cubrió sus pestañas con otra capa de rímel, lo cual parecía bastante imprudente, dado el mencionado plan.

—¿Podemos dejar como opcional eso de llorar? —pregunté—. El delineado de mis ojos quedó perfecto —conseguirlo me había tomado veinte minutos, seis hisopos y cinco pañuelos de papel.

—De ninguna manera.

Eché una mirada furtiva al reflejo de mi mejor amiga. Parpadeaba para que el rímel se secara y eso la dotaba de un aire engañosamente inocente.

—En primer lugar, ni siquiera sé por qué quieres ir a esta cosa —le dije.

Esta cosa era la fiesta de verano del pueblo. Se celebra cada año, en mayo. Hasta la medianoche está lleno de chiquillos hiperazucarados, peligrosamente rellenos de hamburguesas mal asadas que amenazan con regurgitar sobre el castillo inflable. Sus padres bailan con timidez la vieja música pop que retumba desde las bocinas rentadas. Y los adolescentes, nuestros compañeros de clases, se escurren hacia los terrenos cercanos a beber.

—Ya lo dije —respondió Rose—. Planeo embriagarme.

—Y luego llorar —le recordé.

—Y llorar.

—Bueno, ya sabes lo que dicen —dije a sus espaldas—: ten cuidado con lo que deseas.

Dormimos en el terreno, lo cual pareció una buena idea en su momento. Se siente cada vez más frío a pesar de que el sol se levanta lentamente y no sé si eso significa que se aproxima una tormenta o sólo que llevo demasiado tiempo en la misma posición. Comienzo a perder toda sensación en mi hombro derecho, el que está apoyado sobre la pila de paja puntiaguda.

Cuando bajo la mirada, hacia un brazo desnudo y sucio, leo las palabras: *Si no te pierdes, nunca serás encontrada.* Están borrosas porque mi mirada falla; me toma cinco parpadeos enfocarla. Las palabras corren desde el hombro hasta la muñeca y parecen haber sido escritas con mi propia letra temblorosa, aunque no recuerdo haberlo hecho. Humedezco con saliva un dedo y lo froto sobre una letra *n*, pero no se borra.

Durante todo el tiempo que Rose y yo hemos sido amigas, hemos escrito nuestros lemas, como les decimos, en el brazo de la otra. Cuando éramos más jóvenes, las frases decían cosas como *Eres hermosa* o *Carpe diem.* Estos días son bromas privadas o citas particularmente conmovedoras. El año pasado, las dos estuvimos castigadas después de clases por una semana debido a nuestros letreros idénticos escritos en mayúsculas: *NO HAGAS DAÑO, PERO QUE NO TE JODAN.* Éste debo haberlo escrito durante la fiesta, aunque no tengo idea de por qué o en qué momento.

Mi cabeza se siente ajena, confusa. Con un gesto de dolor y un suspiro, me arrastro fuera de los últimos vestigios de la embriaguez y me levanto de forma vacilante.

Hago un recuento: me faltan un zapato (el otro está medio enterrado en el lodo junto a mí) y mi chamarra. Mi vestido está cubierto de césped y huele inconfundiblemente a vodka. Comienza a tomar forma un dolor de cabeza épico y parece que perdí a mi mejor amiga.

—Rose —la llamo—, ¿Rose?

El muchacho en la paja se mueve entre sueños.

13

—Hey —le digo y le doy un empujón en el hombro para despertarlo—. ¡Hola!

El chico abre un ojo y gruñe. Tiene el cabello rubio y sucio, una barba incipiente y una perforación en la ceja. Vagamente recuerdo haber bailado con él anoche. Me mira con los ojos entrecerrados.

—¿Olivia? —pregunta titubeante.

—Olive —no tengo ni la más remota idea de cuál es su nombre—. ¿Has visto a mi amiga?

—¿Roisin? —lo dice en el tono de alguien que no parece estar seguro.

—Rose.

—Olive —dice, sentándose lentamente—. Rose.

—Sí —añado con impaciencia. Es claro que sigue bajo los efectos del alcohol—. Sí, Rose, ¿la has visto?

—¿Estaba llorando?

Levanto mi zapato y lo empujo en mi pie, asumiendo que uno es mejor que ninguno.

—Sí, lo sé. Ése era nuestro plan para anoche. ¿Viste hacia adónde se fue?

—¿Su plan?

Recorro el terreno con la mirada en busca de alguna señal de ella. Hay una chamarra azul de mezclilla arrugada en el suelo, no muy lejos. La tomo porque comienzo a sentir mucho frío.

La luz azul pálida se derrama sobre los árboles y todo alrededor. Mi teléfono está muerto, así que no sé qué hora es, tal vez como las seis de la mañana.

Comienzo a caminar. Aquel chico me llama.

—¿Puedo darte otro beso antes de que te marches?

Volteo y le dedico una mueca.

—*¿Otro?* Olvídalo.

—¿Nos vemos luego?

Sacudo la cabeza y me alejo de prisa. La mayoría de mis recuerdos de anoche parecen haber desaparecido junto con Rose.

Camino alrededor del terreno, revisando los rostros de los durmientes (intento mantener mis ojos lejos de los que ya están claramente despiertos). No me toma mucho tiempo: no está aquí. Volteo hacia atrás y veo que aquel chico desapareció, tal vez se desplomó sobre la hierba. Soy la única persona en pie.

Doy una vuelta y contemplo la pared de piedra y la maraña de arbustos que rodean el terreno, la cerca a un lado del camino, la pequeña hilera de árboles que separan este terreno del siguiente.

Hay alguien ahí, casi oculto entre dos largos pinos, mirándome fijamente.

Es un chico. Viste una boina y un viejo suéter repleto de agujeros que podría ser verde o negro, es difícil decirlo en las sombras. Debajo de ese horrible gorro hay un montón de rizado cabello castaño, y usa unas gruesas gafas de armazón negro. Tiene un centenar de pecas en la piel y una guitarra cuelga a sus espaldas. Parece una mezcla entre granjero y adolescente limpiachimeneas victoriano. Es inconfundiblemente bello.

Antes de que pueda evadir su mirada, se voltea y se aleja y lo pierdo entre los árboles.

Bajo la mirada y me observo, mi vestido sucio y la chamarra de mezclilla prestada, mi pie descalzo y mis piernas cubiertas de hierba. Podría ser la Cenicienta, si la Cenicienta fuera una chica de diecisiete años, pequeña y regordeta, con resaca, maquillaje deslavado y cabello enmarañado. Y, aunque estoy muy contenta de no tener un papá muerto y una madrastra malvada, no estoy completamente segura de cómo voy a explicar a mis padres el estado en el que me encuentro cuando llegue a casa. Intento en vano alisar las arrugas de mi vestido y meto las manos en el nido en que se convirtió mi cabello para volver a fijarlo con el broche plateado en forma de estrella con el que lo sujeté ayer, pero no sé si mis enredos lo engulleron o en algún momento de la noche lo perdí.

Mi bicicleta está en donde la dejé, encadenada a la cerca a un lado del camino. Me toma varios intentos liberar el candado porque mis manos parecen reacias a funcionar adecuadamente y mi cerebro se siente cada vez más como si estuviera tratando de volverse del revés. Mi pie descalzo se adhiere incómodamente al pedal cuando me monto.

Rebaso un gran total de tres autos compactos y un tractor en el camino hacia el pueblo. Las nubes sobre mí se están tornando muy grises, casi como si el amanecer hubiera cambiado de opinión y quisiera dar paso, de nuevo, a la noche. Mi vestido vuela con el viento, pero no hay nadie alrededor para verlo, así que conservo las manos sobre el manubrio e intento mantenerme firme. Bajo la manga de mi chamarra prestada puedo ver el final de la frase: *nunca serás encontrada*.

Recuerdo de pronto. Rose en mi recámara la noche anterior, mirando atentamente su reflejo en el espejo de mi tocador mientras vertía generosas porciones de vodka barato en una botella de Coca-Cola de dieta.

—Si no te pierdes, nunca serás encontrada —dijo.

Para entonces ya habíamos bebido una buena cantidad de vodka y arrastraba ligeramente las palabras.

—A este ritmo —le dije—, lo único que perderemos será el contenido de nuestros estómagos.

Mi predicción fue correcta: otro recuerdo relámpago y estoy doblada sobre un bloque de paja, vomitando una nefasta mezcla de vodka con Coca-Cola de dieta y salchichas; las habíamos asado encajadas en ramas y habíamos posado para las fotos sosteniendo esas figuras fálicas como niños juguetones. Mi estómago se sacude con el recuerdo y las náuseas me obligan a salir del camino.

Si no te pierdes, nunca serás encontrada.

Me aferro al bajo muro de piedra a un lado del camino como si fuera un bote salvavidas, y suspiro. Sin advertencia alguna, comienza a llover. Gruesas gotas caen en el desorden de mi cabello, oscurecen mi chamarra, golpean la cuneta seca como lágrimas de caricatura. *Plaf.* Parpadeo para sacarlas de mis pestañas. Suspiro de nuevo y arrastro mi bicicleta fuera de la zanja.

Pedaleo a casa en medio de la lluvia, con un martillante dolor de cabeza. Quizá sea que bebí demasiado y recuerdo muy poco acerca de anoche. Quizá sea que Rose se fue sin mí. Quizá sea lo que me dijo el chico de cabello rubio sobre otro beso. Quizá sea el hermoso chico que vi al borde del terreno y que parecía haber perdido algo. Pero me siento como si yo misma hubiera perdido algo, y no tengo idea de qué ha sido.

Laurel

Domingo 7 de mayo

*Encontrado: vieja libreta delgada y desgastada,
empastada en piel roja, asegurada con una liga negra;
páginas arrancadas de tres diarios perdidos*

Fuimos a la fiesta porque nuestros diarios habían desaparecido.

El de Holly fue el primero. Luego el de Ash. Yo sólo pensé en buscar el mío cuando cinco páginas arrancadas del de Holly aparecieron en las manos de Trina McEown el lunes en la mañana. Y si hay un sitio en donde no quieres que termine tu diario, es en las manos de Trina McEown.

Se podría pensar que ya no estamos en edad para chismes y burlas. Pero después de la clase de matemáticas, mientras guardábamos nuestros libros, Trina se paró sobre un escritorio en medio del aula y leyó algunos fragmentos del diario frente a todos. Sólo se detuvo cuando Ash, con sus rizos rojos al vuelo, subió al escritorio y le dio un golpe tan fuerte que dejó su nariz sangrando.

Holly y yo intentamos explicar que una nariz ensangrentada es nada comparada con todos tus secretos fluyendo como hemorragia de una arteria desgarrada, leídos en voz alta por alguien más, pero dado que el señor Murphy desprecia tanto metáforas como emociones, Ash fue suspendida y Trina liberada de los deberes de ese día.

Fue entonces cuando comenzó.

Nos sentamos en la alcoba de Holly. Yo acariciaba su cabello mientras ella lloraba y Ash revisaba sus amoratados nudillos, que ahora presume como si fueran un trofeo.

—Holly, no sé por qué te importa tanto —dijo Ash—, no me importaría si se tratara de *mí*.

Acaricié una y otra vez el cabello de Holly, largo y rubio, suave bajo mis dedos como mi quedo *shhhh*. Quería decirle *Todo está bien*, pero no lo estaba, no realmente. Hay cosas que le cuentas a tu diario que nadie más debería conocer, ni siquiera tus mejores amigas o tu hermana favorita. Mucho menos un aula llena de miradas malintencionadas y bocas abiertas.

—Pretenden hacer creer que nunca piensan en esta clase de cosas —dijo Ash desdeñosamente—, como si ellas nunca tuvieran sueños húmedos. Como si sus cuerpos no se inflamaran y sangraran. Como si nunca cuestionaran el mundo que las rodea o su propia cordura.

Holly lloraba tanto que su edredón terminó empapado, con agua salada en cada costura.

—Apuesto a que la mitad de las chicas en el grupo se masturba. Y todos los chicos —resopló Ash—. Sólo son un montón de hipócritas reprimidos.

Holly sollozaba entre sus manos y los ríos corrían por sus palmas. Sus lágrimas goteaban desde la cama hasta el suelo. *Plop, plop, plop*, sobre la alfombra.

—Los padres de todos pelean. Todos mienten. Nadie sabe lo que está haciendo en esta sangrienta vida —Ash cerró los puños.

Shhhh, shhhhh, susurré. Las lágrimas de Holly cubrieron la alfombra. La fuerza de su llanto levantó la cama y la hizo flotar. El dormitorio se convirtió en un pequeño lago. Las carpetas llenas de deberes escolares, lápices y broches para el cabello, libros y pañuelos desechables y osos de peluche también flotaban. Le sostuve el cabello para no tropezar con él. Rubio y largo, rociado con lágrimas saladas.

—La golpearía de nuevo si pudiera —dijo Ash—. Lo haré. La próxima vez que vea su maldita cara, le romperé la puta nariz.

—Shhhh —le dije a Holly—. No harás nada de eso —le dije a Ash—. Si te expulsan, seremos sólo nosotras dos contra el resto —juntas somos un perro de tres cabezas frente a un ejército de cientos de miradas malintencionadas y bocas abiertas. Sin Ash, perderíamos nuestros colmillos—. Ya es bastante difícil.

Ash tuvo la decencia de parecer avergonzada. Se apoyó en los codos sobre la cama de Holly y dijo:

—Entonces tendrán que detenerme en la fiesta del sábado. Quién sabe lo que podría hacer después de algunas cervezas.

—No quiero ir a la fiesta, Laurel —me dijo Holly en un susurro—. No quiero ir a ningún sitio donde estén ellos.

—Me temo que están en todas partes —dije en voz baja, trenzando las lágrimas en su cabello como si fueran perlas—. En un lugar como éste, no hay dónde esconderse.

—Entonces no nos esconderemos —dijo Ash y se paró sobre la cama. Con los zapatos de la escuela manchando el edredón, dio un zapatazo y siguió—: Carajo, no nos esconderemos. ¿A quién le importa? Iremos a la fiesta como todo mundo, Cenicienta. Seremos las bellas del puto baile.

La fiesta de verano del pueblo es apenas un baile. Es más bien una vergüenza. Pero afortunadamente, siempre hay poca supervisión y hieleras desatendidas llenas de cerveza. O los adultos que fingen no verlas.

Las lágrimas de Holly no cayeron más.

—Piénsalo —dije. Holly tenía hasta el sábado para decidir—. Estaremos contigo.

No dije que la razón por la que yo quería ir era muy parecida a la de Ash. No quería golpear a Trina, no me malinterpreten. Sólo quería saber cómo había conseguido el diario de Holly y qué había hecho con las páginas que no había arrancado. Y si no las devolvía, bueno, tal vez yo podría vivir con un dedo roto, o dos.

Esa noche revolví mi habitación. Llamé a Ash cerca de las once.

—Mi diario también desapareció —dije.

Ella se quedó en silencio por un momento.

—No he podido encontrar el mío desde el fin de semana —respondió.

En nuestras tres casas, confrontamos a nuestros padres y gritamos a nuestros hermanos, pero nadie confesó. Todavía no puedo imaginar a Trina McEown o a cualquiera de sus compinches entrando furtivamente en nuestras casas y llevándose nuestras cosas, pero no encuentro otra explicación. Sólo sabemos que nuestros diarios desaparecieron y que Holly regresó herida, que Trina y sus amigos, o alguien más, han leído las páginas que faltan y han arrancado semanas enteras de nuestras vidas para clavarlas como mariposas en alguna pared, en alguna parte.

Quiero saber dónde.

Entonces encontramos el libro de hechizos. Era como si nos hubiera estado esperando, como si supiera que lo necesitábamos.

Digo que lo encontramos, pero fue Holly quien lo encontró, en realidad. Fuimos al lago el viernes, después de la escuela. Ash, que todavía estaba suspendida, se unió a nosotras en las afueras del pueblo y caminamos más allá de su casa, hasta donde el bosque se vuelve denso y oscuro. Hacía calor, pero algo en el aire predecía lluvia. A ambos lados del camino había árboles desaliñados, muros desmoronados con huecos entre las piedras como si fueran dientes perdidos, campos verdes que se tornaban amarillos bajo este inverosímil calor.

Balanceamos nuestros suéteres como si fueran una cuerda, sujetando los extremos de las mangas y brincando sobre la parte del cuerpo, mientras cantábamos canciones de cuna sin sentido. Ash se desabrochó la parte inferior de la blusa y ató los extremos en un nudo bajo sus pechos, y Holly y yo rápidamente seguimos el ejemplo. Nuestros vientres, blancos como la barriga de los peces, brillaban bajo el sol que no habían visto desde el verano pasado. Nos imaginábamos lo que dirían los maestros si nos veían, con el vientre desnudo y saltando con nuestros horribles suéteres del uniforme, descalzas y con las calcetas hechas bola en nuestras mochilas.

Holly estaba contenta esa tarde. Con Ash a nuestro lado, otra vez éramos un perro de tres cabezas. Caminamos tan cerca que nuestros cabellos comenzaron a enredarse. Castaño, rubio y rojo.

Holly quiso trepar a los árboles. Siempre parecía un poco más joven que Ash y yo, aunque tenemos la misma edad. Tal vez los saltos la llevaron a pensar en la infancia. O tal vez estaba tratando de volver a ser niña para exorcizar las palabras pronunciadas en voz alta sobre los cólicos durante el periodo y los padres que pelean, o sobre colocar el chorro de agua caliente de la ducha justo entre sus piernas. Nos detuvimos en el roble gigante en la bifurcación del camino. Metimos las faldas del uniforme en nuestras pantaletas y trepamos de rama en rama, arañándonos los brazos y las piernas, y dejando manchas de savia en nuestros vientres. Sin duda, Ash es la más valiente, pero Holly fue la que escaló más alto. Allí encontró el libro de hechizos, atrapado entre dos ramas como si hubiera sido abandonado por un pájaro.

—¡Laurel! ¡Ash! —gritó. Y nos aventó una libreta pequeña y delgada, encuadernada en piel roja, asegurada por una liga y escrita a mano. Holly descendió y nos sentamos bajo las ramas para leerla. La primera página sólo decía *LIBRO DE HECHIZOS DE LO PERDIDO Y LO ENCONTRADO* como título.

Con un título así, no puedes evitar la lectura.

No reconocíamos la letra, pero Holly dijo que le parecía familiar. En cada página había oraciones a san Antonio, sugerencias de ofrendas a la diosa Mnemósine, un mapa al río Lete: encuentros y olvidos. Atrapadas entre las páginas en blanco estaban las cosas que hacían crujir el libro de hechizos en las costuras. Estampitas con oraciones y envoltorios de caramelos con símbolos extraños. Monedas extranjeras. Hojas de árbol prensadas y tiras de corteza cubiertas de cortes rectos como si fueran piedras de ogham. O cicatrices.

El hechizo estaba en la primera página: una invocación para que lo perdido fuera encontrado. Y nosotras queríamos encontrar nuestros diarios, así que Holly sugirió que lo intentáramos.

Al principio fue como una receta: recogimos musgo y ramas, saqueamos el aceite de oliva de nuestras alacenas, hurtamos medallas de santos de los bolsos de nuestras abuelas, hurgamos entre las cajas de Navidad en el ático en busca de cordón de plata. Era tonto y secreto y nos hacía sentir como niñas que cocinan pasteles de lodo. Ninguna se lo tomó en serio, ni siquiera Holly.

Ya habíamos reunido todos los ingredientes para el sábado, salvo las aguas del Lete.

—¿Y eso qué *significa*? —preguntó Ash, frustrada.

—Lo aprendimos en la clase de antigüedad clásica —le dijo Holly—. ¿Recuerdas? El Lete es uno de los cinco ríos en el inframundo griego.

—Entonces es poco probable que encontremos agua del Lete en Balmallen, Condado de Mayo —dije.

Pero entonces encontramos poitín de Mags, un contenedor que dejó por accidente en la puerta trasera de la taberna Maguire (Ash, que está leyendo sobre mi hombro en este momento, quiere que mencione que Mags raramente hace cosas por accidente, pero ella ve conspiraciones hasta entre los árboles).

—Podemos usar esto —Holly suspiró y nos mostró el hechizo otra vez—. ¿Ven? Dice que se puede utilizar poitín como sustituto. Tiene que ser destilado a mano, que es como lo hace Mags, y si alguien infunde magia antigua a su poitín, es ella.

Así que llevamos algo de poitín de Mags a la fiesta de verano del pueblo. Nos escabullimos lejos de la multitud, hasta llegar al bosque. Nos cortamos los dedos y bebimos el alcohol ardiente y escribimos lo que habíamos perdido en las ramas de los árboles.

Y todo se puso raro.

El musgo se convirtió en pieles que se convirtieron en animales muertos en el suelo del bosque. Los árboles se convirtieron en los espacios vacíos entre los árboles. Las tres nos tomamos de las manos y emitimos sonidos que no eran palabras, pero Holly nos dijo después que eran una invocación para que lo perdido fuera encontrado.

Amanecimos a un lado del roble gigante, en la bifurcación del camino, cada una con las rodillas raspadas y la nariz ensangrentada, atadas juntas con cordón de plata.

A nuestro alrededor, las páginas de nuestros diarios perdidos cubrían el suelo como un manto de nieve. En el terreno, a lo lejos, el fuego seguía ardiendo.

Invocación para que lo perdido sea encontrado

Necesitarás:
Un amuleto o talismán (una medalla o una estampa de san Antonio o san Judas Tadeo, una varilla de radiestesia, un péndulo de cristal o una piedra de bruja en forma de flecha funcionarán mejor).

Una botella de cristal llena de las aguas del Lete, el río subterráneo en Hades que hace olvidar a quien bebe de él. (El poitín es un sustituto aceptable. Debe ser destilado a mano en un alambique e infundido con magia antigua.)

Un trozo de cordón de plata.

Tinta roja.

Aceite de oliva.

Un puñado de bayas rojas de serbal.

Una rama de avellano.
Una enredadera de hiedra.
Tantas espinas de rosa como cosas pérdidas.
Musgo recolectado bajo la sombra de un roble.

Sangre humana.

Para hacer la invocación:
Recolectar el musgo fresco bajo la sombra de un roble.
Remojarlo en aceite de oliva y bayas rojas de serbal machacadas.
Ungirlo con sangre humana.

Trozar en dos la rama de avellano y formar una cruz cuadrada.
Atar el musgo con sangre en el centro de la cruz con una enredadera de hiedra.

Atar alrededor con firmeza un extremo del cordón de plata.
Fijar la cruz a la rama de un árbol.

Escribir tus pérdidas con tinta roja sobre las ramas que lo rodean.
Clavar cada palabra en su lugar con una espina de rosa.
Enrollar el cordón alrededor de cada espina.

Sujetar tu talismán en el extremo opuesto del cordón.
Ni la cruz ni el talismán deben tocar el suelo.

Espera una señal.
Si las luces se apagan, sabrás que lo perdido está escuchando.
Si oyes perros ladrar, sabrás que lo perdido ha escuchado tu invocación.
Si oyes el aullido, sabrás que lo perdido ha respondido.

Ten cuidado con lo que pactas:
Cada cosa perdida requiere un sacrificio.
Una nueva pérdida por cada cosa encontrada que haya sido invocada.
¿Qué dejarás ir?
¿Qué no estás dispuesto a perder?

Considera esto cuidadosamente antes de hacer la invocación:
tal vez no seas tú quien elija.

Ten cuidado con lo que deseas:
no todas las cosas perdidas deben ser encontradas.

Olive

Domingo 7 de mayo

Perdido: la confianza de mis padres
(no por primera vez)

Mis padres son madrugadores. Cada mañana, el olor a café fresco se cuela a hurtadillas en mis sueños antes de que la voz de mi padre retumbe a través de la casa. Abre las puertas de nuestras habitaciones y se detiene en el rellano, recitando en voz alta su poema favorito de la semana.

Cuando entro en la cocina, cubierta de hierba y con resaca, él ya ha recitado cuatro líneas de "Reticencia", de Robert Frost. Mamá está sentada a la mesa, leyendo el periódico. Levanta las cejas cuando me ve. El reloj que está sobre la puerta de la cocina me dice que pasan diez minutos de las siete. Sin embargo, me atreví a esperar que esta mañana durmieran un poco más.

"He venido por la carretera a casa, / y, mira, ha terminado. / Las hojas todas yacen muertas sobre el suelo, / salvo aquéllas que el roble guarda", entona la voz de papá.

—¿No es acerca de la muerte? —le pregunto a ella.

Mamá sorbe su café.

—¿No lo son todos?

Abrazo con fuerza la chamarra prestada para ocultar el estado de mi vestido. Espero oler a la goma de mascar de fresa que encontré en uno de sus bolsillos, aunque lo más probable es que sólo apeste a vodka.

—Así que, en una escala del uno hasta cuando Rose vomitó en tu auto después de aquella fiesta, ¿como qué tan en problemas estoy?

Mamá da vuelta a la siguiente página del periódico.

—Nos acercamos rápidamente al territorio Rose-vómito —responde.

—Entiendo.

Papá aparece junto a la puerta del pasillo. Su voz se vuelve cada vez más ominosa mientras se acerca.

—*Ah, ¿cuándo el corazón del hombre / fue alguna vez menos que una traición / para ir a la deriva de las cosas, / para ceder con gracia a la razón, / y doblegarse y aceptar el final / de un amor o una temporada?* Bueno, veo que estás en casa en una sola pieza, aunque sea una pieza casi andrajosa —dice—, es decir, cansada, sucia, ebria y castigada sin salir.

Abandono cualquier pretensión y caigo en una silla.

—No estoy ebria —murmuro—. Tengo resaca.

—Bueno, en ese caso, olvida lo que dije. Por favor, continúa con tu día.

Dejo caer la cabeza entre mis brazos cruzados sobre la mesa de la cocina. Apagué mi audífono en algún momento durante la fiesta porque los altavoces lo hacían zumbar en mi oído sordo. Con mi oído sano contra la mesa y silencio en el otro, cada sonido es extrañamente magnificado: los pesados pasos de mi padre hacia la estufa; el traqueteo de mis hermanos bajando por las escaleras; la taza del café de mamá tintineando suavemente contra su plato cuando la levanta para llevarla a sus labios; mi propia respiración rechinando entre mis dientes.

Hay un golpe en la mesa frente a mí.

—Esto ayudará —dice mi padre. Levanto la cabeza y veo una taza gigante de café negro—. Recién *molido*, ¿entiendes? —dice papá. Y ríe solo.

Mi hermana Emily irrumpe a través de la puerta mientras tomo tentativamente el primer sorbo. Me mira fijamente.

—Vaya —dice—, estás hecha una mierda.

—¡Emily! —reprende mamá con voz severa.

—Lo siento, mamá. Olive, luces como materia fecal.

Papá esconde una risa detrás de su barba. La boca de mamá se contrae.

—Un poco mejor —dice. Luego clava sus ojos en mí y algo en las líneas que se forman alrededor de ellos me hace preguntarme si estoy en más problemas de los que pensé.

Mi hermano Max se materializa con los ojos somnolientos junto a la puerta mientras conecto mi teléfono en la maraña de cargadores que están al lado del refrigerador. Tiene marcada la almohada en su mejilla y arrastra a Bunny, su viejo peluche, por una oreja.

—¿Puedo comer una galleta? —pregunta Max a mamá. Tiene cinco años y siempre quiere una galleta. Hojuela (el perro) saca la lengua a su lado. Él también quiere una galleta siempre. ¿Hay mucha diferencia entre un perro y un niño de cinco años?

—No puedes comer galletas para desayunar —dice Emily mientras se aleja lentamente de la despensa que estaba a punto de abrir, obviamente buscando galletas. Emily tiene trece años, es delgada como una serpiente y el doble de *venenosa*. Tal vez comparte la mitad de su ADN con algún tipo de reptil.

Cocoa (otro perro) la mira con adoración. Galleta (también can) olfatea debajo de la mesa en busca de migas. El gato, Tocino, araña la puerta trasera.

Con mi batería recargada al cinco por ciento, llamo a Rose. No responde. Supongo que debe haber una ecuación para calcular la probabilidad de que la resaca de Rose sea la mía a la N potencia, dado que parecía mucho más alcoholizada que yo, pero dudo que estas cosas puedan ser medidas. De cualquier manera, estoy segura de que está durmiendo en alguna parte. Ésta no es la primera vez que regreso sola a casa, pero me sentiría mucho mejor si ella hubiera respondido. No dejo mensaje en su buzón porque Rose nunca los escucha. Le escribo pidiendo que me llame.

Estoy a punto de levantarme para beber el café en mi habitación cuando mamá me mira.

—¿Conociste algún chico? —me pregunta de repente, mientras da vuelta a la página de su periódico con fingida indiferencia. Emily, sintiendo que estoy a punto de ser reprendida, se espabila y escucha.

—¿En mi vida? —digo. La imagen del chico pecoso de cabello rizado que vi esta mañana entre los árboles destella en mi mente. La vieja boina y la guitarra colgada a sus espaldas. Debe haber sido el primo de alguien, o un amigo de fuera del pueblo. No lo reconocí, y era demasiado hermoso para ser de aquí.

—Ayer por la noche —aclara.

—No es de sorprender que las fiestas de verano del pueblo sean un evento al que acuden ambos sexos —le respondo al techo—, como recordarás. Había bastantes chicos.

Emily resopla.

—Yo soy un chico —dice Max desde el otro lado de la mesa.

—Tú eres un extraterrestre —replica Emily.

—Si yo soy un extraterrestre, tú debes serlo también —dice Max—. Así funciona entre hermanos y hermanas.

—¿Así que no conociste a un chico? —la repetición de la pregunta de mamá hace cuestionable su tono casual.

—¿Por qué? —pregunta Emily.

—Ocúpate de lo tuyo —siseo—. Y ahora, ¿me disculpan? —tomo mi taza de café y me levanto con las piernas ligeramente tambaleantes.

—Estás confinada a la casa y al jardín durante la semana, después de la escuela —me recuerda papá. Asiento y me doy la vuelta.

—*Él* significa problemas —dice mamá. Lo dice muy suavemente, casi en un susurro, pero la oigo claramente incluso sobre el ruido de mi familia y los perros. Nadie más parece haberla escuchado—. Ha perdido mucho y tú también lo harás —tiene la mirada perdida. Sus ojos no son sus ojos. Me mira y es como si alguien más me mirara a través de ella—. Mantente alejada —dice— o lo perderás todo.

Luego se da la vuelta para desayunar como si nada hubiera pasado, como si nunca me hubiera hablado. El periódico revolotea hasta encontrar el suelo.

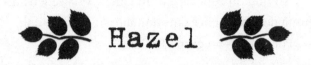

Hazel

Domingo 7 de mayo

Perdido: chamarra (de mezclilla, le falta el tercer botón);
algunos trozos de taza rota

Mags entra en el bar a las doce. Abrimos a las doce y media. Ya tengo el lugar listo: los taburetes en las mesas, los mostradores sacudidos, los vasos limpios, la trampa desbloqueada para que Cian y los muchachos puedan rodar al sótano los barriles de la próxima semana.

Las ventanas están abiertas apenas una rendija, pero puedo oler el humo de la hoguera de la fiesta de anoche. Se ha desvanecido y sólo queda este vago sabor de cenizas en el aire. Te hace preguntarte qué estaban quemando.

Me fui cuando las llamas eran casi tan altas como el chico al azar que colocó un pequeño cuadro de papel en mi lengua e intentó seguirlo con la suya.

—No beso a muchachos —le dije, y regrese sola a casa.

Fue una larga noche de sueños y visiones, pero esta mañana es más clara, con sabor metálico y sedienta.

Ivy y Rowan todavía no habían llegado a casa cuando vine a trabajar.

—Bien —dice Mags, y enciende las luces, que apenas iluminan el cuarto oscuro—, llegaste temprano.

Una anciana labradora marrón curiosea tras ella y se instala pesadamente en su lugar habitual, frente a la chimenea. Es la última de la larga hilera de perros de Mags que huyen o son golpeados o tienen que ser dormidos cada pocos años. Cuando uno se va, ella recibe otro. Siempre son grandes y siempre son marrones y siempre les da el mismo nombre: Lucky, que significa afortunada. A Mags le gusta la ironía.

Me encojo de hombros y soplo sobre el papel delante de mí. La última de los Lucky bosteza. Mags viene a ver lo que dibujé. Dice que odia que manche de carboncillo las mesas, se queja de que se queda en el aire y se adhiere a sus pulmones, pero dado que fuma dos paquetes de cigarrillos al día, hago caso omiso.

Mags arrastra un gran contenedor de hojalata hasta el banco a mi lado. El contenido se agita.

—¿Por qué nunca dibujas personas? —pregunta, mientras hojea mi libreta de dibujo. Una zapatilla plateada raspada en la punta. Una licorera de bolsillo de metal. El reloj sobre la repisa de la chimenea en la taberna. Una llave grande y oxidada—. Las personas son más interesantes que las cosas.

—Si tú lo dices.

—Sí, lo digo —traza una línea por el polvo de carboncillo sobre la mesa—. Podrías dibujar esta portentosa belleza que soy —intento no resoplar. Mags tiene unos quinientos años y es como un barril de cerveza con cabello rizado. Podrá ser portentosa, pero no una belleza—. Podrías dibujar a Cian o Alicja —continúa, ignorando mi mirada.

Difumino el carboncillo. Cian es el cocinero y Alicja sirve las bebidas conmigo. Son casi las únicas personas que conozco en el pueblo. Los fugitivos no son muy sociales.

—Podrías dibujar a tu hermano o a Ivy —puedo sentir mis mejillas enrojecidas, pero la luz es suficientemente tenue para ocultarlas—. Podrías dibujar a tus padres —continúa, y ya no consigo mantener la mirada en el papel.

—¿Has sabido de ellos? —pregunto, mientras guardo en mi morral los lápices de carboncillo que robé en una tienda de arte de Galway hace unas semanas.

—Aún no, cariño —dice Mags.

No me sorprende, pero siento un nudo en mi garganta.

No sugiere que dibuje a abu o abue. Sabe que el dolor todavía está a flor de piel.

—Aquí —dice Mags bruscamente cuando me levanto de mi pequeño taburete—. ¿Podrías ocultar esto en el sótano? —deja caer el enorme contenedor en mis brazos y me gira por los hombros hacia las escaleras.

Mags hace poitín, un viejo destilado irlandés ilegal. Lo destila en su cochera y en ocasiones lo vende en su taberna, sólo entre quienes están enterados, cuando está segura de que la policía local se hará de la vista gorda. Los rumores dicen que te deja ciego, pero detrás de párpados cerrados verás el futuro. Los rumores dicen que te pudre los dientes, pero eso es probablemente por toda el azúcar. Llevo el contenedor por las escaleras hacia el sótano y lo oculto detrás de un montón de viejos barriles y cajas.

De regreso arriba, los otros llegan. Entran por la puerta lateral de la cocina y escucho a Mags pedir a Rowan que salga a cobrar una cuenta pendiente. Qué bien. No estoy segura de querer encontrarme con mi hermano todavía. No sé si estuvo con Ivy anoche, pero hasta que me diga algo distinto, eso es lo que voy a asumir.

Ivy es nuestra única amiga en este momento, además de Mags, pero ella es nuestra jefa, así que no cuenta. Ivy es la única persona que conoce toda nuestra triste historia. Es la única que nos llamó después de que abu murió y cuando abue dejó de reconocernos. La única que se preocupó cuando escuchó que nos habían enviado de nuevo a vivir con nuestros problemáticos padres. Cuando escapamos de casa, fue a la única que se lo contamos, así que empacó sus maletas y huyó con nosotros. Su propia madre apenas se inmutó. Según Ivy, su mamá piensa que esto es como un rito de pasaje, como si fuera perfectamente normal que su hija de diecisiete años escape de casa para quedarse con dos adolescentes alcohólicos en un fraccionamiento abandonado. Pero no hay nada realmente convencional en Ivy o en su madre.

Estoy pensando en Ivy cuando la veo. Debe haber llegado con Rowan. Está sentada junto a la ventana. Hay sombras alrededor de sus ojos y no se ha puesto gel en el cabello. Los suaves mechones azules enmarcan su rostro, y las raíces rubias apenas se ven. Pero aun cuando está cansada y su cabello es un desastre, es el punto más brillante de la habitación. Toda ella es vestidos vaporosos y botas grandes y ojos que combinan con su cabello azul brillante y que probablemente pueden ver a través de ti. Resplandece con tanta fuerza que todo a su alrededor es más hermoso sólo porque ella está allí.

Rowan y yo conocemos a Ivy desde que éramos niños. Vivía con su madre en Sligo, y Rowan y yo por lo general vivíamos con nuestros abuelos en Dublín. Pero de vez en cuando nuestra madre —la ebria, el accidente de tren, la que abandonó a sus hijos— volvía a pelear con papá, y entonces quería de nuevo a sus hijos y el apoyo de su más vieja amiga.

Así que venía a buscarnos y nos arrastraba a través de medio país. No había nada que los abuelos pudieran hacer.

Ella aparecía a la puerta de la madre de Ivy con nosotros a cuestas y lágrimas en sus mejillas. La madre de Ivy intentaba ayudar, pero muy pronto mamá se volvía a ir, persiguiendo a nuestro padre por millonésima vez, y nosotros regresábamos con los abuelos. Y no volvíamos a ver a Ivy —o a nuestra madre— como por otro año.

No puedo precisar cuándo me enamoré de Ivy, pero recuerdo vívidamente el día, hace dos años, que descubrí que Rowan sentía lo mismo que yo. Quizá porque tenía su lengua dentro de la boca de ella.

—¿Qué haces aquí? —le pregunto a Ivy. Ella no trabaja en Maguire, como Rowan y yo.

—Nos quedamos sin té —dice con su voz suave. Resulta difícil escucharla por encima del ruido de la caja de vasos que arrastra Alicja y de los troncos que Mags arroja a la chimenea—. Y también vine a buscar el periódico.

El periódico del domingo se agita como un pájaro gigante de alas blancas y negras cuando Mags lo toma de una de las mesas y lo lanza a Ivy. Ella lo atrapa con destreza y lo abre en la página de crucigramas.

Mags tiene una relación con Ivy que ninguno de nosotros, incluyendo a la misma Ivy, entiende. Es una especie de tía abuela o prima tercera por el lado de la madre de Ivy (ella nunca conoció a su padre). Mags ha vivido siempre en este pueblo.

Los abuelos vivían aquí también, calle abajo de la taberna Maguire. Cuando se mudaron a Dublín, nos trajeron algunas veces de visita.

Rowan y yo terminamos aquí cuando escapamos de casa. Se sentía bien. No podíamos volver a Dublín, y éste era el único sitio que alguna vez habíamos sentido como un hogar. Le preguntamos a Mags si podíamos quedarnos con ella por un tiempo, pero ella sólo gruñó y dijo: *No acepto vagabundos*, como si fuéramos un par de perros extraviados. Y entonces Ivy apareció y nos llevó a Oak Road, a la casa que hoy ocupamos ilegalmente. Todavía no sé cómo Ivy supo de ella, pero me alegra que fuera así.

Busco debajo de la máquina de café el sofisticado té en hebras que le gusta a Ivy. Ella siempre es la primera en despertar. Cada mañana bajo y la encuentro sentada a la desvencijada mesa plegable con el periódico matutino y una taza de té.

Salvo esta mañana, porque todavía estaba en la fiesta. Con Rowan.

Los perdí en algún momento entre el final de la parrillada y la tercera cerveza que robé de una de las hieleras detrás del castillo inflable desinflado. Un grupo de chicas —con cabellos alisados y vestidos cortos— tenía pastel, así que subí a pedir un poco y me dieron una rebanada de la segunda capa; el pastel tenía siete capas en total, cubiertas con glaseado de diferentes colores. Una de las chicas era linda, el cabello le caía sobre los hombros, más rubio en las puntas, y usaba brillo rosado en sus labios. Pero en lo que yo lamía los restos del glaseado verde de mis dedos, ella ya se había enrollado como soga alrededor de un tipo. El problema es que me enamoro demasiado fácilmente.

La taberna está vacía para ser domingo. La mayor parte del pueblo debe estar curándose la resaca. Cuando llega mi primer descanso, me preparo una taza de café y me uno a Ivy en su mesa. Ahora está sentada al lado del fuego y sus mejillas están enrojecidas. El crucigrama delante de ella está casi completo, sólo faltan dos palabras. No necesito mirar para saber que son las mismas escritas en una nota adhesiva junto a su taza de té.

Todos los días Mags deja a la entrada de nuestra casa el periódico enrollado alrededor de un paquete de galletas de chocolate, las favoritas de Ivy. En el periódico pega una nota con los números de una o dos palabras.

—Doce horizontal y dos vertical —me muestra Ivy.

Las palabras que resultan son siempre señal de algo que sucederá ese día, o alguna verdad sobre los tres. Dirán algo como *avería* la mañana que nuestro generador se quede sin combustible. O *abundancia* en un día de propinas particularmente buenas. Es bastante extraño, pero todos hemos llegado a aceptarlo.

—Entonces —le digo a Ivy con rapidez, antes de que me arrepienta—, ¿cómo es que Rowan y tú llegaron a casa tan…?

Pero Ivy mira el crucigrama y salta de repente de su taburete, como si alguien acabara de patearla. Su taza de té se hace pedazos en los azulejos frente a la chimenea.

Yo también salto y dejo caer el café sobre mí.

—¿Qué? ¿Qué dice? —le pregunto. A nuestro alrededor algunas personas voltean y nos miran fijamente.

Ivy dice algo en voz baja. Suena un poco como *No funcionó*.

—¿Qué no funcionó? —pregunto, todavía nerviosa y bañada de café.

—¿Qué?

—Acabas de decir…

—¿Qué? Oh, no, nada —dice Ivy rápidamente. Se sienta de nuevo y se balancea ligeramente. Su taburete rechina bajo ella. Adelante, atrás, adelante, atrás—. Perdón por la taza —añade distraída, con los ojos todavía fijos en el periódico.

Mags aparece en nuestra mesa con escoba y recogedor. Me los entrega y levanta dos gruesas cejas en dirección a Ivy.

—¿Alguna razón por la que estés destruyendo mi vajilla hoy? —pregunta.

Ivy se estira a través de la mesa y toma un sorbo de mi café. Hace una mueca.

—¿Doce horizontal, dos vertical? —pregunta.

—Mmmm —dice Mags.

Giro el crucigrama hacia mí y lo reviso, esperando que las respuestas tengan sentido aunque Ivy no lo encuentre. Me preocupa lo que puedan insinuar.

Doce horizontal: *Dolor de un desayuno francés escondido.* Cinco letras. Dos vertical: *Un escarabajo santo.* Cuatro letras.

—¿Perdiste algo anoche? —me pregunta Ivy de repente.

—Sí, mi chamarra de mezclilla —entrecierro los ojos y añado—: ¿Quieres decir, además de a ti y a Rowan?

Evita mi mirada.

—No nos perdiste —dice—. Te fuiste a casa temprano, ¿recuerdas?

—Y tú no volviste a casa.

—Estábamos cerca de la fogata —dice Ivy, pero el color sube por sus mejillas. Se aclara la garganta—. Y acabo de darme cuenta de que perdí uno de mis collares, se me cayó en la fiesta. Y Rowan regresó sin su gorra.

—Gracias a Dios —murmuro. Esa gorra era una monstruosidad—. Así que *sí* volviste a casa con Rowan.

Ivy suspira.

—Y Mags dijo que habían desaparecido muchas cervezas —dice, como si no me hubiera escuchado.

—Y entonces, ¿hay algún tipo de ladrón en el pueblo? —con Mags allí enfrente, no aclaro que sé exactamente adónde fueron esas cervezas.

—No lo sé —dice Ivy.

Mi mirada vuelve a los espacios en blanco en el crucigrama. Doce horizontal, dos vertical.

Dolor de un desayuno francés escondido.

Hay gasas envueltas alrededor de dos de los dedos de Ivy. Sostiene el bolígrafo con una mano vendada.

—¿Qué pasó? —pregunto, asintiendo con la cabeza mientras intento encontrar la palabra.

Crêpe. Pan.

—Anoche me corté con un vaso roto —dice Ivy.

En ese momento lo entiendo.

—*Perdu* —digo, y apunto al periódico—. *Dolor de un desayuno francés escondido. Pain* es dolor y *pain perdu* es pan francés, una manera tradicional de usar el pan viejo. Se traduce, literalmente, como *pan perdido.*

En el suelo brillan las hojas de té.

Ivy asiente enfáticamente. Ya lo comprendió. Siempre he destacado en los crucigramas, pero Ivy es como un rayo. Ella puede encontrar una palabra en treinta segundos.

—*Perdu.* Perdido.

—Así que algunas cosas se perdieron en la fiesta —digo, y me encojo de hombros de nuevo, aunque Mags dice que me saldrá una joroba cuando envejezca—. No es para tanto. Pero no encuentro la otra palabra —agrego—. Dos vertical. *Un escarabajo santo.* Cuatro letras. No lo entiendo.

—Mmmm —dice Mags otra vez.

—Jude —dice Ivy.

Me toma un segundo. "Hey, Jude". *Beetle*, escarabajo, significa la banda, los Beatles, y el santo es…

La voz de Ivy es muy baja. El santo patrón de las causas perdidas. San Judas, "Jude" en la tradición inglesa.

—Entonces, ¿somos una causa perdida? —digo.

—Llevo años diciéndolo —gruñe Mags, pero le brillan los ojos.

—Estoy comenzando a tomar tu crucigrama de manera personal —le digo.

—Oh —dice Ivy, y se ve preocupada—. Estoy segura de que no se trata de ti.

Pero no le creo. Todas las mañanas desde que Rowan y yo llegamos, he estado esperando que ella me descubra. Que las palabras del crucigrama formen mi nombre y le digan lo que he hecho. El problema es que tengo demasiados secretos y a veces es difícil mantener tus propias mentiras.

Puedo adivinar lo que piensa que significan las palabras de hoy. Rowan y yo perdimos a nuestra abuela. Y perdimos a nuestro abuelo también, de una manera diferente. No nos reconoce. Apenas puede hablar. Cuando le llamamos, siempre responde la enfermera del asilo.

Pero Ivy también sabe que esperamos que mamá venga a buscarnos, a disculparse, a tratar de hacer las cosas bien. Ivy sabe que no hemos tenido noticias de ella en más de un mes. He intentado llamarle, pero su número fue desconectado.

Ivy tal vez piensa que el crucigrama significa que ahora hemos perdido a nuestros padres. También.

La cosa es que, aunque ella y Rowan no lo saben, es muy probable que tenga razón.

 Olive

Lunes 8 de mayo

Perdido: media hora de sueño; concentración;
delicada pulsera de oro con pequeños adornos

Rose se deslizó furtivamente en mi habitación el lunes cerca de las dos de la mañana. Mamá debió haber dejado la puerta trasera sin seguro. Rose se trepó y se acurrucó entre mi cuerpo y la pared, toda codos y rodillas y cabello serpenteando en mi rostro. Gruñí y la empujé con fuerza. Mi propio codo se hundió en su costado. Olía como que no había estado en su casa desde antes de la fiesta.

Desperté lentamente, rodé sobre mi espalda y miré al techo. Rose continuó acomodándose, como un perro en una manta nueva. Se movía, suspiraba, jalaba las cobijas. Quería preguntarle dónde había estado, pero el sueño era como un hechizo que me jalaba de regreso.

—Lo siento —susurró. Tal vez. Mi audífono descansaba inútilmente sobre el buró y ella estaba frente a mi oído sordo.

—Como sea —le respondí, sin rudeza—. No es que pensara que te había perdido para siempre.

Rose dejó escapar un *mmmm* que bien podría haber sido una sonrisa o un suspiro.

Cuando la voz de papá recitando a Thomas Moore irrumpe a través de mi puerta, Rose ya no está. Me dejó una flor —una rosa, su homónimo— en la almohada, a mi lado. Tuvo la consideración de quitarle las espinas.

Abajo, los demás ya están levantados. Emily está pegada a su teléfono, como siempre, y mamá está haciendo una cara de payaso de puré de plátano para el desayuno de Max.

—*Tan pronto como pueda seguirte, / cuando las amistades decaigan, / y desde el círculo brillante del amor / las gemas caigan alejadas* —papá continúa el poema mientras me sigue hasta la cocina.

—¿Quieres? —me pregunta Max cuando mamá coloca una frambuesa en medio de la asquerosa masa como si fuera una nariz. La boca de pasas sonríe de manera siniestra.

—No, gracias —hago una mueca y me decido por pan tostado y el café que se está preparando desde que mamá se levantó. Es oscuro como la noche y huele como una bofetada.

—*Cuando los corazones sinceros yazcan marchitos, / y los bondadosos hayan volado* —papá insiste en terminar el poema, aunque ya todos estamos despiertos y fuera de la cama. Él magnifica su ejecución para las últimas líneas y simula el éxtasis ante las palabras—: *¡Oh! ¿Quién habitaría / este mundo sombrío en soledad?*

—Bien —murmuro.

—¿Puedo ir a casa de Chloe más tarde? —pregunta Emily, ignorando los aspavientos de papá como de costumbre. Chloe es su mejor amiga, pero podría ser su gemela. Ellas compran los mismos jeans color pastel y las blusas ajustadas que escandalizan a papá, y nunca ves a una sin la otra. Rose y yo compartimos joyería y también pasamos juntas todo nuestro tiempo, pero me costaría mucho ser una copia al carbón de ella. Su ropa nunca me quedaría, dado que es veinte centímetros más alta y tres tallas más delgada.

Mamá confirma a Emily el permiso para después de la escuela y yo pruebo mi suerte al preguntar de improviso:

—¿También puedo ir yo con Rose? —pero ella descubre mi trampa.

—Estás castigada, como seguramente recordarás. Tú puedes venir directo a casa —me dice—. Y por mucho que disfrute de la compañía de Rose, haría bien en irse a casa también.

Pongo la rosa de Rose en el librero que está sobre mi cama antes de irme y me pregunto de nuevo adónde se habrá ido después de la fiesta.

Emily y yo vamos en bicicleta a la escuela, una detrás de la otra. Los suéteres del uniforme van amarrados a nuestras cinturas y se baten a nuestras espaldas como grandes alas de cisne azul. Arremangué mi camisa tanto como pude. Todo lo que queda de las palabras es *nunca serás encontrada*. La palabra *nunca* se desvanece gris en el pliegue de mi codo; *ser encontrada* escurren negras en mi muñeca.

Me doy cuenta de que mi pulsera se perdió hasta que suena la campana de la escuela y corro por el pasillo para mi primera clase. Debió haberse resbalado de mi muñeca mientras iba a la escuela en la bicicleta. Traigo puesta su ausencia en mi brazo desde que la perdí: una pulsera fantasma que canta con adornos invisibles.

Mientras todas las otras chicas tienen sus pulseras Pandora llenas de plata con forma de pasteles de cumpleaños y tazas de té, yo tengo una cadena de oro minúscula de la que cuelgan estrellas y gatos y montañas miniatura y —mi favorito— un pequeño y delicado olivo, ligera como el aire y que suena como notas musicales cuando los pendientes tintinean juntos. Era de mamá cuando era niña. Me la dio para mi decimosexto cumpleaños y no me la he quitado desde entonces.

Me deslizo en mi banca y jalo mi mochila hasta mi regazo. Saco del fondo mis libros y mi estuche para lápices, el ejemplar de papá de los poemas reunidos de Sylvia Plath, bolígrafos sueltos y paquetes de pañuelos de papel y baterías usadas para mi audífono y broches para el cabello y trozos de papel arrugados. Abro todas las bolsas. Volteo los forros hacia fuera. La campana sonó desde hace tiempo y el aula se va llenando a cuentagotas. Mi búsqueda se vuelve más frenética. Subo las mangas de mi suéter, bajo mis calcetas, reviso cada pliegue de mi falda hasta que Cathal Murdock se vuelve y pregunta en voz alta:

—¿Cuánto por un baile privado, chica sexy? —mueve la lengua sugestivamente.

Afortunadamente, la señorita Inglés, que ha escuchado la encantadora pregunta de Cathal, interviene antes de que pueda vaciar mi mochila sobre su cabeza.

—Señor Murdock, por favor, tome asiento al frente del aula —dice—. No toleraré acoso sexual en mi clase.

Murmurando enfadado, Cathal toma su asiento justo frente a la maestra, entre aplausos de la mayoría de mis compañeras. Aprovecho la distracción para continuar mi búsqueda.

Rose llega tarde y se sienta a mi lado.

—¿Qué pasa? —pregunta—. ¿Galleta tiene pulgas otra vez?

La asesino con la mirada y reviso debajo de mi escritorio para ver si dejé caer la pulsera en medio de las búsquedas.

—Perdí mi pulsera.

—¿La de tu mamá?

—Sí.

—Mierda.

—Sí.

Comienzo a guardar la basura de nuevo en mi mochila. En medio del desorden, encontré mi sacapuntas en forma de mundo, un billete de cinco dólares arrugado y un broche para el cabello plateado en forma de estrella del mismo juego que el que llevé y perdí en la fiesta. Me alegro de que me quede uno.

Rose está inmaculadamente maquillada como siempre, con su reluciente cabello negro y la falda de su uniforme engrapada más de cinco centímetros arriba de lo permitido. Es la otra cara del desastre que era anoche.

—Oh, qué lindo —Rose se apodera del broche y lo usa para fijar su cascada de cabello. Funciona tan bien como si estuviera tratando de contener una verdadera cascada.

La señorita Inglés ya comenzó la clase, pero me inclino hacia Rose y digo en voz baja:

—¿Vas a decirme adónde fuiste después de la fiesta?

Su mirada se queda en blanco por un segundo y dice:

—¿Y tú?

—¿Yo qué?

—¿Vas a decirme adónde fuiste?

—A casa —digo—. Como a las seis de la mañana, sin ti.

—*Yo* fui a casa —responde—. Como a las seis de la mañana, sin *ti*.

Estrujo la boca. Es posible, supongo, que no nos hayamos encontrado. Que haya despertado unos minutos antes que yo y que haya ido a orinar detrás de los árboles. Que yo la estuviera buscando cuando ella regresó a buscarme.

—No parecía que hubieras estado en casa cuando viniste a la mía anoche —digo, y le doy un ligero empujón en el hombro—. En serio, ¿dónde estabas? ¿Te fuiste a algún lugar con un chico? —digo *chico* porque es poco probable que encontrara alguna chica que se fuera con ella. Vivimos en Balmallen, Condado de Mayo, dos mil cuatrocientos habitantes. Sólo hay una escuela secundaria. Si hubiera alguna chica elegible alrededor, lo sabríamos. El año pasado, Rose y yo decidimos que, como las únicas dos muchachas abiertamente bisexuales de nuestra edad en el pueblo, probablemente deberíamos intentarlo. Pero resulta que algunas personas realmente sólo están destinadas a ser amigas.

—No sé de qué hablas —dice Rose.

—Seguramente seguías bajo los efectos del alcohol —observo.

Rose ríe.

—Yo no era la única.

¿Puedo darte otro beso antes de que te marches?

—Tienes razón —concedo.

Después de clase, Rose y yo regresamos sobre mis pasos a través de la escuela y afuera, por el patio, hasta el estacionamiento de bicicletas, pero mi pulsera no estaba por ningún sitio. Espero que esté en casa y no en una zanja.

Paso el día pillando cómo froto las palabras sobre mi piel: la yema de mi pulgar derecho contra los diminutos huesos de mi muñeca, las venas azul y púrpura, el *nunca serás encontrada*. No quiere borrarse, como la sangre de Lady Macbeth.

—*Olive* —dice bruscamente el señor O'Neill por segunda vez en los primeros diez minutos de clase de geografía.

—Lo siento, señor —tomo mi bolígrafo, aunque no tengo ni idea de lo que se supone que debo escribir. A mi lado, Rose se encoge de hombros imperceptiblemente.

El señor O'Neill, en un asombroso ataque de telepatía, añade:

—Se supone que usted debe escribir sobre las tres actividades económicas primarias de esta región periférica.

Lo miro sin comprender.

—Mmmm.

—¿Nadie? ¿Tres actividades económicas primarias? —pregunta al resto de la clase.

Rose escribe tres palabras en el libro de texto entre nosotras: fiestear, flotar, fornicar. Cubro el papel rápidamente con la mano antes de que él pueda verlo.

—No quiero pensar en el señor O'Neill haciendo *algo* de eso —susurro.

La risa de Rose es tan sonora que hace que nos expulsen a ambas de la clase. Decidimos tomarlo como una señal de que no estamos destinadas a estar en un caluroso y sofocante edificio de escuela en un hermoso día de verano, y que en su lugar deberíamos pasar el resto de nuestra mañana junto al lago. Tenemos dos clases libres antes del almuerzo y ni nuestros maestros ni mis padres sabrán que he desafiado su castigo si estoy de vuelta en la escuela para la clase de matemáticas.

Desencadenamos nuestras bicicletas en el silencio del patio de la escuela y nos dirigimos hacia la orilla del pueblo. No hay mucho que ver en Balmallen, y tampoco en las afueras. Pasamos por delante del supermercado y el parque industrial, y damos vuelta a la derecha después de la carretera principal. Miro detrás de nosotras el terreno en donde fue la fiesta de verano. No sé qué estoy buscando. Tal vez al muchacho con gafas y cabello castaño y rizado, en quien no he podido dejar de pensar. Rose me rebasa y seguimos hasta el bosque junto al lago, y el fraccionamiento abandonado que allí se encuentra. Oak Road.

Fue construido en los años de auge: un desarrollo agradable y moderno, con todas las comodidades, casas idénticas con jardines idénticos en un pulcro pequeño semicírculo de satisfacción del Tigre Celta. Pero luego vino la recesión, la economía se desplomó y durante los últimos años todos estos parches perfectos de suburbios pastoriles se han quedado abandonados, las habitaciones sin amueblar, la hierba sin cortar.

El Consejo del pueblo tapió las ventanas y puso letreros con advertencias a medias, como TODA PERSONA QUE TRASPASE ESTA PROPIEDAD SERÁ CONSIGNADA, pero nosotras la traspasamos todo el tiempo y nadie ha venido a consignarnos. En realidad, no podemos entrar en las casas, no es que vayamos a derribar las puertas de entrada sólo para entretenernos, pero en las noches de fin de semana, cuando bebemos en el túnel de desagüe, y entre semana, cuando nuestras clases son aburridas y estresantes, nos gusta pasar el rato en el césped crecido, fumando, leyendo revistas, escuchando música en nuestros teléfonos, pintando nuestras uñas. Nadie viene a buscarnos.

No habíamos venido en unos meses y la maleza, muerta por las heladas durante el invierno, ya creció más arriba de nuestras rodillas.

—Esto es algo así como el país de Nunca Jamás —digo mientras colocamos nuestros suéteres sobre la maleza enmarañada para sentarnos.

—¿Y eso nos convierte en los Niños Perdidos? —pregunta Rose.

Si alguien en el mundo se parece menos a un Niño Perdido, es ella. Mastica su goma de mascar agresivamente —la única manera en que Rose sabe hacer cualquier cosa, además de dramáticamente—, se quita las calcetas y las enrolla sobre la maleza, a su lado, sube su falda y desabrocha los tres botones superiores de su blusa.

Mi mejor amiga es la hija de un corpulento y rubicundo nativo de Cork, cuyo acento nunca logro descifrar, y una bella y esbelta mezcla de india y dublinesa. Ella es igual a su madre, desde las uñas pintadas de sus pies hasta la punta de su largo cabello negro. De su padre sólo heredó su impresionante retahíla de maldiciones. Con sus ojos siempre ahumados, sus cejas perfectamente delineadas y sus uñas pintadas, Rose fue hecha para revistas de moda, no para libros infantiles.

—Entiendo lo que quieres decir —dice—. No hay maestros ni padres que nos digan que no fumemos...

—Nunca he fumado —le digo—. Y tú ya no fumas, ¿recuerdas?

—O que no bebamos o que mantengamos la música baja.

—*La segunda estrella a la derecha* —le digo con deleite, mientras abro un paquete de papas fritas—, *y todo recto hasta el amanecer.*

Viéndolo bien, Oak Road es lo más lejos que puedes estar de una isla encantada. Las casas están pintadas de un feo y descolorido color mostaza, igual que la pared que las rodea, y la hierba está salpicada de margaritas y dientes de león. La calle que atraviesa el fraccionamiento no está terminada, y acaba en un montón de escombros por un lado, y un túnel abierto de desagüe por el otro. Es completamente incompatible con el bosque a su lado y el lago que brilla azul justo detrás.

—¿Quién podría haber vivido aquí? —preguntó Rose la primera vez que vinimos, mientras observaba con una especie de horror absorto cómo dos ratas luchaban en los escombros de la parte trasera del lugar.

—Mucha gente —le dije—. Quiero decir, sin considerar el trabajo de pintura, habrían sido bonitas, grandes y modernas —en mi casa, las ventanas son de vidrio sencillo y dejan entrar cada soplo de viento frío. La tubería es arcaica y si alguien abre el grifo mientras te estás duchando, el agua caliente desaparece por completo. Mis padres buscaron una auténtica vida rural y lo lograron, incluidos los problemas de electricidad y todo. Hasta los ciervos se comen todas las flores.

Rose y yo nos sentamos para broncear nuestras piernas entre la maleza crecida. Nos levantamos tanto las faldas que nuestras pantaletas se asoman, pero no hay nadie alrededor para verlas. (No es que nos hubiera importado, yo soy propensa a la vergüenza, pero mi timidez generalmente es eclipsada por el descaro permanente de Rose.)

Pongo los ojos en blanco cuando Rose saca una botella amarilla. Dejó de fumar hace tres meses y después de varias semanas de masticar los extremos de los palitos de madera que se usan para revolver el café, pajillas de plástico o espagueti crudo, ahora le ha dado por llevar una botella de burbujas a todas partes. Las sopla como si exhalara humo y sostiene la varita entre dos dedos como si fuera un cigarrillo. Las burbujas de jabón se revientan en los asientos de los autos y las ventanas de las cocinas. Dejan anillos húmedos en los senderos y en los escritorios de madera de la escuela.

Se sienta con el codo apoyado en la rodilla de su larga pierna, y me sorprende cómo puede hacer que un acto tan inocente parezca lascivo. Es un talento inquietante.

—Estás en peligro de convertirte en una parodia de ti misma, ¿sabes? —digo.

—Me ayuda con el antojo —replica alegremente.

—También lo haría un parche de nicotina.

Rose sopla un montón de burbujas directamente en mi rostro.

—Cuéntame otra vez de la cosa santa —dice.

La cosa santa. Escarbo en mi mochila para buscar la medalla de metal que encontré junto con la goma de mascar en la chamarra de mezclilla que traje de la fiesta.

—San Antonio —le digo mientras se la muestro—. El santo patrón de las cosas perdidas.

Rose frota la medalla entre dos dedos como si fuera una lámpara de Aladino a la que se le pudieran pedir deseos. La acerca a sus ojos miopes (se niega a usar gafas, a pesar de que posee uno de esos armazones gruesos antiguos que la hacen parecer secretaria de película porno). Rasca con la uña del pulgar una mancha que parece óxido marrón. Luego se lleva la medalla a la boca y muerde el borde, como pirata.

—El oro del tonto —murmuro.

—Es estaño —lanza la medalla al aire como si fuera una moneda, luego la atrapa y la golpea contra el dorso de la mano—. ¿Cara o cruz?

Tomo la varita de las burbujas y soplo.

—Cruz.

—Cara —dice. Escudriña la medalla de nuevo. Luego toma la varita a cambio del santo.

—Nana dice una oración a san Antonio cada que pierde las llaves del coche.

54

—¿No se las esconden tus tías? —pregunta Rose.

—Probablemente es por eso que nunca puede encontrarlas. Nana, mi abuela es vieja y malhumorada, y así conduce. Dudo que san Antonio le ayude con sus llaves, a menos que también sea el santo patrón para encontrar las cosas que los familiares bien intencionados te escondieron.

Rose se inclina hacia mí y mira la medalla de nuevo.

—¿Quién es el bebé?

San Antonio, coronado con estrellas de hojalata, parece estar sosteniendo a un niño ligeramente oxidado en sus brazos. Me encojo de hombros.

—¿Jesús? —supongo—. ¿Peter Pan? ¿Quién sabe?

Rose se extiende lánguidamente sobre su espalda.

—Los Niños Perdidos —dice. Una nube de burbujas se eleva en el aire.

El teléfono de Rose suena. Ha hecho eso como doce veces en la última media hora. Lo ignora. Igual que las últimas once veces. Mi autocontrol se está desgastando.

—¿Estás ignorando tus mensajes?

—Nadie me envía mensajes —responde ella alegremente—. Excepto tú, y estás aquí.

—Sí, estoy aquí. Así que puedo oír tu teléfono por allá, tocando la canción más monótona del mundo.

—Ah, son sólo recordatorios —ondea con desdén una mano con uñas verde metálico.

—¿Recordatorios de qué...?, ¿para impedir que tu mejor amiga te asesine por el incesante sonido? —le aviento una papa—. Me rindo. Necesito orinar.

El problema con pasar el rato en un fraccionamiento abandonado es que cuando se necesita orinar, no hay más lugar que el bosque.

Mantengo un ojo en los escombros por si sale una rata y me pongo en cuclillas detrás de la pared del lado del bosque, con la falda del uniforme arriba entre mis brazos. De vuelta en el centro del fraccionamiento, creo que distingo la voz de Rose, pero podría ser sólo un video o la música que está tocando.

Cuando salto por encima de la pared, noto algo extraño: justo delante, entre las tablas de las ventanas de la casa contigua, hay una luz. Es un rayo de luz en la grieta entre una tabla y otra, donde debería estar oscuro. Parpadea como una vela, o el reflejo de una pantalla de televisor. Me acerco silenciosamente hacia la casa.

Es la más alejada de la calle y la más cercana al lago. Cuanto más me acerco, menos puedo escuchar lo que Rose está haciendo. En su lugar, distingo voces.

Ajusto el pequeño botón en mi audífono con la uña, pero las voces todavía son susurros, así que me deslizo hasta la parte trasera de la casa en donde las tablas de madera tapan las puertas. Una está ligeramente abierta.

Y entonces me doy cuenta de que tal vez no esté en una situación extremadamente segura. Las posibilidades de que los ocupantes ilegales de un fraccionamiento abandonado se encuentren haciendo algo sano y dentro de la ley son bastante escasas. Con el corazón acelerado, me apresuro a irme, pero algo en el borde de los escombros a mi derecha llama mi atención. Una boina gris-marrón. Está allí tirada de tal manera que pareciera que acaba de salir volando de la cabeza de alguien. Como si alguien la hubiera perdido de regreso a casa de una fiesta en las primeras horas de la mañana y nunca hubiera pensado en recogerla.

Puedo oír a Rose llamándome. Reviso la hora en mi teléfono. Tenemos menos de veinte minutos para regresar a la escuela antes de que comience la clase de matemáticas. Le echo a la casa una última mirada y corro tan silenciosamente como me es posible sobre la hierba.

Laurel

Lunes 8 de mayo

Encontrado: un chico

Siempre hemos sido tres: un clan, una multitud, un perro de tres cabezas. Tenemos los nombres que nuestros padres nos dieron, con los que nuestros maestros nos llaman, los que las chicas en la escuela gritan desagradablemente en los pasillos, los nombres escritos en nuestros libros de texto y cosidos en nuestros pantaloncillos deportivos, pero no son los nombres que nos damos. Laurel, Ash y Holly, tres árboles: laurel, fresno y acebo. Si tuviéramos un sustantivo colectivo, sería bosque. Un bosque de adolescentes.

No hay nada que dos de nosotras sepan que la otra no. No hay lugar a donde no vayamos juntas las tres. Sin embargo, algo de lo que Holly escribió en su diario era una novedad para Ash. Holly tiene mucha tristeza líquida. Ash tiene mucha rabia y fuego. Es bueno que yo esté allí para aterrizarlas. Pero entonces, ¿quién me aterriza a mí? Tal vez ése es el problema de ser tres.

Siempre hemos sido tres, pero ayer apareció Jude, y ahora somos cuatro.

Es curioso cómo se puede comprender completamente a alguien después de haberlo conocido por sólo un día. Es curioso qué tan pronto te das cuenta de que alguien va a cambiar tu vida.

Después de la escuela, fuimos a casa de Ash, en el otro lado del pueblo. Están cortando árboles para construir sobre ese terreno, así que nos paramos en su barda y los observamos. Ash gritó cuando cayó el primer árbol.

—¡ÁRBOL ABAJOOOOOO!

Pero no era así para nada. Ningún tronco cayó en cámara lenta y golpeó con un ruido sordo el suelo. Sólo pedazos de árboles moribundos, como cuando mamá corta las zanahorias para el estofado, pieza por pieza.

Ash gritó un poco más.

—¡Ah-AHHHHH!

Ella ama casi todas las formas de destrucción. Puedes saberlo por la manera como se arranca las uñas con los dientes.

El papá de Ash salió al jardín con una bandeja de galletas de chocolate y té. Su mamá estaba al teléfono en el pasillo, parada junto a la puerta principal abierta. Me gustan los padres de Ash porque cada vez que Holly y yo venimos nos preguntan qué estamos leyendo, y la siguiente vez que los visitamos ya están a la mitad de ese libro.

—¿Qué le ha parecido *El ruido y la furia*? —pregunté al padre de Ash mientras colocaba la bandeja en la cerca, a nuestro lado. Holly sonrió. Habíamos decidido recomendar algo un poco más subido de tono que de costumbre, sólo para ver cómo reaccionaban los padres de Ash.

Ash frunció el ceño. No estaba interesada en Faulkner. O en hablar con sus padres sobre libros. Holly y yo siempre hemos sido las lectoras, las soñadoras, las pensadoras. Ash siempre ha sido el fuego salvaje del movimiento que nos mantiene despiertas.

—¡Ahí van otra vez! —gritó hacia los árboles.

La mamá de Ash, todavía en el teléfono del vestíbulo, la calló y su padre sonrió.

—Hermoso lenguaje —dijo—. Bella, carnosa obra maestra.

—*¿Carnosa?* —se burló Ash—. Es un libro grande y viejo, escrito hace doscientos años.

—Fue escrito en los años veinte —dijo Holly, sorprendida.

Ash hizo un gesto de fastidio.

—No te preocupes, Caroline —dijo la mamá de Ash—. Tiene dieciocho años… Probablemente se esté recuperando después de haber bebido demasiada cerveza durante el fin de semana. Estará de regreso antes de que te des cuenta.

Se despidió y dejó el teléfono con el ceño fruncido. Se unió con nosotros en el jardín y le dijo al papá de Ash:

—El chico de Caroline no regresó a casa después de la fiesta del sábado. ¿Lo has visto?

El papá de Ash negó con la cabeza y la mamá suspiró, luego nos sonrió a mí y a Holly.

—¿Alguna de ustedes ha leído a James Joyce? —preguntó—. El flujo de conciencia de Faulkner me lo recuerda. Es hermoso y confuso.

El papá de Ash asintió.

—En definitiva, no soy lo suficientemente inteligente para Joyce —dijo—. Pero seguro que ustedes dos sí.

—Vamos a dar un paseo —dijo Ash de repente, en voz muy alta.

Azotó la puerta delantera y se marchó. Holly y yo nos despedimos de sus padres y agradecimos las galletas.

Ash caminaba delante de nosotras, como siempre, con un rastro de humo de cigarrillo detrás de ella como si fuera una nube de velocidad de caricatura. Parecía que sus brillantes rizos rojos estaban en llamas. Me acerqué a Holly, toqué su mano. Había estado más callada que de costumbre desde la fiesta. Inquieta. Pensé que se sentiría aliviada de tener su diario de vuelta, pero parecía que algo todavía le preocupaba.

—¿Estás bien? —le pregunté, no por primera vez. Holly se encogió de hombros. Se inclinó hacia mí.

—¿Era real? —susurró de manera que Ash no pudiera escuchar.

—¿Qué?

—El hechizo —respondió—. Las páginas de nuestros diarios volvieron. Las invocamos y fueron encontradas gracias al hechizo.

—Tal vez tuvimos nuestros diarios en las mochilas todo el tiempo. Quizá quien los había tomado, los puso allí. Sin embargo, me pregunto de dónde vino el libro de hechizos.

—Parece antiguo —asintió Holly.

—Con una anticuada letra a mano —dije.

—No lo sé —Holly frunció el ceño—. Ya te lo había dicho, pensé que la reconocía de algún lugar.

—Lo dudo —negué con la cabeza—. A menos que conozcas a mucha gente vieja con una caligrafía espectacular.

Holly hizo una pausa por un momento y luego siguió:

—Quien lo haya escrito pensaba que era real.

—Quienquiera que lo haya escrito estaba equivocado —le respondí con paciencia.

—Pero las páginas de nuestros diarios… —susurró Holly. Su mano desapareció de mi lado. Delante de nosotras, Ash había llegado al árbol.

Fue entonces cuando encontramos a Jude. O él nos encontró.

Bajó del gigantesco roble como si hubiera estado viviendo allí. Dijo a nuestros ojos y bocas abiertos:

—¿Sabían que en la mitología griega las dríades son los espíritus de los árboles? La palabra *drys*, en realidad, significa roble, por lo que en un principio las dríades eran los espíritus de los robles —presionó la palma de su mano contra el tronco del árbol en el que había estado sentado—. Desprecio las conversaciones irrelevantes. Prefiero saber si creen en Dios antes que hablar del clima. ¿Ustedes?

—¿Nosotras qué? —preguntó Ash.

—¿Creen en Dios?

—Pensé que estábamos hablando de dríades —dije.

—Entonces, ¿creen en dríades? —preguntó.

—Sí —susurró Holly—. Por supuesto.

A los chicos de la escuela sólo les interesan el futbol y los chismes, el sexo y los juegos de video y las películas. Jude tiene el cabello largo y hace brazaletes con cuentas de madera que nos regaló y que también él usa. Lee libros que están prohibidos en nuestra escuela y que no podemos encontrar en la biblioteca, pero dice que los robó de las librerías en la ciudad. No juega futbol, pero puede trepar árboles mejor que una ardilla. No es de por aquí. No es como cualquiera que conozcamos. Holly ya está enamorada de él y tal vez Ash también, aunque probablemente lo borre si lee esto. Tal vez todas estamos un poco enamoradas de él. Debería borrar esto yo misma.

Pasamos la noche juntos y hablamos de todo lo que podría ser importante en el mundo. Le mostramos el libro de hechizos y fue como una ofrenda: *Mira, también sabemos de*

magia. Mira, también despreciamos las charlas irrelevantes. Somos
diferentes e interesantes. Somos como tú.

Jude sabe todo sobre cosas perdidas. Y sobre magia. Dice
que hay un equilibrio entre lo bueno y lo malo, el ambiente
y el consumismo, la luz y la oscuridad, lo perdido y lo encontrado. Amor y muerte. No estoy muy segura de por qué
lo escuchamos, pero sospecho que tenía algo que ver con sus
ojos claros, su cabello largo, sus labios.

Lujuria. Me pregunto qué equilibra eso.

Olive

Lunes 8 de mayo

*Perdido: bolso de maquillaje
(grande, rojo, cremallera dorada)*

Justo antes de nuestra penúltima clase, recibo un mensaje de Rose pidiendo que me reúna con ella en los baños de chicas por los laboratorios de ciencias. Regresamos de Oak Road justo a tiempo para clase de matemáticas, pero no la he visto en más de una hora y es claro que algo sucedió.

ENCUÉNTRAME EN LOS BAÑOS AHORA PUNTO

Dice su mensaje.

REMOVÍ TODO MI MAQUILLAJE CON LLANTO PUNTO
PERDÍ BOLSA DE MAQUILLAJE PUNTO
NADIE PUEDE VERME ASÍ PUNTO
TRAE DELINEADOR PUNTO
ROSE

Rose y yo pasamos por una fase de *La novicia rebelde* hace unos años y desde entonces escribimos todos nuestros mensajes en formato de telegrama. Tomo mi bolso de maquillaje (insignificante comparado con el de Rose) y subo las escaleras, preguntándome qué pudo haber ocurrido que la hiciera llorar.

Me abro paso a través de una multitud de compañeros que merodea fuera de los baños.

—Y juro que estaba en mi bolsillo en el asado —está diciendo Chrissy Jones—, pero en la mañana ya había desaparecido y no lo he visto desde entonces.

—Quizás haya un cleptómano secreto en el pueblo —dice Julia Mullochney.

—Tal vez sea alguien de la escuela —dice Shannon Ryan.

Las tres callan y miran a su alrededor como si de repente hubieran sorprendido a un ladrón con las manos en la masa. Julia me mira directamente a los ojos.

—¿Qué perdiste *tú* en la fiesta del sábado? —me pregunta.

—Es la pregunta en boca de todos —dice Chrissy.

Me encojo de hombros.

—Nada —digo. No menciono mi zapato, ni mi chamarra, ni mi broche para el cabello plateado en forma de estrella. No menciono el hecho de que desperté sin Rose. Mi mano rodea mi muñeca izquierda. Supuse que había perdido mi pulsera en el camino a la escuela esta mañana, pero ¿la he visto desde el sábado por la noche?

Rose claramente nos escucha detrás de la puerta del baño.

—Estoy perdiendo la paciencia —gruñe desde adentro, y las chicas me dejan pasar. Se reúnen otra vez detrás de mí para continuar con su especulación sobre cosas perdidas y ladrones en el pueblo. Dejo que la puerta se cierre con un chasquido.

Rose está sentada en el suelo entre dos lavabos, de espaldas a los azulejos sucios de la pared. Su cabello, que estaba ondulado y reluciente hace un par de horas en Oak Road, está enredado y crespo, y su rostro está manchado por las lágrimas. Me siento en el suelo delante de ella y le entrego mi bolso de maquillaje.

—Salvavidas —murmura Rose, y hurga en el bolso en busca de cualquier cosa que pueda usar—. Tenía mi bolso de maquillaje conmigo esta mañana, pero desapareció, en el perfecto momento de mierda —dice, y maldice de nuevo, con suavidad pero con elocuencia, ante las exiguas ofrendas de mi bolso.

Hay ciertas cosas que uno puede estar seguro de que Rose hará en momentos de crisis menor (una ruptura, una mala nota en un examen, una discusión con su madre): portazo dramático, vigorosos ojos en blanco, gritos frustrados acompañados de salvajes gesticulaciones y el ocasional plato roto. Ella no es del tipo de las que se encierran calladamente en los baños de la escuela a que el llanto le borre el maquillaje aplicado con toda meticulosidad. No sé qué decir.

—¿Qué pasa?

Rose renuncia a mi polvo demasiado pálido y va directo a los ojos. Su respiración todavía es entrecortada y cubre con rímel sus pestañas con más vehemencia que de costumbre. El timbre anuncia el inicio de la clase, pero no nos movemos.

Cuando Rose finalmente habla, su voz suena enojada, algo común en ella, pero también baja, y a eso no estoy acostumbrada.

—La perdí —gruñe, luego se aclara la garganta y se ve molesta por haber dicho algo.

—¿Perdiste qué?

Suspira.

—Tu estúpida medalla de santo —dice—. La puse en mi bolsillo en Oak Road, pero debe haberse caído en el camino de regreso a la escuela.

—¿Por *eso* estás llorando? Ni siquiera era mía, para empezar. La encontré en esa vieja chamarra.

—Sí, pero ¿qué tal si te protegía y ahora ya no está?

No sé si habla en serio.

—Rose, es un trozo de metal. No estaba protegiendo a nadie. Yo pensé que no creías en esas cosas.

—No creo —dice. Hace un puchero frente al espejo de mi polvo compacto—. Pero lo que Chrissy y las otras decían es verdad.

—¿Perdiste algo en la fiesta?

—No. Bueno, la memoria, supongo —dice—. Igual que tú —su boca se crispa ligeramente. No puedo decir si es una sonrisa o un gruñido.

Cruzo las piernas y apoyo los codos sobre mis rodillas.

—¿Adónde fuiste? —pregunto—. El sábado en la noche, o el domingo por la mañana, mejor. Después de la fiesta.

Revisé todo el terreno. No creo eso de que ella estuviera allí y nos hayamos perdido una a la otra. Rose ha sido mi mejor amiga desde que teníamos doce años, y que me haya abandonado en una fiesta y que luego haya subido a mi cama a las dos de la mañana ya no es alarmante, pero nunca la había visto como ahora.

Se encoge de hombros.

—Estaba en la fiesta.

—No estabas. Lo comprobé. Vi algunas cosas que quizá *no* debería haber visto, pero lo comprobé.

Algo destella en sus ojos.

—¿Qué viste?

—No sé, algo de desnudez, eventual abuso de drogas, nada especial.

—¿Desnudez de quién? —pregunta—. ¿Masculina o femenina?

Arrugo la frente.

—¿A quién le importa? No es que haya mirado muy de cerca, sólo lo suficiente para saber que ninguno de los cuerpos eras tú.

—*Cuerpos* —repite, haciéndolo sonar como si se tratara de cadáveres.

—Sabes de qué hablo, Rose —presiono mis manos sobre mis rodillas—. En serio, ¿qué pasó en la fiesta?

Rose inclina su cabeza hacia atrás contra los azulejos, debajo del lavabo, y la punta de su cabello roza el piso sucio.

—No puedo recordarlo —dice por fin.

—Ésa debe ser la media botella de vodka —añado.

—Sí, bueno.

—¿Qué es lo que no puedes recordar? —aprieto los labios, es una pregunta estúpida.

Sin embargo, Rose entiende.

—Estábamos bailando —dice, invitándome a unirme para llenar los espacios en blanco.

—La música era lamentable, pero igual cantamos.

—Nos la pasamos junto a la hoguera.

—Había un chico rubio.

—No recuerdo a un chico rubio.

—¿Un poco desaliñado? ¿Una perforación en la ceja? Él se acordaba de ti —no menciono lo que me dijo acerca de otro beso.

—Recuerdo que lloraba —Rose saca su bote de burbujas y lo destapa.

—Ése era nuestro plan para la noche —le recuerdo.

—También recuerdo eso.

La palabra *recordar* está empezando a perder todo significado. Es como si Rose no fuera ella; está demasiado callada, casi vacilante. Ni siquiera pregunta sobre el chico rubio.

Intercambiamos recuerdos de la fiesta hasta que no queda qué contar. Bebimos, bailamos, cantamos, Rose lloró, me desperté sola. Sin embargo, algo falta todavía.

Rose tapa el bote de burbujas y lo guarda en su bolsillo. Con los párpados ahumados y el delineador de gato, sus ojos lucen más como sus ojos, aunque siguen enrojecidos. Se levanta y pasa varias veces sus manos sobre su falda para secarlas, luego se agacha y me da un rápido beso en la cabeza.

—Gracias por el maquillaje, Olive —dice. Se cuelga la mochila en un hombro y es como si volviera a ser ella. Sube su ceja oscura y su boca se tuerce en algo que casi es una sonrisa.

—Necesito salir de aquí —me dice—. Dile al señor Murphy que me fui a casa, que estoy enferma.

Sale de los baños como si fuera la dueña del lugar y casi tumba a un grupo de alumnos justo tras la puerta. Se vuelven y la miran con asombro hasta que Rose desaparece. El huracán que es Rose causa ese efecto a menudo. Levanto mi bolso de maquillaje y salgo de los baños, sin ser notada, para escurrirme en mi última clase sin ella.

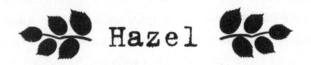 **Hazel**

Lunes 8 de mayo

*Perdido: una billetera; un teléfono; la calma;
paquete de cigarrillos (sólo quedaban dos)*

No tengo que buscar al san Judas del crucigrama. Guardé el periódico de ayer como si fuera una especie de evidencia, puesta claramente sobre la mesa de campamento de la cocina, frente a mí. *Perdu*, perdido. San Judas.

Cuando has pasado gran parte de tu vida en la escuela de un convento irlandés, sabes todo acerca de los santos. Hay dos para las cosas perdidas. San Antonio de Padua es el que aparece en las estampas y en las medallas. Ayuda a las ancianas a encontrar sus llaves y a los niños sus perros perdidos. Mags tenía una medalla de san Antonio pegada al lado de la caja registradora en Maguire, pero la robé y la guardé en el bolsillo de mi chamarra de mezclilla. Parece justo que no pueda encontrarla ahora.

San Judas es otra historia. Perdió la cabeza con un hacha y ahora es el campeón de las causas perdidas. Como Rowan y yo, supongo.

Esta mañana es la vigésima tercera desde que llegamos aquí, y el cuarto lunes. Veintiséis días desde la última vez que vi a mis padres. Veintiséis días desde que supe que ese número iba a seguir aumentando para siempre.

Todavía no me acostumbro a no tener que ir a la escuela, a pesar de que la odié todo el tiempo que estuve allí. Ivy está en la mesa, ya terminó el crucigrama de hoy. No tuve que explicarle el asunto santo ayer, aunque ella fue educada en casa y sabe más sobre las constelaciones, la reproducción de las plantas y la secuencia de Fibonacci que sobre la Iglesia.

Rowan está en la sala vacía, rascando su guitarra. Como sólo hay muebles en la cocina (y nuestros colchones arriba), el resto de la casa tiene muy buena acústica. Sin embargo, nunca pasamos mucho rato en ninguna parte salvo en la cocina, porque es la única habitación con luz natural. Las ventanas del resto de la casa están tapiadas.

Puse la cafetera de lata en la estufa de campamento de doble hornilla en la esquina de la cocina y espero a que mi café esté listo. Ivy pone la tetera. El olor a café llena la casa y atrae a Rowan de la otra habitación hasta la cocina con nosotros. Este café es del bueno, italiano, orgánico, de comercio justo, el único que mamá bebe siempre, o cuando no está bebiendo algo más, quiero decir. Tengo una camiseta tan suelta que esconde un paquete de este café y uno del sofisticado té de Ivy dentro de cada manga. Si finjo que me estoy amarrando el cabello cuando salgo de la tienda, el guardia de seguridad no lo notará.

—No hay leche —digo, sacando la cabeza del refrigerador.

Rowan suspira y pasa sus manos por el cabello.

—No hay nada —dice—. Nunca hay nada.

—Ni suerte, ni tiempo, ni cerebro —agrega Ivy.

—Yo pensaba más en cosas como papel higiénico —digo—. Bolsas de té. Salsa para pasta.

Ivy se ríe un poco.

—Tampoco eso —dice.

—Está bien —dice Rowan—. Sólo hay una forma de solucionar esto —se levanta la manga derecha de su viejo suéter tejido y pone su codo desnudo sobre la mesa con determinación. Con la otra mano, se acomoda con fuerza su estúpida boina. Esperaba que la hubiera perdido para siempre, pero Ivy la encontró en los escombros detrás de la casa esta mañana.

—No —digo, y me inclino sobre el mostrador—, de ninguna manera. Es tu turno de hacer las compras.

Ivy, sonriendo, camina hacia el radio de manivela de campamento que Mags trajo un día.

—Vamos, Hazel —dice Rowan. Apoya su codo en la mesa y me invita con una ceja levantada—, que gane el mejor.

—No tienes oportunidad.

Ivy encuentra una estación de radio en un estallido de estática. "Cabalgata de las Valquirias" llena la casa. Se eleva y se precipita como un cisne, e Ivy y Rowan se miran y ríen, y me miran y me invitan a reír también, pero de repente todo lo que puedo ver son sus rostros juntos, riéndose de la misma canción. Sus rostros juntos, reflejando las llamas de la hoguera. Sus rostros juntos, besándose, mientras yo tropiezo en casa a solas.

Rowan juró y perjuró anoche que no estuvo con Ivy en la fiesta, que pasó la noche con algunos de los chicos del lugar en el terreno siguiente, pero ¿por qué debería creerle? Todos aquí somos ladrones y mentirosos. Tomo algunas bolsas para las compras del montón junto al lavabo y arrojo el frasco en donde guardamos las monedas en mi morral.

—Yo iré —le digo a mi hermano—. Pero si llego tarde al trabajo por esto, será tu culpa.

Mi cabeza es un desastre de imágenes en movimiento como una presentación de diapositivas. Ivy y Rowan riendo. Rowan e Ivy bailando alrededor de una hoguera. Ivy y Rowan besándose con glaseado verde en sus lenguas. Camino a través de Tesco con el ojo del guardia de seguridad puesto en mí, deslizo el té y las galletas en las mangas de mi blusa cuando no me ve.

Más imágenes: abu, como si fuera de cera, inmóvil en su ataúd. Semanas de abue perdiéndose. Sus ojos vacíos la última vez que lo vimos.

El rostro de mamá, con la boca abierta y los ojos cerrados, completamente ebria en el sofá.

La anciana detrás de mí, en la fila de la compra, hunde un dedo afilado en mi espalda.

—Vamos —dice—, es tu turno, no tenemos todo el día.

—Puede irse al carajo, señora —le respondo. Escandalizada, se mueve a la siguiente caja.

Debería ir a trabajar ahora, pero mis venas son cables con corriente y en verdad necesito una bebida. Esto es lo que me hace pensar en mi madre. Ivy, que no es ninguna abstemia, dice que Rowan y yo bebemos demasiado. Bueno, lo dijo una vez, y estaba bastante ebria en ese momento, lo cual es un poco irónico si me lo preguntan. Pero leí entre líneas. Sé lo que parece. Parece que me estoy convirtiendo en mi madre, y no voy a pensar en eso. Excepto para decir que hay un montón de maneras en las que alguien puede arruinar a otra persona. Aunque ella no está aquí, todavía está en mi cabeza. No voy a pensar en ella.

Saco su tarjeta de crédito y pago las compras que no escondí en mi ropa. Al salir de la tienda, miro otra vez la tarjeta, las letras de su nombre en relieve sobre el plástico. En lugar de ir al trabajo temprano, me dirijo al estudio de tatuajes camino abajo.

Más tarde entro al trabajo con tinta nueva sobre la piel. En la cocina de la taberna, oigo voces. Guardo mis compras en el pequeño armario donde colgamos nuestras pertenencias y froto con el pulgar mis tatuajes más antiguos, los de mis antebrazos. El nuevo arde demasiado. En las películas, las muñecas de las chicas son tan pequeñas que las manos de los hombres pueden rodearlas por completo entre sus dedos. Mis muñecas no lo son. *Eres vasta de huesos*, decía siempre mi abuela, pero no sólo de huesos. Vasta de huesos, vasta de carne, soy todo un banquete de chica. Alta, también. Y una masa de cabello castaño rizado para coronar todo esto. Pero tengo la boca de un marinero y la piel repleta de oscuras pecas, y sé que tengo maravillosas piernas infinitas. Un banquete de chica que no te dejaría con hambre.

El tatuador era un petulante. Del tipo que ve a una adolescente y toma su dinero a pesar de que es ilegal tatuar a cualquier persona menor de dieciocho años, con una constante sonrisita de superioridad porque está imaginando símbolos chinos de amor o remolinos púrpura en la parte baja de su espalda, o una mariposa en el tobillo.

Me subí las mangas y miró la cerradura que tengo tatuada en un brazo, y la llave para abrirla en el otro.

El tipo entrecerró los ojos. Tal vez esperaba que viniera a hacerme mi primer tatuaje después de una pelea con mis padres. Un tatuaje, una perforación, alguna forma de rebeldía. Me di cuenta de que estaba tratando de calcular mi edad.

—Tengo diecisiete años —dije—. Pero si alguien pregunta, veinte.

Entonces me quité la blusa. Su expresión fue divertidísima.

—Quiero estas palabras —le entregué un papel—. Aquí.

Pasé mi mano por mis costillas. La parte superior, justo bajo la línea del sostén. Su manzana de Adán se movió de arriba abajo y yo fruncí el ceño. Al final, me cobró menos.

La voz de Rowan atraviesa la cocina.

—Ya te *dije* que no he visto la maldita cosa, Cian. Debes haberlo perdido.

Cian murmura algo en respuesta.

—Si dice que no lo vio, no lo vio, Cian —dice tranquilamente Alicja.

Busco mis cigarrillos en las bolsas de compras.

—No veo que le preguntes a Alicja si ha visto tu teléfono —la voz de Rowan corta acusadoramente el aire. La respuesta de Cian se esconde tras el estrépito de platos en el lavabo.

—¿Porque qué? —Rowan casi grita ahora—. ¿Por qué no soy de aquí y eso me convierte automáticamente en un ladrón?

—No estoy diciendo eso.

—Ciertamente suena como si lo estuvieras diciendo —dice Rowan a Cian, que murmura algo en respuesta.

Estaba segura de que había un paquete con un par de cigarrillos en esta bolsa.

—Date la vuelta y dilo en mi cara —la voz de Rowan es peligrosa.

Suena como si Rowan actuara como yo. Él nunca ha sido un buscapleitos. Tiene una sonrisa fácil que se sacude los insultos y tiende a tomárselos a la ligera. No como yo. *Igual que tu madre*, decía abu cuando estaba particularmente decepcionada de mí. Pero no lo decía en serio. Sabía que era lo único que funcionaba: escuchar esas palabras me hacía calmarme bastante rápido. La extraño tanto que es como si me quemara. A ella y a abue, a ambos. Mis venas chisporrotean de nuevo, al ritmo de los gritos de la cocina de la taberna. Supongo que también las venas de mi hermano pueden llegar a sentirse como cables con corriente.

Entro rápidamente a la cocina para impedir que Rowan haga alguna estupidez. En el interior, el aire es como un sauna, si los saunas olieran a comida de taberna y estuvieran llenos de chicos a punto de pelear. Agarro a mi hermano por el codo y lo alejo de Cian. Rowan se suelta, pero no se mueve hacia adelante de nuevo.

—Quizá deberías pensar en conseguir un bozal para tu hermano —dice Cian con una mueca de desprecio.

Arqueo una ceja.

—Hombre, en todo caso, no es asunto mío —y saco a Rowan de la cocina.

—¿Qué *pasa* contigo? —le digo entre dientes.

—Es un idiota —empieza a decir Rowan, pero se detiene cuando Mags aparece repentinamente para dirigirse afuera por su duodécimo cigarrillo del día.

—Necesitamos surtir Coca-Cola —dice mientras sale—. Están en el sótano. Y asegúrate de que el contenedor que bajaste ayer todavía esté fuera de la vista.

El contenedor de poitín. No está en inventario.

El tipo de cosas que nadie nota si algo se pierde.

Entro al almacén y busco entre un par de cajas mientras Rowan sigue murmurando algo amenazante sobre Cian, en la puerta.

—Hey —digo, y le doy una botella de limonada antigua vacía, de ésas que sostienen con un alambre la tapa—. Mags tiene un contenedor fresco de poitín detrás de los barriles Guinness de la semana pasada. No creo que extrañe unas gotas.

Rowan me echa una mirada extraña.

—¿Poitín? —pregunta.

—Es como noventa por ciento alcohol —le digo—. Tal vez sepa a mierda, pero he escuchado que provoca visiones. Creo que deberíamos intentarlo.

Sus ojos se mantienen entrecerrados.

—¿Qué? —digo.

Se encoge de hombros.

—He oído que pudre los dientes y hace que te quedes ciego.

—Sí, bueno —le entrego la botella—, estoy dispuesta a tomar ese riesgo.

Al final de la noche, Rowan y Cian han estado a punto de golpearse cinco veces y Mags está empezando a ponerse ríspida. Espero que Cian se vaya antes de abordar a mi hermano.

—Tómalo con calma, ¿sí? —le digo—. ¿Puedes *intentar* por lo menos mantenerte al margen de los problemas? —no me recuerda que por lo general soy yo la que los causa. Queremos quedarnos aquí el mayor tiempo posible.

Rowan me mira.

—Lo sé —dice.

—En serio, si la Guardia descubre que estamos…

—*Lo sé*, Hazel.

—Y si quieres seguir con lo que sea que tienes con Ivy, entonces no podemos empezar peleas…

—Dios mío, ya te dije que *lo sé* —sale ruidosamente por el pasillo y azota la puerta al salir.

No negó lo de Ivy.

Tampoco lo confirmó.

Cuando le enviamos un mensaje diciéndole que vendríamos al pueblo, hicimos un pacto él y yo. Si veníamos aquí y ambos seguíamos enamorados, ninguno de los dos podría tener algo con ella. Si algo pasó entre ellos en la fiesta, él rompió el pacto. Ha perdido mi confianza.

Después de mi turno, busco cigarrillos en mis bolsas. Comestibles, billetera, libreta de bocetos, teléfono, caja de lápices de carboncillo, media barra de chocolate, nada de cigarrillos. Tal vez Cian tiene razón: tal vez hay un ladrón. O quizá se cayeron en el camino.

Le pido un cigarrillo a Mags y me siento en la puerta trasera, frente al estacionamiento, para fumar. Mi teléfono vibra agudamente en mi bolsillo trasero, contra el hormigón en donde estoy sentada. Es Ivy.

—¿Mags te ha dicho algo sobre el crucigrama de hoy? —pregunta en cuanto respondo.

—¿Qué? Ah, no, nada. ¿Por qué? ¿Va a averiarse el generador otra vez? —lo digo a la ligera, pero la verdad es que estoy preocupada. Me preocupa que las palabras que Mags señala, las que de alguna manera sabe que pueden predecir nuestro futuro inmediato, finalmente digan *policía* o *Hazel* o *monstruo*, que finalmente le revelen a Ivy lo que hice.

—No —dice Ivy, y su voz suena algo inquieta—. Sólo tenía esperanzas de que me aclarara algo.

—Como si Mags alguna vez aclarara algo —ella se niega incluso a reconocer que envía las palabras adivinatorias—. ¿Qué dice?

Puedo oír el crujido del periódico.

—Alguien viene —dice Ivy—. Las palabras eran *esperar* e *invitados*.

Mi corazón comienza a martillar en mi garganta.

—¿Crees que se refiera a la Guardia?

—Pero no serían invitados —dice con incertidumbre—, ¿o sí?

Algo nace en mí. Algo asustado y retorcido y esperanzado.

—Ivy, ¿has tenido noticias de mis padres? —pregunto.

—No. Pero podrían ser ellos. Quiero decir, ¿quién más podría ser?

—No sé. Tal vez tu mamá. ¿Le dijiste dónde estamos?

—Para nada —responde—, es mejor que no lo sepa.

—Tal vez tengas razón —incluso para la madre de Ivy estaríamos cruzando la línea al quedarnos en un fraccionamiento abandonado.

—Así que podrían ser ellos —dice Ivy otra vez—. Eso no sería tan malo, ¿verdad?

No lo sería, pero no se lo digo a Ivy. Le doy una calada enérgica a mi cigarrillo.

—Ivy, ya conoces a mis padres —digo, y me sorprende que mi voz se mantenga firme—. Pensé que estabas segura de que el crucigrama decía que los habíamos perdido.

—Si alguien está perdido —Ivy replica suavemente—, significa que puede ser encontrado.

No siempre, pienso, y la llamada termina con el adiós tranquilo de Ivy.

Mentí… mis venas no son cables vivos. Son lava líquida. Son fuego. No sé qué haría si mamá apareciera en la puerta de la casa en Oak Road. La esperanza y el miedo burbujean en mi cuerpo como algo físico. Es como aceite encendido corriendo en mis venas hasta que recuerdo las llamas reales. El fuego real. La verdadera razón por la que no creo que mamá vaya a aparecer a nuestra puerta. Ivy y Rowan no lo saben, pero hay una razón por la que no creo que ella vaya a aparecer en ninguna parte jamás.

Olive

Lunes 8 de mayo, martes 9 de mayo

Perdido: Bolso (púrpura, adornado con espejos)

Estoy perdida sin Rose y sin mi pulsera. Camino con mi bicicleta a un lado todo el trayecto de la escuela a casa con los ojos fijos en el camino. Me toma dos horas y para cuando llego, estoy malhumorada y hambrienta y sin pulsera.

Busco por toda la casa. Entre las sábanas, en el desagüe de la ducha, debajo de los sillones, detrás del refrigerador. Los perros me siguen y husmean alrededor como si supieran qué estoy buscando.

En el estudio, papá califica ensayos mientras escucha jazz moderno. Se toma muy en serio su papel de típico profesor excéntrico de poesía.

Hay cajas llenas de cosas viejas de mamá amontonadas alrededor del escritorio. Habían estado en el ático de Nana desde que mamá salió de casa, a los diecinueve años. Nana las mantuvo a regañadientes durante el tiempo que vivimos en Dublín, pero había estado intentando que mamá se las llevara desde que nos mudamos a Balmallen, hace cinco años.

Parece que finalmente se salió con la suya. Echo un vistazo rápido dentro de las cajas abiertas, pero mi pulsera no cayó allí tampoco. Un par de viejas fotografías y un montón de papeles sueltos salen volando.

—¿No se suponía que deberías haber regresado de la escuela hace dos horas? —pregunta papá.

—Caminé a casa, por eso llegué tarde.

Papá levanta las cejas.

—*Lo juro*. Estaba buscando mi pulsera. Me preocupaba que se hubiera caído en el camino a la escuela esta mañana.

—¿Y ahora crees que podría estar en una caja que ha estado en el ático de tu Nana durante los últimos veinte años?

—Sólo estoy cubriendo todas las posibilidades —digo.

—¿Ya buscaste en el último lugar en donde la pusiste? —pregunta papá con serenidad.

Golpeo mi mano contra mi frente.

—¡Claro! —exclamo sarcásticamente—. ¡Nunca se me hubiera ocurrido mirar allí!

El asunto es que todavía no estoy segura de dónde es *allí*. ¿Dónde *fue* el último lugar en que la tuve? Me pregunto cada vez más si las chicas de la escuela tienen razón.

¿Qué perdiste tú en la fiesta el sábado?

Todo mundo perdió algo.

A la mañana siguiente manejo la bicicleta lentamente a la escuela, en parte porque paso la mitad del viaje enviando mensajes de texto a Rose, y en parte porque todavía espero encontrar mi pulsera en el camino y casi llego tarde a mi primera clase. Me siento en el aula de química detrás de Julia y Chrissy, y cuando el maestro no está mirándonos, toco suavemente sus hombros.

—¿Tuvieron suerte con sus cosas perdidas? —pregunto cuando se vuelven—. Las cosas que perdieron en la fiesta.

Chrissy sacude la cabeza.

—¿Por qué? ¿No dijiste que tú *no* habías perdido nada?

—Sí perdí algo —admito—, una pulsera. Era de mi madre.

Julia se muestra solidaria.

—Te lo diremos si la vemos —dice.

Rose no llega a nuestra siguiente clase, que por lo general tomamos juntas. Ni a ninguna de nuestras clases el resto del día. No me pide que les diga a nuestros maestros que está enferma. No pide nada. Sólo me envía un breve mensaje al inicio de nuestra siguiente clase para decirme que se irá temprano a casa.

La mantengo al tanto periódicamente aunque no responde a mis mensajes.

NO TE ESTÁS PERDIENDO DE MUCHO PUNTO
A CHRISSY J Y CATHAL M CONFISCARON SUS
    TELÉFONOS DOS VECES PUNTO
CHRISSY POR DELITO DE TOMAR SELFIES EN CLASE
    PUNTO
CATHAL LO MÁS PROBABLE POR OBSERVAR PORNO-
    GRAFÍA PUNTO
VENGA MI MUERTE SI ME DESCUBREN ENVIANDO
    MENSAJE PUNTO
OLIVE

Sólo hasta el final del día me entero de lo que sucedió. Rose fue expulsada de la clase de alemán esta mañana.

El señor Fallon se acerca a mí en el pasillo después de la última clase y me pregunta en dónde está.

—La envié a la oficina del director esta mañana, pero eso no significa que le diera un pase para faltar a la siguiente clase también.

Me encojo de hombros, indefensa, y le respondo al señor Fallon con una excusa que he escuchado utilizar a Rose, palabra por palabra:

—Tuvo que ir a casa porque se sintió enferma, señor. Cólicos muy fuertes por su periodo. Ni siquiera podía estar en pie. A veces me sucede a mí, cuando mi flujo es muy abundante, y es básicamente un infierno —apenas si me sonrojo.

—De acuerdo —el señor Fallon parece un poco incómodo—, eso puede explicarlo… Pero mira, Olive, dile a Rose que no toleraré más ese tipo de comportamiento en mi clase, tenga o no… problemas de mujer.

Mujer de problemas, de hecho. Prometo vigilarla y el señor Fallon sigue su camino.

Le envío un mensaje a Rose.

ESCUCHÉ QUE TE REBELASTE SIN MÍ PUNTO OLIVE

Rose no responde para aclarar su comportamiento, así que debo asumir que sólo dibujó imágenes obscenas en su libro de texto otra vez. Pero luego termino caminando detrás de Chrissy, Julia y Shannon en el camino hacia el estacionamiento y las escucho mencionar a Rose.

—Oí que le dio un puñetazo a alguien —dice Chrissy en su típica voz baja. Julia responde tan bajo que no alcanzo a entender.

Sean Moran, que es uno de sus novios, pero nunca puedo recordar de cuál de ellas, quizá porque los rotan para que el resto de nosotros nunca lo sepa, dice:

—Escuché que empezó a gritar y a maldecir en medio de la clase, que destrozó un libro y se lo arrojó a alguien en la cara.

Apresuro un poco el paso para alcanzar a escuchar.

—Oí que arrancó hojas de su libreta y se las *comió* —dice Shannon con deleite, y Julia pone los ojos en blanco.

—¡Ay, vamos!

Y en ese momento me miran.

—Olive —dice Chrissy, un poco incómoda—. Tú debes saberlo. ¿Qué *hizo* Rose para que el señor Fallon la echara de la clase?

—Oí que fue expulsada —añade Shannon amablemente y Julia resopla.

—Mierda, fue sólo por una clase.

Camino rápidamente hasta pasarlos y libero mi bicicleta.

Esto no suena bien. Pensé que conocía a Rose tan bien como a mí misma, pero algo cambió desde la fiesta. Parece que la estoy perdiendo. Le envío un mensaje antes de ir a casa.

PREGUNTA SERIA PUNTO
ESTÁS BIEN PUNTO
LLAMA POR FAVOR PUNTO
OLIVE

Mi teléfono finalmente suena justo cuando cruzo la puerta principal.

BAJO ARRESTO DOMICILIARIO PUNTO
TELÉFONO RESTRINGIDO PUNTO
MAMÁ INSISTE EN MOMENTO DE FAMILIA PUNTO
FORZADA A COMER BOLLOS Y VER PROGRAMAS MÉ-
  DICOS EN TV PUNTO
MÁTAME PUNTO
ROSE

Apoyo mi bicicleta contra nuestra desbordante papelera de reciclaje para responder; dejo en el jardín las cartas y facturas y recibos que cayeron de la papelera.

ESO NO EXPLICA TU AUSENCIA DÍA ENTERO PUNTO
ESPERO ESCUCHAR QUÉ OCURRIÓ EN CLASE DE FA-
  LLON PUNTO
GUÁRDAME UN BOLLO O NUESTRA AMISTAD TERMI-
  NA PUNTO
OLIVE

Emily y Chloe están haciendo sus deberes en la mesa cuando llego a casa. Papá está lavando los platos. No se dan cuenta de que estoy allí. Si lo hubieran hecho, tal vez Chloe habría dejado de hablar de Rose.

—¿... oíste que Rose Driscoll enloqueció esta mañana? —le dice a Emily. Me detengo en el umbral. Emily mira a papá y se inclina hacia Chloe para contestar con una voz demasiado baja que no alcanzo a entender.

—*Ya* sé —añade Chloe—. Ella la perdió —continúa—. Rompió los billetes y... —una breve pausa para causar más efecto— se rellenó la *boca*.

—Bueno, *quizá* si ella tuviera una boca tan grande como la *tuya*, hubiera podido meterse más —hablo antes de darme cuenta de que estoy hablando.

Chloe se congela, conmocionada. Emily tiene la decencia de lucir avergonzada.

—¿No tienes algún otro chisme que quieras difundir? —pregunto con tono mordaz.

—Sólo estoy diciendo lo que escuché —dice Chloe—. Parece que en verdad perdió la cordura. Estaría preocupada si fuera tú. Escuché que se metió un billete de diez libras en la boca y lo masticó y lo volvió a escupir en el escritorio del profesor.

Papá, que supuestamente no está siguiendo la conversación, se da la vuelta y con un gesto exagerado grita:

—¡Ponle seguro a la puerta trasera!

Chloe obviamente había olvidado que papá estaba allí y le echa una mirada a Emily que dice: *Tu papá es un bicho raro.* Emily evita cuidadosamente mis ojos.

—La frase que buscas —le digo a papá con calma— es *cierra la puerta del frente.*

—Ah —dice papá—. Cierto, es ésa —me guiña un ojo casi imperceptiblemente y regresa a la vajilla. Emily y Chloe huyen de la cocina, como si pudieran contagiarse de su embarazosa naturaleza.

Papá es engañosamente bueno para solucionar los problemas.

Cuando termina con la vajilla, coloca una mano húmeda y jabonosa en la parte superior de mi cabeza.

—*Agua, por todas partes agua, / y ni una gota para beber* —dice con solemnidad.

Me quito su mano y sacudo la cabeza mojada.

—Coleridge —digo—. Samuel Taylor. Nacido en 1772. Reconocido por varias frases célebres, contemporáneo de William Wordsworth, probablemente nunca hizo que se encrespara el cabello de su hija después de que ella había logrado mantenerlo perfectamente liso todo el día.

Papá asiente con aprobación.

—Nunca podría estar a la altura de semejante hombre.

—Coleridge abandonó a su familia tras el nacimiento de su hija —dice mamá, que entró en la cocina sin que me diera cuenta—. También fue adicto al opio y era horrible con su esposa. No hay mucho de respetable en eso.

Una especie de entusiasta música pop entra por la puerta de la cocina desde el dormitorio de Emily. Apago mi audífono y el volumen del mundo se vuelve misericordiosamente bajo. A veces, ser sorda de un oído puede ser una seria ventaja. Todavía puedo sentir el bajo reverberando en el techo.

—¿Podemos abandonar a Emily? —murmuro. Ninguno de mis padres me escucha.

Mamá mira alrededor de la cocina.

—¿Dónde está Rose? —pregunta.

—Estoy castigada, ¿recuerdas?

—Bueno, sí, pero no pensé que Rose no fuera a venir.

—Hay una primera vez para todo —dice papá alegremente, y desaparece en el pasillo. Segundos después lo escuchamos en el rellano cantando entusiasta la música de Emily. Emily la apaga a la mitad de la canción.

Mamá suspira aliviada. Enciendo mi audífono de nuevo, justo a tiempo para escuchar su murmullo.

—Probablemente nunca volverá a escuchar esa canción.

—Su vida será mejor.

—También la mía —mamá cierra los ojos—. Voy a llevar a Nana con la doctora Driscoll para una revisión. Regreso como en una hora.

Me detengo junto a la puerta de la cocina.

—Pensé que la mamá de Rose no trabajaba hoy —digo.

—No, sí trabaja. Tu Nana tiene una cita con ella en media hora.

Rose me está mintiendo. Ella no está en casa en un momento de unión con su madre, obligada a comer bollos. ¿Por qué miente?

—Ya sólo empeorará, a partir de ahora —dice con voz suave. El vello de mis brazos se eriza.

—¿Cómo?

—Te pregunté que si has visto mi bolso —dice mamá, como si regresara de un trance—. Juro que me estoy volviendo tan distraída como tu Nana... Parece que ya no logro encontrar nada.

Pero hay algo, la boca un poco torcida, los ojos ligeramente arrugados, que me da escalofríos. *Parece que ya no logro encontrar nada.*

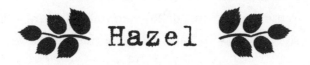

Hazel

Miércoles 10 de mayo

*Perdido: gatito blanco con negro;
dos mandarinas magulladas*

Salgo tarde del trabajo y avanzo en bicicleta de regreso a casa con algunas provisiones que Mags nos dio, cuando me encuentro con un árbol de los deseos, con sus cintas y sus baratijas colgadas como ofrendas. Se dice que estos árboles brotan de pozos sagrados. Las raíces beben el agua y bendicen las ramas. Cuando a las ofrendas se las lleva el viento, los deseos se conceden.

Tengo tantos deseos que no sabría por dónde empezar. Me detengo y pienso en uno, pero estoy en medio de una tormenta y quiero llegar a casa, estar seca, beber el whisky de la licorera que oculté en mi bota esta mañana. Ésos son mis únicos deseos verdaderos en este momento. Aparte de Ivy. Y tal vez Ivy ya ve a través de mí.

Guardo secretos. Digo mentiras. Bebo demasiado y a veces robo cosas. Un día mi piel pecosa se convertirá en escamas y todo mundo verá el monstruo que puedo ser.

La lluvia es intensa y no logro ver bien a través de mis gafas mojadas. Distingo algo que se desliza a través del asfalto repleto de baches frente a mí, corriendo entre el lodo. Las llantas resbalan y tengo que frenar con los pies contra el suelo. A la mitad de la carretera, un pequeño gato se encoge.

Dejo caer mi bicicleta y voy a acariciar a la diminuta criatura, pero cae un fuerte trueno y el gatito sale disparado por debajo de una cerca hacia el campo, del otro lado de la carretera.

Maldigo entre dientes y reviso si mi bicicleta se dañó al derrapar. Y entonces me doy cuenta de que hay algo atrapado entre los radios de la rueda trasera. Lo saco. Es un zapato... plano, delgado y plateado. Una de esas zapatillas de ballet baratas que puedes estrujar en tu mano. Está rayada en la punta. La dibujé hace unos días con carboncillo como si lo supiera. Esto no tiene sentido. ¿Perdiste algo anoche?, preguntó Ivy ese día. Parece que mucha gente perdió algo. Meto la zapatilla en una de mis bolsas de la compra para mostrársela a Ivy, o tal vez para preguntarle a Mags si cree que algo raro está pasando.

Unas cuantas provisiones salieron volando de las bolsas y debo chapotear entre el lodo para encontrarlas. Una lata de alubias al horno, dos mandarinas rodantes, una barra de pan ahora empapada. Me van llevando como si fueran un rastro de migas hasta la puerta en el borde del terreno siguiente.

Recojo el pan y salto sobre la puerta para ver si encuentro al gatito. Hago pequeños ruidos de besos con la boca para llamarlo. La lluvia cae. El viento sopla. Si yo fuera un gato, en este momento estaría escondida en medio de algún arbusto, protegida y lamiéndome para secarme. Tres urracas en un árbol cercano me miran. Grazno en voz alta para espantarlas, pero cierro la boca cuando veo a la chica.

Ella es misteriosa y se encuentra parada junto al árbol más grande a un lado de la cerca, en el borde del terreno. No puedo ver su rostro porque está ligeramente de espaldas a mí. Lleva un pequeño y apretado vestido cuyos colores —púrpura, tal vez, o rojo sangriento— se han desvanecido hasta el gris por la tenue luz de una tarde lluviosa. Su cabello es largo, rojo y enmarañado, más rizado que el mío. Sostiene un cigarrillo. Algo en su forma de pararse me hace pensar que no quiere ser molestada.

Sin darse cuenta de que la miro, da la vuelta y se aleja. Sigue la cerca al borde del terreno y desaparece tras la curva en el camino.

Cuando estoy segura de que se ha ido, camino hasta el lugar donde ella estaba. La hierba lodosa está cubierta con sus huellas y cuando bajo la mirada descubro algo medio enterrado. Lo jalo y desentierro una pequeña libreta roja, cubierta de lodo; está húmeda y gotea. Una gruesa banda elástica negra la mantiene cerrada y está abultada, como si hubiera cosas atrapadas entre sus páginas. Una cinta cuelga lánguidamente como lengua en medio de ella, marcando una página.

Retiro la banda elástica, tiro de la cinta para abrir la libreta y algo cae. Lo saco del lodo y lo pongo en el poste de la cerca con dedos temblorosos.

Es una gran llave de bronce. La reconozco de inmediato y mi corazón se acelera mientras contengo el aliento. Veo esta llave ochenta veces al día. Está tatuada en mi piel desde hace tres años.

Subo la manga de mi suéter y alineo mi muñeca con la llave en el poste de la cerca. Es una gran llave de bronce, de aspecto oxidado pero no está oxidada; la empuñadura que se sostiene entre el dedo y el pulgar es grande y redonda, casi en forma de corazón si se le mira con atención, y su hueco está lleno de círculos y espirales. Trazo las formas con mi dedo flotando justo sobre la llave. Conozco el dibujo de memoria.

No había visto la verdadera llave en tres años. Pensé que nunca la vería de nuevo.

Cuando la levanto, casi creo que algo va a suceder. Un relámpago, un temblor, un presagio. Pero sólo es una llave, y yo me encuentro sola en un terreno vacío.

Olive

Miércoles 10 de mayo

Perdido: señal del teléfono

Rose no vino hoy a la escuela. Envía vagos mensajes en lenguaje telegráfico sobre el estrés por los exámenes, pero todo mundo se preocupa por los exámenes y no venir a la escuela ciertamente no es de mucha ayuda. Sé que no es eso lo que está mal, pero desconozco qué sí lo está.

Después de la escuela, le digo a Emily que vaya a casa sin mí para poder ir a casa de Rose.

—Mamá va a matarte —dice Emily mientras me monto a la bicicleta—. Se supone que todavía estás castigada, ¿sabes?

—Si supieras que tu mejor amiga está tan estresada que ni siquiera pudo venir a la escuela, tú también irías a verla aunque estés castigada.

Emily me dedica una mirada calculadora. Finalmente, pone los ojos en blanco y dice:

—Bien. Le diré a mamá que te quedaste a una clase extra de matemáticas hoy. Sólo recuerda mantener la historia cuando regreses o yo también estaré en problemas.

—Eres una estrella —le ofrezco una sonrisa de alivio a mi hermana.

En casa de Rose nadie responde a la puerta. Y ella tampoco responde su teléfono. Pego una nota en su buzón que dice: ESPERO ESTÉS BIEN PUNTO LLÁMAME PUNTO OLIVE.

Dado que ya tengo una coartada, decido buscar mi pulsera, empezando por el terreno donde se hizo la hoguera. No ha aparecido en ninguna parte, así que debo haberla perdido allí. Pero no hay nada entre el montón de hollín y madera carbonizada, entre los bloques de paja desmoronados o entre la hierba donde desperté, donde el desaliñado chico rubio estaba durmiendo.

Las nubes se tornan más oscuras y comienza a lloviznar.

Mi búsqueda me lleva en un lento recorrido circular alrededor del campo, desde la pequeña hilera de árboles, donde vi al hermoso chico de cabellos rizados, hasta la cerca en el borde opuesto del terreno, en donde busqué a Rose esa mañana.

En el rincón más alejado, casi camino sobre un rosal que estoy segura de que no estaba allí antes. Me detengo y lo miro fijamente. No había rosas creciendo en este terreno el sábado por la noche. Jalo una rama, pero el arbusto está enraizado en su lugar. No es la primera vez en esta semana que me pregunto si podría estar perdiendo la razón, sólo un poco.

Sin embargo, la mayor parte de mi mente está ocupada en Rose y su repentino silencio. Tal vez por eso no recuerdo bien los rosales. Comienzo a preguntarme si hice algo mal. Tal vez le dije algo a Rose en la fiesta, pero el recuerdo de esa noche está tan perdido como todo lo demás. Tal vez hice algo estúpido y ella sólo está fingiendo que no puede recordar porque no quiere decírmelo. Casi perdí su amistad una vez porque nos besamos sin pensarlo bien y prometimos nunca permitir que eso sucediera de nuevo, pero resulta que hay muchas otras maneras de perder a una amiga.

Cuando la lluvia se intensifica, tomo mi bicicleta y emprendo el camino a casa. Acabo de arrancar cuando mis neumáticos encuentran algo afilado y pierdo el control y me desvío hacia la cerca entre el terreno y la carretera. Salto fuera del asiento y maldigo. La rueda trasera tiene un agujero. Para meter aún más el dedo en la llaga, el cielo se abre sobre mí y la lluvia se convierte en aguacero. Me abrocho la chamarra de mezclilla que robé después de la fiesta y tiemblo.

La lluvia cae en gotas gordas y frías. Busco mi teléfono. Dice: *Compruebe la conexión. Se ha perdido la señal de red.*

Algo llama mi atención del otro lado de la carretera y mientras espero recuperar la señal del teléfono, me cruzo para mirar de cerca. Es un árbol de los deseos. En realidad, es más un arbusto que un árbol, pero hay trapos, cintas y rosarios alrededor de las ramas, y monedas y estampas entre sus hojas. También hay otras cosas: una diminuta estatua de Buda de bronce, una pulsera de plástico, un zapato de niño, una fotografía descolorida. La lluvia tintinea en las baratijas y crea misteriosa música en la carretera vacía. No entiendo cómo alguien puede pensar que atar una ofrenda a la rama de un árbol podría hacer realidad un deseo.

Reviso mi teléfono de nuevo. Todavía no recibo señal. Sólo necesito refugio hasta que la lluvia amaine. Oak Road está muy cerca y podría refugiarme detrás de las calderas o en el túnel de desagüe en el borde del fraccionamiento. Reviso mi teléfono una última vez y me apresuro en la dirección opuesta.

Cinco minutos después estoy apoyando mi bicicleta contra el muro que rodea Oak Road cuando veo a un muchacho. Está parado en la calle de entrada de la casa justo frente a mí, mirándome como venado encandilado. No es cualquier chico. Suéter deshilachado, jeans ajustados, gafas de armazón negro, cabello castaño rizado bajo una boina. Es el chico que vi la mañana después de la fiesta.

El viento levanta y arranca hojas y piedras, y las envía deslizándose por el suelo entre nosotros. La lluvia azota. En algún lugar no tan lejano, un trueno ruge. El muchacho mira hacia el cielo oscuro. Levanto la cabeza a la lluvia y miro también. Hay un tenedor de relámpago, un tridente, delgado y brillante, sobre nosotros. Automáticamente, empiezo a contar. Este chico y yo solos en el medio de un fraccionamiento abandonado mientras se avecina una tormenta, silenciosa cuenta regresiva en mi cabeza.

Cuando el trueno vuelve a sonar —¿cayó más cerca esta vez?—, por fin digo algo:

—¿Se supone que es como kilómetro y medio por segundo entre el relámpago y el trueno? —pregunto—. Aunque eso no suena nada científico.

El chico ríe, pero su respuesta es ahogada por más truenos. A estas alturas, el mundo es más agua que aire. Cubro mi oreja izquierda con el hueco de mi mano para que mi aparato auditivo no se moje.

—¿Qué buscas? —pregunta.

¿Cómo sabe que estaba buscando algo?

—Mi bicicleta tiene una rueda inservible —le respondo a gritos por encima del ruido de la tormenta—. Y entonces el cielo decidió transformarse en las Cataratas del Niágara. No estoy teniendo el mejor día de mi vida.

El chico me mira como si estuviera examinándome.

—Iba a refugiarme en el túnel de desagüe —continúo—, a esperar a que pase la lluvia. ¿*Tú* qué haces aquí?

—Vivo aquí —responde.

—¿Tú *qué*?

Se encoge de hombros.

—Poco ortodoxo, lo sé —dice con una sonrisa.

Parpadeo. Sé en qué casa vive. Debe haber sido su voz la que escuché el lunes, y su luz la que vi en las grietas entre las tablas de madera.

—¿Quieres entrar un rato? —señala detrás de él—. ¿A esperar que pase la lluvia? Te prometo que no soy un asesino ni nada parecido.

—Eso es exactamente lo que un asesino diría.

—Mi hermana también vive aquí —dice—. Y nuestra amiga. Pero no tienes que entrar, quiero decir, si lo prefieres, puedes refugiarte en el túnel como dijiste. No me lo tomaré como algo personal.

Frunzo mis labios pensando en el túnel de concreto. El cabello me azota el rostro con el viento.

—De acuerdo —le digo—. Me arriesgaré contigo. Pero no intentes algo extraño.

Él suelta una risa sorprendida y me ruborizo hasta las plantas de los pies.

—Quiero decir, algo como asesinarme —aclaro con rapidez—. O ningún tipo de violencia.

Me hace señas para que lo siga.

—Estás perfectamente a salvo conmigo —dice, y por alguna razón el rostro de mamá aparece en mi mente. Su mirada perdida en la mesa del desayuno cuando llegué a casa de la fiesta. *Él significa problemas. Ha perdido mucho y tú también lo harás. Mantente alejada o lo perderás todo.*

Sacudo la cabeza para disipar el pensamiento y sigo al chico por el lodo y la maleza empapada del fraccionamiento abandonado. No puedo recordar la última vez que hice algo así sin Rose. No puedo recordar la última vez que conocí a alguien por mi cuenta.

—Soy Olive, por cierto —le digo al chico.

Él sonríe y responde:

—Olive, como el árbol, un olivo.

—Así es —digo, aunque la mayoría de la gente piensa primero en el fruto.

—Yo soy Rowan —dice.

Sonrío de inmediato.

—Rowan, como el árbol, un serbal.

—Exactamente.

Sigo a Rowan a la casa vacía que tiene un oxidado número cinco. Mueve los tablones a un lado y empuja la puerta con el hombro.

Dentro de la casa, el radio está encendido, o tal vez un televisor, pero no puedo ver evidencia de ninguno en la tenue luz. El suelo está sucio, lleno de lodo, y nuestros pasos hacen eco. Arriba de nosotros, parece que alguien podría estar cantando. Giro la cabeza para intentar ver hacia arriba. La barandilla de la escalera es gruesa y brillante; los escalones son de madera natural. Todo vacío y viejo y nuevo y lleno de eco.

Sigo a Rowan a la cocina, que está ligeramente más iluminada que el vestíbulo, porque no hay tablones en las ventanas y las puertas corredizas de estilo francés dejan entrar toda la luz que la tormenta permite, que ciertamente no es mucha.

Rowan camina alrededor de la cocina encendiendo velas y linternas en cada superficie. Supongo que no hay electricidad en una propiedad llena de casas vacías. La música que estoy escuchando proviene de un pequeño radio de manivela, de los que llevas a los campamentos cuando eres niño.

Y vivir aquí debe ser un poco como acampar. Los mostradores de mármol que bordean tres de las cuatro paredes de la habitación están llenos de latas y paquetes de comida, y unos cuantos platos y tazas, todos diferentes, todos desportillados, algunos claramente en una pieza gracias al pegamento y la buena suerte. Un pequeño refrigerador de los que se ven en las películas de dormitorios universitarios se encuentra en el espacio vacío diseñado para uno de tamaño normal. Está unido por un cable a un pequeño generador. Una estufa de gas de campamento se encuentra en uno de los mostradores. En ella, una enorme y pesada tetera de hierro fundido destaca rotundamente. El lavabo junto a la puerta trasera está repleto de platos sucios.

En el centro de la habitación hay una gran mesa vieja de campamento, rodeada de sillas en diferentes grados de deterioro. Una caja abierta de chocolates se encuentra en medio de la mesa con envolturas vacías regadas a su alrededor. Nada queda dentro de la caja, salvo los naranjas y los rojos.

Rowan se apoya en la puerta de la cocina y me observa mirar su casa tan poco convencional. Tiene un encendedor de plata Zippo en su mano derecha y lo abre y lo cierra, abre y cierra, en un movimiento tan natural que debe hacerlo cientos de veces al día. Tiene una expresión en el rostro, parece como si intentara reconocerme.

—Te conozco de algún lugar —dice.

—Ah —digo, y me sonrojo por alguna razón—. Sí. No, en realidad no. Te vi en la fiesta del sábado. O el domingo por la mañana. Sólo un instante. Yo estaba buscando a mi amiga y tú estabas en el borde del terreno —obviamente no menciono cuánto he estado pensando en ese breve encuentro desde entonces.

—No —dice pensativo—. No es eso. ¿Estás segura de que no nos habíamos visto antes?

Río y vuelvo a mirar alrededor de la cocina, con velas y linternas.

—Para nada —le digo—. Definitivamente, me acordaría de ti —y entonces cierro la boca y me vuelvo a sonrojar porque, de todas las cosas ridículas por decir, por supuesto le digo a un chico que acabo de conocer que es memorable. ¿Por qué no lanzarme sobre él, ya que estoy en eso?

—No, podría jurar… —empieza a decir Rowan, pero es interrumpido por la puerta principal que se abre de golpe.

Dado que no cerró la puerta de la cocina detrás de nosotros cuando llegamos, puedo ver directamente por el pasillo a la chica alta, de cabello rizado que irrumpe como ciclón en el interior, completamente empapada por la lluvia. Azota la puerta a sus espaldas y deja caer sus pesadas bolsas de la compra cerca de la escalera. Luego arroja los zapatos, se quita el suéter y las calcetas empapadas, seguidos por su blusa negra y mojada y los pantalones mojados y lodosos hasta las rodillas, y deja el altero en el suelo delante de la puerta. Se sacude el cabello del rostro, recoge las bolsas de la compra y marcha hacia la cocina en ropa interior. Tengo que pellizcarme para dejar de mirar.

Rowan casi se ahoga.

—Jesús, Hazel, ponte un poco de ropa —dice—. Esto no es algo que quiera ver.

Hazel deja caer sus bolsas de la compra en la mesa de la cocina y le muestra el dedo medio a Rowan antes de sujetar su cabello mojado con una cinta elástica que traía en su muñeca. Limpia sus gafas con un secador sucio.

—Está lloviendo —dice innecesariamente.

—Sí. Y la mayoría de la gente opta por ponerse *más* ropa cuando es el caso.

Hazel se vuelve y me mira.

—¿Quién es ésta? —pregunta.

—La encontré justo al lado de la entrada —dice Rowan.

—Sólo quería protegerme de la lluvia —añado.

Estoy parada en mi pequeño charco. Las puntas de mi cabello gotean sobre mis hombros, *plop-plop-plop*. Mantengo mis ojos en el charco para evitar mirar el tatuaje que Hazel tiene justo debajo de su sostén.

Hazel mira a Rowan y luego a mí.

—Traes puesta mi chamarra —dice.

Miro la mezclilla empapada de lluvia.

—¿Es tuya? —qué extraña coincidencia—. La encontré la mañana siguiente a la fiesta del pueblo —me encojo de hombros y se la entrego—. Me comí toda tu goma de mascar —agrego—. Lo lamento.

Hazel ríe.

—Descuida.

Rowan sigue mirándome como si estuviera tratando de reconocerme.

—Sin embargo, estoy *seguro* de que la fiesta no es de donde te conozco —dice.

Se quita la gorra y saca su suéter por encima de su cabeza, tratando de secarse el cabello con la lana húmeda. Su camiseta se levanta ligeramente y veo algo que parece un tatuaje por encima de su cadera antes de que baje los brazos y la camiseta lo cubra de nuevo.

Adolescentes tatuados que viven en un fraccionamiento abandonado. No estoy segura de poder vivir conmigo misma si no descubro más sobre estos dos. No puedo esperar para contarle a Rose. Se me ocurre que si hubiera estado con ella esta tarde, nunca habría terminado en esta situación.

—¿Quieres que te preste algo de ropa seca? —pregunta Hazel.

—Sí, gracias —respondo, y Hazel me toma por el codo y me conduce por el pasillo y por las escaleras. La casa huele a velas y a humo de cigarrillo.

—Entonces, ¿qué hacen viviendo aquí? —pregunto mientras subimos la escalera en penumbras.

La luz es ligeramente más brillante en el rellano, a pesar de que parece estar cada vez más oscuro afuera. Aunque las dos grandes ventanas en cada extremo del pasillo están tapiadas como las de abajo, hay un tragaluz en la parte superior de la escalera, sobre nosotros.

Hazel no responde a mi pregunta. En cambio, llama a uno de los dormitorios.

—Ivy, tenías razón. Tenemos una invitada. Ella es...

—Olive —saludo a la chica que sale al rellano. Ella es impresionante, y no sólo por su cabello, que es corto, puntiagudo y azul brillante. Es pequeña y muy delgada, hermosa como princesa de un cuento de hadas, y sus ojos son de los que capturan la atención, lo cual es inusual, porque nadie repara en los ojos de los demás fuera de la ficción. Son de un azul muy claro, como una especie de cristal. Viste una disparatada colección de capas de lana que la hacen parecer una granjera punky del siglo diecinueve. Es extraña y encantadora.

Para mi sorpresa, se acerca y me abraza, rápidamente y con firmeza, como si me conociera de toda la vida.

—Hola, Olive —dice, como si no le sorprendiera ni un poco ver a una extraña en su rara y vacía casa. Luego le pregunta a Hazel—: ¿Por qué no llevas ropa?

—Llevo ropa interior —Hazel mete su pulgar debajo del tirante izquierdo del sostén y lo baja coquetamente por encima del hombro.

Ivy ni siquiera parpadea.

—Es verdad.

Hazel me conduce a otra de las habitaciones. Lo mismo que el resto de la casa, está oscura y casi vacía. Un colchón viejo pegado contra la pared del fondo sirve de cama. Hazel enciende una linterna y busca entre las bolsas de Tesco amontonadas debajo de una ventana tapiada. Arroja un montón de ropa y artículos de tocador y otras cosas sobre el piso.

—Todo es un maldito desorden. Aquí, toma éstos, en su mayoría, están limpios.

Me entrega un vestido blanco satinado que parece más un camisón y un suéter tejido grande. Luego se contonea para entrar en unos muy ajustados pantalones cortos de mezclilla y una enorme camiseta. Ella es toda curvas de piel pálida y pecosa, y piernas largas y fuertes. Tiene un tatuaje de una llave maestra en un brazo y en el otro, el ojo de la cerradura que parece haber sido ilustrado con galaxias, sin espacios oscuros, solamente pequeños puntos blancos como racimos de estrellas. El otro tatuaje, el que he estado evitando mirar todo este tiempo, a lo largo de sus costillas, justo debajo de sus pechos, es nuevo y está cubierto con un vendaje de plástico transparente. Es una frase, pero aunque tengo curiosidad por saber lo que dice, no me atrevo a mirar más de cerca.

Me doy cuenta de que he estado observando cuando Hazel se vuelve hacia mí. Me saco el suéter mojado y la blusa del uniforme sobre mi cabeza, y me pongo la ropa de Hazel. Me esfuerzo por no parecer insegura y lucho contra el impulso de darle la espalda o cruzar mis brazos alrededor de mí. La ropa me queda bien a pesar de que mido quince centímetros menos que ella. *A Rose le encantaría esta chica*, pienso. Rose nunca dominó el arte de quitarse el sostén debajo de su ropa y, en cambio, se desnudaba ostensiblemente, retándote a verla. Hazel parece tener una disposición similar.

Cuando vuelvo a mirarla, está completamente vestida y me aprueba con la mirada. Se acerca, se detiene frente a mí y saca mi cabello debajo del cuello del suéter.

—Linda —dice.

—Gracias —me bajo el vestido— por la ropa —mis piernas están lodosas y mi cabello todavía está mojado, pero siento considerablemente menos frío—, y por el cumplido.

Hazel posee una sonrisa pícara.

—Tengo más, si gustas —no sé si se refiere a la ropa o al cumplido.

Hazel me lleva de nuevo al pasillo, donde Ivy está esperando. Se da la vuelta y dice, como si leyera mi mente:

—De ambos.

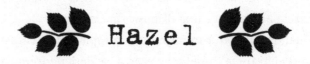 Hazel

Miércoles 10 de mayo

Perdido: Dos cucharitas manchadas;
una pequeña vela

Olive entra al vestíbulo para llamar a su hermana y yo le envío un mensaje a Mags para preguntarle si podría llevarla a casa. Después, cuando Olive no puede escucharnos, me vuelvo hacia Rowan.

—¿Ahora ya traemos chicas a casa? —pregunto—. Qué gracioso, no recibí el memo.

Las mejillas de Rowan se sonrojan.

—No es así. Apareció en medio de la tormenta, ¿qué se suponía que debía de hacer?

—El crucigrama decía que esperáramos invitados —dice Ivy en voz baja—. Y esta chica se perdió en la tormenta.

La boca de Rowan se abre ligeramente.

—Ella es importante —dice Ivy—, debe serlo.

—¿Importante cómo? —pregunta Rowan.

—No lo sé —responde Ivy—, sólo creo que lo es.

Entonces caigo en cuenta. El crucigrama no hablaba de mi madre.

La galleta es ceniza en mi boca y no puedo tragarla. Ivy dijo: *¿Quién más podría ser?* Y me dejé creerlo. Han pasado casi cuatro semanas desde que supimos de nuestra madre. ¿Y si realmente se fue? Cuando cierro los ojos, veo llamas.

Cuando regresa Olive, trae té y galletas y hace un montón de preguntas sobre cuánto tiempo hemos estado viviendo aquí y por qué y cómo llegó Ivy también aquí, y aunque me cae bien —es divertida y un poco sarcástica, con quien se puede platicar— me resulta difícil respirar. Humo y llamas. Mamá no volverá a casa. Rowan charla y ríe con Olive, y él no sabe nada de eso y no sé cómo decírselo. Y no quiero que sea verdad. Pero lo he sabido desde el día que nos fuimos, el día que nos escapamos. Sabía que nunca volveríamos a verla.

Sólo me sintonizo de nuevo con lo que está sucediendo a mi alrededor cuando Ivy descubre la zapatilla que encontré pegada a mi bicicleta en la canasta donde la dejé. La había olvidado.

—¿Conociste a Cenicienta en el trabajo? —me pregunta Ivy, sosteniendo por el talón, entre su pulgar y su índice, la zapatilla de ballet raspada.

Inmediatamente, Olive se la arrebata.

—¿De dónde sacaste esto? —pregunta.

—La encontré cuando venía en bicicleta a casa —le digo—. Estaba atorada en mi rueda.

—Déjame adivinar —dice Ivy a Olive con su voz pausada, sus palabras suenan como una canción—. La perdiste en la fiesta —inclina hacia un lado la cabeza como un pájaro de cabello azul.

—Tú tenías mi chamarra— digo despacio—. Y yo tu zapato.

—Eso es realmente extraño —dice Olive, pero luego se encoge de hombros y mete la zapatilla en su mochila—. Supongo que estamos a mano.

Es extraño.

—Creo que sí.

Busco en mi bolsa y saco la libreta.

—También encontré esto —lo sostengo en un haz de luz de linternas y velas robadas—. Estaba en el terreno de la fiesta del sábado. A alguien debe habérsele caído.

No menciono la llave que salió de ahí. Todavía está en el bolsillo de mis pantalones de trabajo que me quité cerca de la puerta. Tampoco menciono a la chica pelirroja. No sé por qué.

Abro la libreta y es como si fuera la respuesta a mis oraciones.

Dice: *Libro de hechizos de lo perdido y lo encontrado.*

—¿Qué sucede? —pregunta Rowan al otro lado de la mesa.

—Es un libro de hechizos —le digo mientras le quito el elástico y recorro sus páginas cuidadosamente. Por fuera no parece un libro de hechizos. En verdad. Cuando lo recogí, pensé que tal vez sería un diario. Es de piel roja y bastante pequeña, como las libretas Moleskine que los poetas llevan en las películas. Pero en su interior el papel parece viejo. Amarillo. Las páginas están empapadas y algunas se están cayendo en pedazos. En algunas, la tinta se corrió tanto que ya es ilegible.

Pero la página en donde se encuentra el hechizo es clara. Puedo leerla perfectamente.

—¿Un libro de *hechizos*? —pregunta Olive.

—Hechizos y santos —susurra Ivy—. Una lista de dioses y ofrendas —no me había dado cuenta de que ella estaba leyendo sobre mi hombro.

Para cada página escrita, hay otra con cosas pegadas al papel. Al girar las páginas, una pluma, doblada hacia atrás por el libro, se desdobla. Una hoja de otoño cubierta de símbolos extraños. Una vieja moneda brilla bajo la luz de la cocina.

—Qué cosa tan extraña —dice Olive.

Hay algo que me resulta familiar en la letra.

—Me pregunto quién lo escribió —dice Ivy, como si leyera mi mente.

Regreso a la página con el hechizo y lo leo otra vez. Y otra y otra.

Invocación para que lo perdido sea encontrado.

Necesitarás: Un amuleto o talismán... Una botella de cristal llena de las aguas del Lete, el río subterráneo en Hades que hace olvidar a quien bebe de él... Un trozo de cordón de plata. Tinta roja. Aceite de oliva. Un puñado de bayas rojas de serbal. Una rama de avellano. Una enredadera de hiedra. Tantas espinas de rosa como cosas pérdidas. Musgo recolectado bajo la sombra de un roble. Sangre humana.

Rowan y yo perdimos a nuestros padres y en mi mano hay un hechizo para invocar lo perdido.

Olive se acomoda detrás de mí y lee sobre mi otro hombro. Se acerca y le da vuelta a las páginas. Dice cosas como *Extraño* y *Guau* y *¿Qué tan vieja crees que sea esta cosa?*

Pero no es eso lo que yo me pregunto ahora.

—¿A quién pertenece? —pienso en voz alta—. ¿Quién perdería un libro de hechizos?

Olive ríe.

—¿Quién traería un libro de hechizos a una fiesta? —dice.

—¿Qué? —pregunta Rowan.

Olive me mira.

—Dices que lo encontraste en el terreno de la fiesta —dice.

La fiesta. Mi chamarra, la boina de Rowan, el collar de Ivy, el zapato de Olive. Todo mundo perdió algo.

—Alguien lanzó este hechizo en la fiesta —digo lentamente—. No sé cómo sé que es cierto, pero es como el crucigrama de Ivy. Acierta cada vez. Todo mundo parece haber perdido algo desde entonces.

—Ay, no seas tonta —dice Olive, y luego se retracta—. Lo lamento. Sólo quiero decir que la gente pierde alguna mierda en las fiestas todo el tiempo. Dudo que sea la primera vez que alguno de nosotros pierde algo después de unas copas.

Pero Ivy asiente mientras lee el final del hechizo. *Ten cuidado con lo que pactas: cada cosa perdida requiere un sacrificio. Una nueva pérdida por cada cosa encontrada que haya sido invocada. Cierra los ojos.*

—Por eso todos hemos estado perdiendo cosas. Alguien lanzó este hechizo para encontrar algo, pero no ofreció nada a cambio. Así que todos los que estaban en la fiesta están perdiendo cosas para compensarlo.

—¿En serio? —Olive ríe un poco—. ¿En verdad crees en todo eso? —mira a Rowan, quien simplemente se encoge de hombros.

—Yo creo que explica mucho —dice él.

—¿Mucho de qué? Perdí una zapatilla. Hazel perdió una chamarra. Eso suena bastante normal para mí —pero entonces Olive se detiene, y la mirada en su rostro cambia. Es como si recordara algo. Algo que ha perdido. Algo más que una zapatilla plateada.

—Una rama de avellano —leo en voz alta—. Aceite de oliva. Bayas rojas de serbal y una enredadera de hiedra. Avellano,

Hazel; aceite de oliva, Olive; serbal, Rowan; hiedra, Ivy: parece que hay un ingrediente por cada uno de nosotros.

Olive se acerca.

—Y espinas de rosas, Rose —añade calladamente.

Ivy me quita el libro y dice con un poco de asombro:

—Tienes razón, hay un rol para cada uno de nosotros.

El teléfono de Olive zumba repentinamente en el silencio. Ella revisa el mensaje y se levanta rápidamente.

—Mierda —dice—. Es mi hermana. Mis padres me buscan. Tengo que irme.

Como si se hubieran puesto de acuerdo, escuchamos el crujido de neumáticos fuera. Mags. Olive sale, con su mochila sobre su cabeza para protegerse de la lluvia.

La vemos irse, sentados en silencio alrededor de una mesa que encontramos en una venta de jardín, en sillas que encontramos tiradas a un lado del camino, bebiendo en las tazas que robamos. Rowan desconoce que esto no es temporal. No sabe que nuestra mamá no regresará a casa. Que tal vez murió en ese incendio. Pero parece conocer algo. Su rostro está demacrado y mira fijamente la puerta de la cocina por donde Olive salió, pero no ve nada. Ivy frunce el ceño y muerde su labio inferior. *Hay un rol para cada uno de nosotros*, dijo. Un hechizo para encontrar las cosas perdidas.

El único problema es: ¿cómo conseguir que hagan su parte sin nunca decirles por qué?

Olive

Miércoles 10 de mayo

Perdido: Tren de pensamiento; pequeño paraguas
(rojo con puntos blancos)

Mags Maguire me lleva a casa. Rowan me dijo que estaba emparentada con Ivy de alguna manera, y por eso los cuida. La observo subrepticiamente, tratando de encontrar un parecido entre su rostro ancho y alineado, y las delicadas facciones de Ivy, sin mucho éxito. Pero ambas poseen esos ojos azules muy claros.

Incómodamente apretada contra mis pies está una labradora grande y vieja de color marrón con ojos legañosos. *(Lucky. Ése es su asiento, así que si no quieres sentarte en la parte de atrás, compartirás el asiento del pasajero con ella.)* Me habría sentado en la parte de atrás, pero todo el asiento está ocupado por una hilera de grandes contenedores metálicos que chocan ruidosamente entre sí mientras avanzamos. Tienen ajustado el cinturón de seguridad con más fuerza que yo. El auto huele a humo de cigarrillo y perro mojado. Aun así, es bueno no estar bajo la lluvia.

—Entonces, ¿desde hace cuánto conoces a los mellizos? —pregunto sólo por conversar. Veo por qué querría vigilar a su tatarasobrina nieta o lo que sea que la emparente con Ivy, pero todavía estoy un poco confundida sobre su relación con Hazel y Rowan y la razón por la que ellos parecen confiar sólo en ella con respecto a su situación actual.

Mags me mira.

—Conozco a la madre de los mellizos desde que nació. Soy lo más parecido a un familiar para ellos ahora.

—Y —digo, esperando no ser demasiado indiscreta—, ¿estás de acuerdo con que se queden en Oak Road? ¿Por qué no se quedan contigo?

—No acepto vagabundos —dice Mags sin rodeos.

—Entiendo.

Cuando asiento, Mags finalmente mira hacia atrás al camino, pero antes de que pueda relajarme un poco, ella se dobla para buscar algo bajo su asiento. Me preparo para lo que parece una muerte inevitable, pero cuando abro mis ojos está encendiendo tranquilamente un cigarrillo, con una mano en el volante.

—Y... mmmm... —digo cuando recupero el aliento—, ¿qué hay de Ivy? —Rowan la describió como *nuestra amiga*. Estoy medio esperando que Mags aclare si eso significa *novia*. Cruzo los dedos disimuladamente.

—Ella los cuida.

—¿Entonces no está... con... alguno de ellos?

Mags dirige sus ojos de águila hacia mí.

—Eso es algo que debes preguntarle a ella, no a mí —dice de manera cortante.

—Entiendo.

La lluvia azota la ventana. A petición mía, Mags detiene el auto lo suficientemente lejos de casa para que nadie me vea, incluso si se están asomando por la ventana. Le doy las gracias y desamarro mi bicicleta del toldo de su auto.

—Están bien, ya sabes —dice ella con un rápido asentimiento. Gira el volante como si estuviera lanzando un disco en los Juegos Olímpicos y me estremezco ante el sonoro chirrido de los neumáticos en la carretera mojada. Hasta que recuerdo que nunca les di a Rowan o Hazel mi número. Y ahora es demasiado tarde para pedirle a Mags el favor.

Emily me envía un mensaje y subo hasta el techo de la cocina y entro por su ventana. Cuando entro, me saluda con una sonrisa de gato de Cheshire.

—Te *dije* que volvieras rápido, pero no te preocupes. Acabo de decirle a mamá que llegaste hace quince minutos. La ducha está prendida porque le dije que te estás bañando. Así que, ¿qué obtendré por cubrirte esta vez?

Me paro en su silla de escritorio plegable para bajarme de la ventana.

—¡Cuidado con mis cosas!— grita y extiende las manos para proteger su escritorio de mi ropa mojada.

—¿Diez libras? —intento.

—Veinte.

—Mira —razono con ella—, necesitaba encontrar mi pulsera. Estoy segura de que la perdí en la fiesta del sábado, así que regresé al terreno para tratar de encontrarla.

—Ah, tal vez eso es lo que Rose buscaba cuando la vi en la fiesta —dice Emily.

—¿En dónde buscaba? —pregunto.

Se encoge de hombros.

—Estaba hablando con el hermano de Chloe y mirando alrededor, no lo sé, tal vez buscaba tu pulsera.

—De hecho —digo—, mucha gente perdió cosas en la fiesta. O les robaron cosas —hablo en el tipo de voz baja que sé que atraerá a la parte dramática de mi hermana—.

Las chicas de la escuela creen que hay un cleptómano en el pueblo.

—Ay, Dios, ¿en serio? —Emily abre los ojos—. Tengo que decírselo a Chloe —toma su teléfono y comienza a escribir frenéticamente.

Goteo a través de su dormitorio y arruga su nariz ante el persistente olor a humo y perro mojado que sigue aferrado a mí.

—Algo más —salta de su cama y bloquea la puerta, sobre todo con los codos. En una chica tan delgada como ella, son básicamente armas.

—¿Qué?

—Quiero esos veinte —dice, con la palma extendida.

Golpeo un billete de veinte contra su mano e intento pasar, pero sus codos siguen en mi camino.

—¿Y *ahora* qué? —pregunto.

—¿Con quién estuviste esta noche? —dice.

Logro pasar por delante de ella.

—Con Rose —digo—. ¿Con quién más?

Emily me sigue fuera de su dormitorio por el pasillo.

—¿Qué llevas puesto?

—Me mojé. Rose me prestó algo de ropa.

—Ése no es el suéter de Rose —dice—. Y Rose dejó de fumar. Hueles a humo.

—Mira, tengo que estudiar —cierro la puerta de mi habitación y dejo a Emily con los labios fruncidos.

En la cena, sigo viendo a hurtadillas los ojos de mi madre, repitiendo en mi cabeza lo que me dijo la mañana después de la fiesta. *Ha perdido mucho y tú también lo harás.* Mi zapatilla en el bolso de Hazel. El rostro afilado de Ivy. Cosas perdidas. Encontradas.

Rose me visita después de la cena. Nos sentamos en mi cama y enciendo las luces de hadas que cuelgan encima. Centellean en mis fotos con Rose, las flores prensadas, las entradas de conciertos, la colección de diminutos gatos de porcelana que he estado guardando desde que era niña.

Rose se recuesta en mis almohadas y cuando habla, hay alcohol en su aliento.

—¿Encontraste la pulsera de tu mamá?

Niego con la cabeza.

—Incluso regresé al terreno donde fue la fiesta por si la había perdido allí, pero si así fue, desapareció hace tiempo... Hablando de eso, ¿dónde has estado y por qué no has respondido a ninguna de mis llamadas?

—Lo lamento. Sólo necesitaba un día de salud mental.

Por lo general, tomamos nuestros días de salud mental juntas.

—¿Y responder a uno de mis mensajes habría sido perjudicial para tu salud mental? —pregunto.

—Mamá mantuvo confiscado mi teléfono.

—Tu madre estuvo en el trabajo todo el día, Rose. Y ayer, también. ¿Se trata de lo que pasó en la clase de alemán?

Rose suspira.

—No sé.

—¿Vas a contarme lo que pasó?

Rose intenta decir *Nada*, pero le dedico una mirada de advertencia y en cambio dice:

—Sólo perdí un poco el control.

—Rose —digo frustrada.

—Olive —imita mi tono—, algunos de los chicos estaban siendo particularmente molestos, así que arranqué sus notas.

—¿Con tus dientes?

Rose sonríe.

—No debes hacer caso a los chismes, Olive —dice.

Se inclina para sacudirme el cabello, pero me muevo y quedo fuera de su alcance.

—Tal vez no tendría que hacerlo si tú hablaras conmigo. O respondieras mis llamadas —digo.

Rose suspira y tuerce la boca.

—Lo lamento. Necesitaba estar sola —dice por fin.

—¿Hice…? —acomodo las palabras en mi cabeza antes de decirlas. *¿Por qué estás enojada conmigo?* suena demasiado necesitada. *¿Qué hice mal?* grita de culpa—. ¿Hice algo estúpido en la fiesta? —es lo que acabo preguntando.

—Olive, bebimos una botella y media de vodka entre nosotras, nos desmayamos contra un bloque de paja y llegamos a casa hasta las seis de la mañana —dice Rose—. *Estúpido* es una palabra que podría describirlo.

Tal vez estoy viendo cosas donde no las hay.

—¿Me prometes que estamos bien? —pregunto.

—Prometo que siempre estaremos bien.

Choco mi taza de té contra la de ella y dejo a un lado mis preocupaciones. No puedo pedir mucho más que una promesa.

—Bueno —digo para cambiar de tema—, espera a que sepas dónde estuve toda la tarde.

Rose escucha atentamente mientras le hablo de Rowan, Hazel e Ivy.

—¿Y han estado viviendo allí? ¿En Oak Road? —dice cuando termino de contarle todo el encuentro surrealista—. ¿Por qué?

—Supongo que es algo de familia.

—He escuchado que esas casas están llenas de asbesto. Y de fantasmas, totalmente plagadas de fantasmas —dice—. ¿Y Hazel tenía tu zapatilla? Ésa es una mierda de cuento de hadas.

—Ivy dijo eso. Casi esperaba que Rowan me la probara para ver si me quedaba.

Rose sonríe burlonamente.

—¿Quién si no tú se podría enamorar a primera vista de un ocupante ilegal sospechoso? —dice.

—No estoy enamorada de nadie —protesto—, pero él es realmente hermoso.

Cuando finalmente Rose sale de mi cama y va a casa, me recuesto bajo las luces de hadas y permanezco ahí durante mucho tiempo, escuchando la lluvia. Martillea en el techo y contra mi ventana, que abrí para ventilar la habitación. Me levanto para cerrarla y casi tropiezo con mi mochila. Se cae y regurgita una pila de libros sobre la alfombra.

Comienzo a empujar todo de nuevo con el pie, pero me detengo cuando descubro algo que no me pertenece: una delgada libreta empastada en piel roja y asegurada con una liga negra. *El libro de hechizos de lo perdido y lo encontrado.*

Laurel

Miércoles 10 de mayo, jueves 11 de mayo

Encontrado: control remoto de televisor (gris, roto);
billetera (negra, de piel); bolso de maquillaje (grande, rojo,
cremallera dorada); juego de llaves de un auto (llavero de
perro); gafas de lectura (púrpura); balón de futbol (blanco y
verde); broches para sujetar el cabello (alrededor de quince);
encendedor plástico azul; dos cucharitas manchadas; una calceta
(multicolor, rayada); broche para el cabello plateado en forma
de estrella; pulsera de oro con pequeños adornos

El miércoles, camino al bosque, rodé sobre un control remoto de televisor en medio de la carretera. Crujió bajo
mis ruedas y derrapé hasta detenerme, con Ash y Holly pisándome los talones. Lo pateé a una zanja, sin pensar que
un pequeño rectángulo de plástico pudiera ser el inicio de
algo.

Nos escapamos de clases para estar con Jude. Nos sentamos a la sombra de abedules plateados y estudiamos para
nuestros exámenes de verano. Jude se burló de nuestros libros de texto y nuestras libretas. Nos hizo su propia lista de
lecturas obligadas: Keats y Coleridge, Kerouac y Vonnegut.

Sacó de su morral sus propios libros de bolsillo, evidentemente muy usados, y leyó pasajes en voz alta.

Su voz es como música, ¿ya lo había dicho? Este pueblo está grabado en cada una de nuestras vocales, pero él no tiene nuestro acento. Su voz casi carece de acento, como un presentador de televisión, como si nunca hubiera permanecido en algún sitio el tiempo suficiente para hablar como si perteneciera a él. Como si sólo en nuestros sueños tuviera una procedencia.

O al menos eso es lo que quiere que pensemos. Ash y Holly escuchaban absortas, pero yo me descubrí suspirando con impaciencia ante su hermosa voz. Él sólo quiere hablar de *cosas importantes*, pero todo acerca de él parece cada vez más como una fachada muy cuidada. Cuando tomó aliento para descansar, le pregunté dónde vivía, dónde estaban sus padres.

—Eso es irrelevante —dijo, apartando mis preguntas con un movimiento de su mano—. No puedo soportar una conversación irrelevante. Déjenme contarles el mito de Ícaro. Déjenme decirles cómo estuvo a punto de alcanzar el sol.

No le dije que conocía el mito de Ícaro, que ya había leído a Kerouac y que me había parecido muy aburrido, que a veces las conversaciones irrelevantes son una buena manera de conocer mejor a alguien. Pero estoy comenzando a sospechar que Jude no quiere que lo conozcamos.

—*La única gente que me interesa es la que está loca* —leyó Jude—. *La gente que nunca bosteza ni habla de lugares comunes, sino que arde, arde como fabulosos cohetes amarillos explotando igual que arañas entre las estrellas.*

Ash asentía con entusiasmo.

—Sí —dijo ella—. *Sí.*

Holly tenía los ojos cerrados. Frustrada, taché la ecuación en la que estaba trabajando y comencé de nuevo. *Arde, arde, arde.*

Ash se metió entre los árboles para orinar. Escuchamos sus pies aplastando hojas y pequeñas ramitas, y por alguna razón me recordó el hechizo, el musgo que buscamos, la navaja que utilizamos para cortar las yemas de nuestros dedos. Todavía puedo sentir la cicatriz, limpia y blanca. Está justo sobre las espirales de mis huellas dactilares, marcándolas, cambiando mi identidad. No soy la que fui.

Cuando Ash regresó, sostenía una billetera.

—La encontré sobre una roca como si hubiera caído del cielo —dijo—. Tiene dentro veinte libras, pero no una identificación.

Le dejamos a Jude nuestras cosas y nos fuimos al pueblo. Esperamos hasta que una de mis hermanas salió a fumar de la panadería, en su descanso, y le hicimos señas.

—¿No deberían estar en la escuela? —preguntó.

—Nos salimos de clase. Estamos estudiando en el bosque —entonces le entregué el dinero y le pedí que nos comprara una docena de cervezas.

—Pequeña rebelde —me dijo con admiración—. *Por fin.*

Nos fuimos en las bicicletas de regreso al bosque, con las cervezas en nuestras mochilas. Las botellas tintineaban cada vez que caíamos en un bache de la carretera. Si no hubiéramos estado atentas al camino para evitar piedras y agujeros, no habríamos encontrado lo siguiente:

Un polvo compacto, rojo y brillante, varios tonos más oscuros que cualquiera de nuestras pieles. Estaba medio salido de un gran bolso rojo de maquillaje, que se encontraba en el suelo justo al borde del bosque, más allá de la carretera. Lo llevamos con nosotros. Escondimos las cervezas en un hueco entre las ramas del viejo roble en la bifurcación del camino, donde Holly encontró el libro de hechizos. Pareciera que ha pasado mucho tiempo desde que leímos la invocación para recuperar nuestros diarios.

Nos sentamos entre nuestros libros de texto y nos admiramos por turnos en el espejo del polvo compacto; dibujamos en nuestras manos con el delineador y probamos el lápiz labial. Volví y encontré el control remoto que había pateado en la zanja y los acomodamos juntos: el maquillaje, la billetera, el control remoto roto. Como si fuera un altar.

—El hechizo está funcionando —dijo Jude—. Miren, las cosas perdidas vuelven a casa para ser encontradas.

Ash y Holly asintieron, pero yo sabía que esto no era lo que queríamos. Habíamos escrito solamente dos palabras cada una en las ramas del roble cuando lanzamos el hechizo. *Mi diario*. Tres veces.

—¿Por qué estaremos encontrando esto ahora? —pregunté—, si ya encontramos lo que habíamos perdido.

—El poder de la magia —replicó Jude, pero Holly se mordió el labio. Yo sabía que ella creía en todo esto, aunque yo no lo hiciera. Sabía que había memorizado el hechizo. La parte sobre el equilibrio. La parte sobre el sacrificio. Si *era* real y estábamos encontrando mucho más de lo que habíamos perdido, ¿eso significaba que otros estaban perdiendo cosas por causa nuestra? ¿O nuestros hallazgos sólo eran coincidencia?

Bebimos todas las cervezas esa tarde en las ramas del árbol, y cuando ya estábamos *sonrientes*, nos tambaleamos hasta el lago y nos metimos al agua. Comenzó a llover y cantamos y reímos bajo la llovizna, con gotas en nuestros cabellos. En las aguas poco profundas, Jude y Holly se besaron. Ash y yo aplaudimos y silbamos, pero creí ver una expresión de dolor en su rostro. Caímos unos sobre otros en las rocas de la orilla. Pisé algo afilado y descubrí un conjunto de llaves de un auto metiéndose entre mis dedos. Las guardé y seguí bebiendo.

La lluvia se convirtió en tormenta: avalanchas torrenciales que borraban el mundo a nuestro alrededor. Dado que ya estábamos mojados, todos nos quitamos la ropa y nadamos en lo más profundo del lago. Holly apartó los ojos mientras nos desvestíamos; Ash y yo fingimos no mirar, pero nos descubrimos mirando y sonriendo con renuencia. Holly es delgada y muy blanca, sus venas azules se muestran bajo la piel translúcida de sus pechos y parecen rayos que conectan sus caderas y fluyen hacia abajo, hasta el suave vello rubio. Parecía como si pudiera desaparecer en el agua y nunca volver a salir. Ash es más como yo: nuestros muslos y nuestros pechos son redondos, y el vello entre nuestras piernas es grueso y áspero; el mío es negro y el suyo, tan rojo como sus rizos ardientes.

Jude estaba desnudo sobre la roca más grande bajo la lluvia, con una botella de cerveza sostenida en alto. Los cuerpos de los chicos me parecen extraños, no del todo humanos. Quizá se deba a que he visto muy pocos. Estoy acostumbrada a mi apariencia, a los cuerpos de las chicas en los vestidores, a los vellos y bultos y curvas y colores, pero los chicos son diferentes. Algo completamente distinto. El aliento se estancó en mi garganta, pero traté de que no fuera evidente. Creo que las tres volvimos a respirar cuando Jude se unió a nosotras en el agua.

Reímos y nos estremecimos, manteniendo nuestras botellas de cerveza justo por encima del agua, bebiendo de ellas a medida que avanzábamos. Chapoteamos, salpicamos, esquivamos y bebimos agua del lago. Beso, beso... Holly y Jude se envolvieron en un abrazo mientras Ash y yo observábamos. Unas gafas de lectura flotaron y Ash las tomó. Cuando salimos del lago, un balón de futbol rodó por la colina hacia nosotros. En los árboles lluviosos brillaban broches para sujetar el cabello. Levanté la mano y tomé un broche diferente, plateado, como si se tratara de una fruta en forma de estrella.

Después montamos nuestras bicicletas y nos fuimos a casa, tarde y temblando, tambaleantes en la carretera inundada. Tuve suerte: mis hermanas me cubrieron. Me subieron de contrabando y me pararon bajo la ducha caliente, completamente vestida, hasta que entré en calor y recuperé la sobriedad. Le dijeron a mamá que había comido algo raro y me metieron en la cama. Los padres de Holly fueron menos indulgentes. Ella pasó la noche llorando en su habitación, castigada hasta que pasaran los exámenes. Los padres de Ash intentaron el mismo castigo, pero en vez de súplicas hallaron gritos. Ash no es de las que llora.

—Mamá y papá están preocupados —murmuró Holly por teléfono al día siguiente. Las piernas de Ash se cruzaron sobre las mías en el piso de mi dormitorio, con la oreja pegada a mi teléfono—. ¿No han oído? Un chico del pueblo ha estado desaparecido desde la fiesta.

—¿Quién? —pregunté.

—¿Te refieres a como-se-llame de sexto año? —preguntó Ash—. Oí a mamá hablar de esto con su amiga Caroline otra vez esta mañana.

—¿Cómo-se-llame? —pregunté. Recuerdo vagamente a la mamá de Ash diciendo algo sobre un chico que no había regresado a casa, cuando hablaba por teléfono el otro día. *Probablemente se está recuperando después de haber bebido demasiada cerveza durante el fin de semana. Estará de regreso antes de que te des cuenta.*

Ash se encogió de hombros.

—Lo reconocerías si lo hubieras visto. Es desaliñado y rubio y tiene una perforación en la ceja.

—Nadie lo ha visto desde el domingo pasado —dijo Holly, con voz muy suave a través del teléfono—. Tengo miedo de que nosotras... que haya sido por nuestra culpa.

Ten cuidado con lo que pactas:

Cada cosa perdida requiere un sacrificio...

Una nueva pérdida por cada cosa encontrada que haya sido invocada.

No puede ser. Sacudí la cabeza y oí que Holly soltó un suspiro nervioso.

—No fuimos nosotras —me esforcé por tranquilizarla—. Nosotras no hicimos nada, Holly. Los hechizos y la magia no son reales —pero ya no estaba tan segura—. De todos modos, nadie ha dicho que este chico esté realmente perdido. Como dijo la madre de Ash, es probable que todavía esté en algún sitio recuperándose de la resaca.

Esa tarde, Ash y yo nos escapamos de clase. Nos sentamos bajo los árboles e intentamos estudiar para mantener nuestras mentes libres de culpa por el chico desaparecido. No le dijimos nada a Jude y él no parecía saberlo. Tal vez no se entera de los chismes del pueblo; tal vez eso esté demasiado cerca de una conversación irrelevante. Tal vez simplemente no le importa.

Y a lo largo de todo el día encontramos cosas en el bosque. Llevamos algunas a casa de Holly, después, y nos encerramos en su dormitorio. Las pusimos sobre sus cobijas, como una ofrenda. Dos cucharitas, un encendedor de plástico azul, una calceta a rayas y —mi favorita— una pulsera llena de pequeños

125

adornos dorados: gatos y estrellas y árboles tan detallados que cada rama había sido detallada individualmente. Holly sacudió los adornos con una uña para oírlos tintinear.

—Lástima que no sea un laurel —dijo.

—¿Qué clase de árbol es? —pregunté. No se parecía a ninguno de los árboles del bosque o de los alrededores.

Holly miró más de cerca.

—Es un olivo, creo —dijo—. Mira estos diminutos puntitos dorados, deben ser el fruto.

Nos sentamos en su cama hasta que su mamá nos pidió que nos fuéramos. Hablamos de Jude, de magia, de descubrimientos, de cosas perdidas. El chico rubio seguía desaparecido, pero no hablamos de eso.

—Jude es lo mejor que hemos encontrado —dijo Ash.

Holly asintió y su sonrisa fue sincera.

—Mi corazón es lo mejor que he perdido.

Evité los ojos de Ash. No debería escribir esto siquiera, pero tengo cuidado de llevar mi diario a todas partes y lo mantengo siempre a la vista.

Aquí está, entonces: el brazo de Jude alrededor de Ash en el árbol, mientras Holly no está allí para verlo. Jude y Ash alejándose de mí. La risa moteada entre las hojas.

Olive

Jueves 11 de mayo

Perdido: gafas de lectura (púrpura);
bolso rosado de imitación piel (broches de oro)

El jueves por la mañana, me despierto cuando abren mi puerta y Seamus Heaney estalla a través de la voz de mi padre desde lo alto de las escaleras. Sufro a través de "Una rama de avellano para Catherine-Ann" hasta la parte que habla sobre las vacas antes de cerrar mi puerta y estrellar mi medio dormida cabeza contra la madera.

—Por lo menos dejó los cantos fúnebres —observa mamá cuando bajo las escaleras para desayunar. Ella está en su segundo café de la mañana (lo puedo deducir por las manchas redondas en el periódico de hoy), mientras revisa una pila altísima de libretas y papeles viejos en la mesa de la cocina. Sus manos están bronceadas y callosas; sus dedos, cubiertos de grandes anillos de plata: espirales celtas y gruesos patrones de hojas, grandes piedras turquesa. Un Claddagh con un zafiro minúsculo en el centro sirve como anillo de bodas.

—Pequeños favores —murmuro.

Ella desaparece en el estudio y sale con otra pila de papeles que derrama sobre la mesa para revisarlos. Movió un montón de cajas con sus viejas cosas fuera del estudio y ahora están apiladas cerca de la mesa, amenazando con caer sobre los perros. Empujo la cabeza de Cocoa lejos de mi plato.

Papá entra en la cocina con un somnoliento Max en sus brazos y besa a mamá antes de siquiera bajarlo.

—*Puaj* —susurra Max. Papá lo deja caer sobre una silla y besa a mamá con más ahínco.

—Váyanse afuera, chicos —digo.

Max les manda también besos a los perros y subrepticiamente los alimenta de pan tostado por debajo de la mesa. Papá y mamá fingen no darse cuenta. Me preocupa que mis padres sean una mala influencia para un niño de cinco años.

—No, *tú* vete afuera —dice papá—. Y mientras estás ahí, puedes hacer el reciclaje.

Pongo los ojos en blanco por la broma y llevo el material de reciclaje a la papelera verde junto a la cochera. Mi bicicleta está apoyada contra la pared de la casa por la puerta trasera, junto a la de Emily. No sé qué me hace mirar en mi cesta de la bicicleta, pero encuentro un trozo suelto de papel pegado adentro.

Está aplastado contra la malla de la cesta, que dejó abolladuras en forma de diamante en el papel. Cruje cuando lo saco. Supongo que es una hoja de trabajo de la escuela, o notas que cayeron de mi carpeta en algún momento.

Reviso la hoja rápidamente. Parece la página de un diario, con escritura delicada que reconozco a medias, pero que no consigo ubicar. La esquina superior derecha dice *Domingo 7 de mayo*. Hace cuatro días. La meto en mi bolsillo y vuelvo a entrar.

Emily me detiene cuando paso al baño.

—¿Has visto mis calcetas de la suerte? —me pregunta.

—¿Tus qué?

—Mis calcetas de la suerte —muestra algo como un desafío en su rostro, pero cuando se da cuenta de que no me voy a burlar de ella, sigue—: las de estampado de paisleys. Mis exámenes empiezan mañana y quiero usarlas.

—Vaya —me estremezco—. Estás en segundo año… Los exámenes de verano no tienen la menor importancia.

Emily me brinda su mejor mirada de *Eres una idiota*.

—Escucha —dice entonces, de manera inesperada—. Lamento lo que Chloe dijo sobre Rose el otro día.

Mis ojos se entrecierran.

—Deberías enterarte mejor en lugar de escuchar los insulsos rumores de Chloe.

—*Dios*, estoy *tratando* de disculparme.

—Lo siento —digo—. Continúa.

—Eso fue todo —dice Emily, todavía un poco molesta—. Lamento no haberle dicho nada a Chloe, pero en serio estaba diciendo esas cosas porque Rose estaba "provocando" a su hermano en la fiesta o algo así.

—¿Rose *provocándolo a él*? Poco probable.

—Lo sé, ¿de acuerdo? —dice Emily—. Eso le dije a ella. Chloe sabe que no es verdad.

—De acuerdo —digo—. Gracias —me detengo frente a la puerta de mi dormitorio—. Y no he visto tus calcetas —añado—, pero tengo un par exactamente igual. Puedes usarlas, si lo deseas.

—¿En verdad? —Emily parece sorprendida por mi sugerencia—. ¡Gracias! Después de buscar las calcetas, encuentro a Emily fuera de su habitación.

—Aquí tienes, Dobby —le digo—. Eres libre.

Emily se las calza allí mismo, en el rellano.

—¿Los exámenes no comenzarían mañana? —pregunto.

—Necesito toda la ayuda posible.

Todavía puedo escuchar la voz retumbante de papá desde su habitación. Está recitando otro poema de la misma manera que los papás normales cantan en la ducha. Emily sacude la cabeza cuando lo oye.

—¿Te has dado cuenta de que le gustan los hombres viejos? —pregunta.

—¿Qué?

—¿Cuándo fue la última vez que nos despertó con Sylvia Plath o Emily Dickinson? O, no sé, Adrienne Rich o Margaret Atwood... —dice.

—¿Conoces a Adrienne Rich?

Emily me regala otra de esas miradas desafiantes con la barbilla levantada.

—Lo siento —digo rápidamente—. Tienes razón. No había pensado en eso, pero sus opciones tienden hacia lo masculino —nuestro papá es demasiado aficionado a los sonetos de Shakespeare, cualquier cosa de Blake con animales, y Keats. No recuerdo la última vez que nos despertó con versos de una poeta.

Tampoco puedo recordar la última vez que hablé con mi hermana acerca de algo así. Tal vez no me debería sorprender que lea la misma poesía que yo. Tal vez no debería estar sorprendida de que tenga una mente crítica. Paso tanto tiempo con Rose que por lo general Emily me pasa desapercibida por completo. Pero con Rose alejándose por alguna razón en este momento, estoy empezando a entender que podría haber estado subestimando a mi hermana pequeña durante todo este tiempo.

Emily se encoge de hombros y baja golpeando las escaleras usando mis calcetas.

—Ah, ¿has visto las gafas de lectura de mamá? —me pregunta después—. Ella las estaba buscando.

Sacudo la cabeza.

Cuando llego abajo —vestida y maquillada, y lista para la escuela—, la puerta trasera está abierta y una brisa cálida agita las hierbas que cuelgan sobre la estufa. Mamá todavía sigue librando la batalla con su correspondencia y sus facturas.

—¿De casualidad has visto…? —dice mamá.

—¿Tus gafas? No, lo lamento. Emily dijo que se habían perdido.

—Muchas cosas se están perdiendo últimamente —dice mamá.

—¿Todavía estoy castigada? —le pregunto mientras me calzo los zapatos.

—¿Mmmm? —levanta la vista de los papeles y sus ojos parecen estar un poco fuera de foco.

No es muy común que mi madre esté distraída, pero puede funcionar a mi favor.

—¿Puedo ir a casa de Rose esta noche?

Mamá frota la muñeca envuelta con pulseras de cuero en su frente.

—Es jueves. Tienes examen mañana —me dice—. Y dijimos que estarías castigada toda la semana. Puedes ir a verla el sábado —*Demonios, estaba segura de que eso funcionaría*, pienso—. Avísame si encuentras las gafas, ¿de acuerdo? —me pide—. Tengo la esperanza de que las haya dejado en algún lugar de la casa.

—Montones de cosas se están perdiendo —dice Emily mientras vamos en bicicleta a la escuela—. Como las gafas de mamá… Y Chloe perdió su bolso el otro día. Es un poco raro.

Pienso en el libro de hechizos que Hazel encontró. El hechizo para invocar las cosas perdidas. Ivy hablando de sacrificios y hallazgos. Sacudo la cabeza. Es todo un sinsentido, me digo, sólo una coincidencia.

—Supongo que las cosas desaparecen todo el tiempo —le digo a Emily—, pero sólo te das cuenta cuando estás atenta a eso. Como cuando aprendes una nueva palabra que nunca habías escuchado antes y de repente la encuentras en todas partes.

—Sí, tal vez. De todos modos, el hermano de Chloe probablemente le robó su bolso sólo para fastidiarla.

—*Argh* —me estremezco—. No puedo imaginar tener a Cathal Murdock como hermano —desmontamos de un salto de nuestras bicicletas y las encadenamos una al lado de la otra en el estacionamiento.

—Lo odia —dice Emily con toda naturalidad—. Le dice *fea* todo el tiempo. Una vez le dijo *perra gorda* a su mamá.

—Encantador —silbo.

—Y también es sexista —prosigue Emily—. No sexista como al sólo citar hombres poetas todo el tiempo, sino que clasifica a las chicas por sus cuerpos y esas cosas.

—*Argh* —gruño otra vez, porque es el sonido más apropiado para gente como Cathal Murdock—. Es un absoluto desperdicio de espacio. Mantente alejada de él.

Dos pensamientos acuden como relámpagos, casi instantáneos.

Uno: sueno como mi madre. *Mantente alejada*.

Dos: Emily dijo que Chloe vio a Rose con Cathal.

Algo debe mostrar mi rostro porque Emily pregunta:

—¿Qué?

¿Rose y Cathal? Ni siquiera empieza a tener sentido. Probablemente lo que Chloe vio fue la ebriedad furibunda de Rose con él, por haberle silbado en primer año o haber intentado tocarla mientras bailaba. Pequeños destellos azules de preocupación revolotean en mi visión periférica, pero todavía no sé qué hacer con ellos. Quiero preguntarle a Rose sobre esto, pero no creo que logre encajar esos destellos de preocupación en un mensaje de texto con lenguaje telegráfico, así que las dejo revoloteando solas y me dirijo a mi primera clase. Planeo hablar con Rose sobre esto en persona.

Rose no aparece y mi preocupación aumenta. Le envío un mensaje a mitad de la clase de economía.

APRECIARÍA NO SER ABANDONADA EN TODAS LAS CLASES PUNTO
SACA TU PEREZOSO TRASERO DE LA CAMA PUNTO
OLIVE

Mi teléfono se enciende en mi regazo, debajo del escritorio. Es Rose:

ESTARÁ EN EL EXAMEN DE ALEMÁN MAÑANA PUNTO, ¿SABÍAS QUE PEZÓN SE TRADUCE EN ALEMÁN COMO VERRUGAS DE PECHO? PUNTO
ROSE

Contesto:

TE RETO A UTILIZARLO EN EL EXAMEN PUNTO

OLIVE

Deslizo mi teléfono de nuevo dentro del bolsillo de mi falda y saco la hoja del diario que encontré en mi cesta de la bicicleta. La desdoblo en silencio sobre mi regazo.

Domingo 7 de mayo, dice. El día después de la fiesta de verano.

Fuimos a la fiesta porque nuestros diarios habían desaparecido, comienza.

Es la página de un diario, pero se lee como un cuento. Un cuento sobre tres chicas llamadas Laurel, Ash y Holly. Tres chicas que parecen cercanas, como Rose y yo. Tres chicas que pierden sus diarios, que son acosadas por sus compañeros de clase que los encuentran, y que juran recuperarlos. Leo como si mi mirada estuviera pegada a la página.

Y luego hay una línea que debo leer dos veces.

Entonces encontramos el libro de hechizos.

Un día antes de la fiesta de verano.

El libro de hechizos que Hazel encontró días después en el campo.

Dejo de leer y miro alrededor. El aula está llena de cabezas inclinadas y bolígrafos escribiendo. No conozco a nadie que se llame Laurel, Ash o Holly, pero sólo hay una escuela en este pueblo, así que deben de estar aquí.

Sigo leyendo. Las chicas encuentran el libro de hechizos en un roble. Lo traen a la fiesta. Se escabullen de la hoguera y lanzan el hechizo.

Ivy tenía razón. Apenas puedo creerlo, pero tenía razón.

Las chicas se desmayan —muy probablemente a causa del poitín— y cuando despiertan, sus diarios han sido encontrados.

Su hechizo funcionó.

Y, si hay que creerle a Ivy, a causa de estas chicas todos los demás en la fiesta perdieron algo. Mi pulsera. Mi zapato. Mis recuerdos de esa noche.

Rose.

Laurel, Ash y Holly. Me pregunto quiénes son, dónde están ahora, si saben lo que han hecho. Laurel dice que conoce a Mags Maguire. Tal vez Mags pueda decirme.

Me censuró un momento por permitirme creer en este sinsentido. Pero... Preguntas y secretos y chicas con nombres de brotes y arbustos, y Rose hablando con Cathal Murdock en la fiesta. Todo vuelve a la noche del sábado.

Todo apunta a ese libro de hechizos.

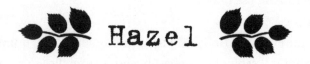

Hazel

Jueves 11 de mayo
Perdido: un corazón (otra vez)

El libro de hechizos desapareció. Lo encontré, lo necesito, y ahora está perdido. Estaba sobre la mesa cuando Olive se fue a casa ayer. Lo miramos de nuevo, yo y Rowan e Ivy. Leímos todas las listas de ofrendas, las oraciones a san Antonio y a san Judas, tocamos todos los amuletos pegados a sus hojas. Luego nos levantamos para hacer la cena y es como si hubiera desaparecido. Ivy y Rowan dicen que no lo tomaron, pero uno de ellos debe haberlo hecho. No puede haberse esfumado por sí mismo.

Sólo puedo pensar en eso y estoy cerca de destrozar como cinco vasos en el trabajo. Mags me grita y me manda a mi descanso antes de tiempo. Tomo mis cigarrillos y una botella de cerveza en el camino. Nadie lo sabrá jamás.

Cuando salgo, hay alguien llorando en la esquina del estacionamiento, de espaldas a la reja donde encadeno mi bicicleta. Al principio mantengo mi distancia. El llanto me hace sentir un poco incómoda, especialmente, el de las chicas. Y es una chica, puedo verlo cuando me acerco. Ella está encorvada y llora con la cabeza sobre sus rodillas. Su cabello es largo, salvaje y oscuro. Las puntas se arrastran en el concreto. Lleva un uniforme escolar azul con la falda engrapada por lo menos ocho centímetros más corta de lo que se hubiera permitido en mi vieja escuela, pero eso tiene sentido con este extraño calor húmedo y por el hecho de que tiene unas piernas grandiosas. Las mangas de su blusa están enrolladas y mientras se mueve para frotarse los ojos, veo que hay algo escrito con marcador en su brazo.

Eso es lo que me hace detenerme y hablar con ella. Me detengo torpemente delante de la chica y digo:

—¿Estás bien? —y entonces cambio la pregunta—: Obviamente no, porque de lo contrario no estarías llorando, pero no es socialmente aceptable llegar con una completa extraña y preguntarle: *Hey, ¿por qué estás llorando?*, ¿sabes?

Para mi alivio, la chica ríe, con la cabeza aún entre sus brazos, sobre sus rodillas. Luego mira hacia arriba y me percato, como si me dieran una patada en los dientes, de su belleza. Es realmente hermosa.

—Al carajo con lo que es socialmente aceptable —dice, y eso es todo… estoy enamorada.

Sin ser invitada, me siento en la acera a su lado y saco mis cigarrillos. Le ofrezco uno, pero ella lo rechaza con un ademán, así que vuelvo a poner el paquete en mi bolsillo.

—Entonces —digo—, ¿por qué estás llorando?

Ella toma aliento y se enjuga las lágrimas con la palma de la mano. Rayas negras líquidas corren por sus mejillas.

—Delineador a prueba de agua —dice—. Mi reino por un delineador a prueba de agua.

—¿Estás llorando porque no tienes un delineador de ojos a prueba de agua? —digo sólo para escuchar su risa de nuevo—. Parece un poco contradictorio.

Su risa es adictiva. Te hace desear la muerte antes de privarte de ella.

—Bueno, si no lloro con cada delineador, ¿cómo sabré cuál es a prueba de agua?

—Buen punto —digo—. Entonces, ¿esto es sólo una prueba de maquillaje?

—Básicamente. Soy una apasionada a los productos de belleza.

—Bueno, admiro tu dedicación.

Mete la mano en el bolsillo de la falda para sacar una botella de plástico. Desenrosca la tapa, levanta una varita y sopla un montón de burbujas sobre el estacionamiento. Cuando exhala, sus hombros caen ligeramente, como si se hubiera tranquilizado.

—Dejé de fumar —explica cuando se da cuenta de que estoy mirando—. Esto ayuda con la ansiedad.

—Correcto.

—Pero adelante, si tienes uno. Me agrada el olor.

Enciendo un cigarrillo mientras ella se limpia la nariz. Saca un pequeño espejo y se frota maquillaje bajo los ojos. Cuando yo lloro, me veo del carajo. Mi piel parece que ha sido tallada contra una piedra y se forman manchas rojas alrededor de mi nariz. Ella se las arregla para verse como las chicas que lloran en las películas: ojos rojos y labios hinchados pero sin manchas.

—¿Cómo te llamas?

La pregunta tiene un tono más íntimo de lo que hubiera deseado.

Rose cierra el espejo y mira los tatuajes en mis brazos.

—Eres Hazel.

—Lo soy —digo, y trato de no parecer desconcertada.

Rose sonríe maliciosamente.

—Tu hermano se llama Rowan, huiste de casa, estás viviendo en una casa dentro de un fraccionamiento abandonado con una chica de cabello azul.

—¿Cómo es que...?

—Es como algo salido de una película. Tatuados adolescentes fugitivos ocupando ilegalmente un fraccionamiento abandonado. Olive me lo dijo. Ella es mi mejor amiga.

—Ah —digo—, de acuerdo.

—No lo diremos —dice Rose—. Quiero decir, Olive me lo contó, pero no se lo diremos a nadie más.

—Gracias —tiro la ceniza al concreto. Rose sopla burbujas en el aire.

—¿Por qué huiste de casa? —pregunta.

—Estoy probando la impermeabilidad de los fraccionamientos abandonados —respondo.

Rose asiente.

—Bien, supongo que me lo merezco —luego me mira justo a los ojos. Es algo que la mayoría de la gente no hace, y se siente extraño, y agradable. Me aclaro la garganta. Sus ojos son de un suave color canela oscura, delineados con maquillaje como de una sesión de fotos en la cama de un hotel. Sus pestañas son enormes.

—Bien —dice de nuevo, parece que se esfuerza—. Perdí mi virginidad en la fiesta de verano del pueblo, así que por eso estoy llorando. En su mayoría.

No estoy segura de qué decirle.

—¿En su mayoría?

—Bueno —golpea la varita como si fuera un cigarrillo lleno de ceniza—, en realidad no lo recuerdo. En su mayoría —vuelve a meter la varita en la botella, la saca y la sacude con fuerza—. Y no me di cuenta de que eso era lo que había sucedido al principio. Pero el tipo que... estaba allí, también... lo recuerda —su muñeca hace un movimiento brusco, rápido y violento. Un montón de burbujas aparecen y *pop-pop-pop-pop*, revientan como un rocío de proyectiles a nuestro alrededor—. Y sigue —*sacudida*—. Enviándome —*sacudida*—. Putos —*sacudida*—. Mensajes.

Extiendo la mano con cuidado y quito la varita de su mano. Sigue temblando.

—Está bien —murmuro—. Está bien —pongo la varita en el suelo—. ¿Conoces al tipo? —pregunto.

—Está como en la mitad de mis clases —suena como si ella estuviera tratando de hablar con una manzana atrapada en la garganta.

—¿Qué clase de mensajes?

No responde, pero me entrega su teléfono. Me desplazo rápidamente a través de sus mensajes, pero ella no me mira. Recoge la varita de su pie y sopla un montón de burbujas a través del estacionamiento.

Los primeros mensajes son del domingo, el día después de la fiesta.

Hola ros ¿recibiste m solicitud d amistad? Ns divertimos anch, y cosas así. ¿Kiers que salgamos alguna vz?

—¿Quién sigue escribiendo así? —murmuro y Rose esboza una débil sonrisa.

Ers hrmosa. ¿Kiers q estms junts d nuevo?

Bufo. Rose hace una mueca y espera a que continúe leyendo. Es una larga serie de mensajes enviados durante la última semana. La mayoría fueron enviados el domingo y el lunes por la mañana, casi cada media hora.

Ers ros, cierto????

Espro q t hayas divertido, jaja, hay q hacerlo d nuevo

Hola ros cm sts

Q onda

T mand 1 ptición d amistad no sé si la recibist

Kiers salir el próximo fin d semana

Rose nunca responde, pero el tipo es persistente. Luego, el lunes por la tarde, los mensajes de repente cambian de tono.

Ers una horrible prra

Horrible lesbi marimacha

Apuesto q t encantó tu cogida x Istma, nunca saldría con 1 puta cm tú

Cuánto x darles 1 mamada a mis amigos t daré 10 libras

T ncanta hacerlo sin cobrar sucia ramera

Y sigue. Algunos de los mensajes tienen imágenes. Le regreso a Rose su teléfono, sosteniéndolo como si hubiera algo podrido dentro.

—¿Por qué no lo bloqueas?

—Lo hice. Ahora envía los mensajes de los teléfonos de sus amigos.

—Dios mío.

—Le dije que no me interesaba —dice Rose—. Que no lo recuerdo y no quise… —se interrumpe y sacude la cabeza—. No lo tomó bien.

—Déjame adivinar, ¿esto fue en algún momento del lunes? —señalo el primero de los mensajes horribles.

Rose esboza otra débil sonrisa.

—Diste en el blanco —empuja la botella de burbujas con su pie, se cae y se derrama en el piso. La mancha se expande sobre el concreto. Me estiro y arrastro mi zapato a través del agua jabonosa. Dibujo una flor. Rose extiende su pierna y escribe: *al carajo con esto.*

—¿Qué vas a hacer? —pregunto. Ella sacude la cabeza.

—Beber demasiado —dice—. No volveré a la escuela hasta septiembre, cuando todo se lo haya llevado el viento. Seguir diciéndoles a mis padres que se trata de SPM.

—Me suena familiar —digo en voz grave. Rose me mira con una especie de reconocimiento—. Mi padre nunca estuvo cerca cuando era pequeña —continúo—. Pero cuando estaba, mi madre era diferente. Él siempre era… así —apunto a su teléfono—. Caliente y frío, pero siempre la culpaba por eso. Te diría que fueras a las autoridades, pero sé por experiencia personal que no pueden hacer un carajo. Incluso aunque se muestran amables al respecto, dirán que no existen pruebas.

De alguna manera espero que Rose se moleste; en cambio, asiente como si lo supiera.

—¿Por eso escapaste?

Suspiro.

—No. Ella lo hizo. Mamá escapó. De nosotros, quiero decir —Rose levanta las cejas como preguntando—. Ella nos dejó con nuestros abuelos y regresó con papá. Una locura, ¿cierto?, que quisiera estar con él, a pesar de la forma en que la trataba. Mis abuelos nos criaron hasta que abu murió, hace unos meses. Abue está en un asilo ahora, porque no la está pasando bien. Entonces, mis padres vinieron a buscarnos. No funcionó. Yo y Rowan estamos mejor solos, de alguna manera.

Rose asiente de nuevo.

—Lo siento —murmura—. Lo de tus abuelos.

—Gracias —digo—. Lo siento por… —hago un gesto hacia su teléfono de nuevo, hacia su arruinado, no a prueba de agua, maquillaje para ojos— todo esto.

Miramos juntas el horizonte a través del estacionamiento. Después de un minuto, Rose toma mi mano.

—Eres la única persona a la que se lo he contado —dice.

Río.

—Igualmente —no le digo que hay mucho más que callo—. Probablemente soy una pésima primera persona para escucharlo —admito—. Soy una completa extraña y no tengo ningún consejo para ti.

—Conoces a mi mejor amiga, no eres una completa extraña. Aunque sí *eres* bastante extraña.

Río con plenitud esta vez.

—No tienes idea —digo.

—Me gusta lo extraño —replica. Y me pregunto si podría estar coqueteando conmigo. Miro su mano en la mía. Está afligida. Afligida un carajo, está hecha pedazos. Probablemente está buscando a alguien que la escuche. Que le brinden consejo. Una solución. Todavía puedo ver unas cuantas letras de una palabra escrita con marcador en su muñeca. Como Olive ayer. ¿Todos escriben en sus brazos en este lugar?

Volteo a mirarla.

—No tengo una solución para ti —digo—, pero sí un hechizo.

—¿Un hechizo?

—Sí. Había un libro, uno de hechizos. Lo encontré ayer en mi camino a casa, en el mismo terreno en donde fue la fiesta el fin de semana pasado. Alguien debe haberlo perdido allí. *El libro de hechizos de lo perdido y lo encontrado*, se llama.

Describe una invocación para llamar las cosas perdidas. Supongo que si tu virginidad es algo que puedes perder, tal vez sea algo que puedas encontrar de nuevo.

No le digo que el libro ha desaparecido. No importa. Leí ese hechizo tantas veces que lo conozco de memoria.

Entonces, rápido como un destello, recuerdo. Algo murmuró Olive cuando lo leyó. Había un ingrediente para cada uno de nosotros. Y había espinas de rosa: un ingrediente para Rose.

Otro destello de memoria: el hechizo requiere poitín. Decía algo sobre las aguas de Lete. Ivy dijo que era un río de la mitología griega, pero dijo que podía sustituirse con poitín. Todo se alinea.

Vamos a tener invitados, dijo Ivy que había visto en el crucigrama. Cuando Olive apareció ayer, todos supusimos que se refería a ella. ¿Pero qué si se refería a dos invitadas? *Ella es importante*, dijo Ivy. Tal vez Rose también lo sea. Olive y Rose, el libro de hechizos, el poitín. Ya sé que Rose y Olive lo beberán con nosotros. Ya sé que nos ayudarán a lanzar el hechizo.

Mags aparece en la puerta trasera de la taberna. Hace sombra con sus manos sobre los ojos y revisa el estacionamiento. Ya me demoré en mi descanso.

—Olive me habló del hechizo —dice Rose, arqueando las cejas—. Pero no pensé que fuera, de hecho... *real*.

Me encojo de hombros.

—Vivo con una chica que cree en la magia y trabajo para una mujer que probablemente sea una bruja. *Real* es un concepto bastante ambiguo.

—Lo imagino —dice Rose. Su sonrisa es los siete tipos de luz del sol.

Me levanto y sacudo el polvo de atrás de mis pantalones.

—Ven al fraccionamiento este fin de semana —digo mientras apago mi cigarrillo en el suelo. Mi vientre es una jaula llena de mariposas—. Real o no: ¿qué daño puede hacer intentarlo?

Olive

Viernes 12 de mayo

Perdido: dos varitas de regaliz; fe en el mundo

El viernes por la mañana, inesperadamente, es la voz de mamá la que me despierta. Avanza a través de sueños de espinas que perforan la piel. Me alegra despertar.

Sin mi audífono no puedo entender lo que mamá está diciendo. Levanto mi oído bueno por encima de la almohada y su voz se vuelve nítida.

—*Si has creído que este escombro es mi pasado / hurgando en él para vender fragmentos* —la voz de mamá llama—, / *entérate de que ya hace tiempo me mudé / más hondo al centro de la cuestión.*

Creo que puedo distinguir a mi padre riéndose desde el otro lado de la puerta de mi dormitorio.

—¡Usurpadora! —grita en un simulacro de horror, pero de todas formas abre mi puerta, como si fuera él quien estuviera recitando. Oigo que la puerta de Emily se abre de golpe, luego la de Max.

Me pongo mi audífono y encuentro a Emily en el rellano.

—¿Nuestros padres están teniendo un duelo? —le pregunto, con el ceño fruncido.

—A eso suena —dice alegremente—. Supongo que debe habernos escuchado hablar de Adrienne Rich —y grita mientras baja las escaleras, detrás de mamá—: ¡viva el feminismo!

Miro a Emily con desconcierto y no soy lo suficientemente discreta para ocultarlo. Una cosa es descubrir que lee poesía y otra, darme cuenta de que se identifica como feminista. Tal vez tengo más en común con mi hermanita de lo que pensaba.

Max aparece detrás de mí, sosteniendo a Bunny, su peluche en jirones, con ambas manos.

—Si no cierras la boca, se te meterá una mosca —observa. Cierro la boca. Él sigue su camino y baja las escaleras, casi tropezando sobre los extremos de su pijama de Batman—. Y entonces tendrás que tragar una araña para que atrape a la mosca, y luego un gato para que atrape a la araña, y luego un perro para que atrape al gato...

Sacudo la cabeza. Estoy creciendo en un manicomio.

—... Y luego un caballo para que atrape a la vaca, y luego un alma perdida para que atrape al caballo...

—Espera, ¿qué? —le llamo, pero Max ha llegado al final de la escalera y corre a la cocina por su desayuno. Hago una nota mental para cambiar la batería de mi audífono antes de salir, y tomo una toalla y me meto en la ducha antes de que alguien más lo haga.

Rose sólo viene a la escuela en medio de la hora del almuerzo, antes de nuestro primer examen. A estas alturas, no es como si la hubiera estado esperando en clase. Nos sentamos en las espesas sombras del mediodía en el estacionamiento de bicicletas y le entrego un *muffin* esponjoso que compré en la cafetería de la escuela.

—Emily me dijo algo ayer sobre lo que quisiera preguntarte —digo, pero Rose me interrumpe.

—Conocí a Hazel anoche —dice.

Eso me distrae un segundo.

—¿La conociste? ¿Dónde?

—Me topé con ella. La reconocí por tu descripción —dice—, aunque llevaba bastante más ropa.

—¿Y? —pregunto.

Rose parece un poco pensativa.

—Es más grande que la vida, ¿verdad? Segura, hermosa, coquetea con cualquier cosa que se mueve.

Río un poco al recordar su ropa y sus cumplidos. *Tengo más, si gustas.*

—Sí —digo—. Y entonces, estaba hablando con Emily de la fiesta del sábado pasado...

—Ah, eso me recuerda —Rose me interrumpe, saca un trozo de papel de su mochila y lo agita frente a mi rostro.

—Encontré algo —dice—. Estaba en mi mochila esta mañana, como si la hubiera tomado por accidente cuando metí los libros.

Tomo la hoja de su mano.

—Es del diario de alguien —dice, pero en el momento que veo la letra, lo sé. Sé que se trata de la misma chica: Laurel.

Lunes 8 de mayo, dice.

—Mierda —murmuro—, esto es muy extraño.

—Sólo lee —dice Rose con una mirada intensa en su rostro—. Ni te imaginas.

Lo leo. Laurel, Ash y Holly. Ésos no son sus verdaderos nombres, descubro. Miro a mi alrededor, a las chicas uniformadas que están por todas partes. Ahora podrían ser cualquiera.

Las tres chicas observan cómo caen los árboles; hablan de Faulkner; se preocupan por el hechizo. Encuentran a un chico. Se enamoran del chico. *Es curioso cómo se puede comprender completamente a alguien después de haberlo conocido por sólo un día. Es curioso qué tan pronto te das cuenta de que alguien va a cambiar tu vida.*

Miro a Rose.

—¿Terminaste? —pregunta—. Es una locura, ¿verdad?

—Es una locura —digo, mientras abro mi mochila para sacar la página del diario—. Porque encontré una página de su diario ayer. Por eso creo que es tan raro. Es de un día antes de que ella escribiera esto.

—¿Qué?

Saco la hoja del diario. Rose la toma y lee rápidamente, con la boca medio abierta. Miro a la gente que pulula alrededor del patio, almorzando en los escalones del edificio de la escuela, fumando detrás de los coches estacionados afuera. Laurel, Ash y Holly. Podrían estar aquí y nunca lo sabríamos. ¿Qué tan extraño es que hayamos estado en la misma fiesta, que parezcamos estar tan vinculadas, pero que no tengamos idea de quiénes son?

La fiesta. *Todo mundo perdió algo.* Mientras Rose exclama sobre lo extraño que resulta todo esto, descubro algo acerca de lo que Emily dijo. Acerca de lo que Rose está claramente evitando discutir. Pocos detalles hacen clic en su lugar. Piel y espinas.

—Nunca me dijiste lo que perdiste —digo—. *¿Perdiste* algo en la fiesta?

—No, en realidad —responde—. ¿Puedo ver otra vez la hoja que te di?

Le entrego la hoja a Rose.

—¿Pasó algo con Cathal Murdock en la fiesta? —pregunto finalmente.

Rose vuelve a leer las palabras de Laurel e ignora las mías.

—Ojalá hubiera usado sus nombres reales —dice—. ¿Cómo podremos averiguar quiénes son?

—No lo sé, pero volviendo a la fiesta...

Rose apoya sus piernas en la reja de las bicicletas, frente a nosotras, y apunta su varita de regaliz hacia mí.

—No me interrumpas, estoy leyendo.

No me permito que me distraiga.

—Permíteme resumir —digo—. Todo lo que sabemos de ellas es que fueron a la fiesta, así que deben vivir en este pueblo, hay una Trina McEown en su clase y Ash lleva un esmalte de uñas rojo. ¿Ocurrió algo con Cathal en la fiesta?

—*Todas* usan esmalte de uñas rojo —dice Rose—. No vamos a merodear buscando entre todas las chicas de Balmallen con un esmalte rojo para preguntarle si sus amigas les dicen Ash.

—Tienes razón —digo—. ¿Ocurrió algo con Cathal en la fiesta?

Rose saca su teléfono y comienza a buscar a Trina McEown.

—Hay como mil millones —dice—. ¿Qué hay de Jude? ¿Tiene apellido?

Sacudo la cabeza con impaciencia.

—No lo creo. Acerca de Cathal...

—Él suena como un peligro —dice Rose.

—Sabemos que es un peligro. Clasifica los cuerpos de nuestras compañeras del cero al diez y las manosea en la cafetería.

—Jude, quiero decir.

—Ah, bueno, también él, supongo.

Rose me entrega el trozo de papel y lo doblo y lo vuelvo a poner en el libro de poesía junto con la hoja que Rose encontró.

—Sí —dice por fin—. Algo pasó en la fiesta.

—¿Con Cathal?

—No, con Papá Noel —responde sarcásticamente.

—Bueno, siempre pensé que su omnisciencia era un poco sospechosa. Pero ¿quién se viste de rojo para bajar por una chimenea? —desgarro el regaliz con los dientes—. ¿Qué pasó?

Rose frunce los labios.

—Perdí mi virginidad —dice.

Mi mente se queda en blanco.

—¿Perdiste tu *qué*?

Hace una extraña combinación entre encogerse de hombros y sacudir las manos.

—Ahora lo sabes —dice.

—Espera. Empieza de nuevo. Explica.

Más gestos con las manos.

—Yo... en realidad no recuerdo, estaba bastante intoxicada. Creo que me quedé dormida. O me desmayé, más probablemente, debido a todo el consumo de alcohol que ya ha mencionado —atrapa sus manos debajo de sus piernas—. Y luego, al parecer, algunas chicas lanzaron un hechizo y todo mundo empezó a perder cosas, y yo perdí mi virginidad y...

Mi mente alcanza mis oídos como un tren. Hay un accidente épico. Los frenos chirrían, las vías se descarrilan, los carros se amontonan en un caos de metal.

—Rose.

—Olive.

—¿Cathal...? ¿Fue...? —trato de poner mis palabras en orden para que no suenen confusas. O insultantes. O perturbadas. O simplemente equivocadas. O tal vez correctas—. ¿Fue de mutuo acuerdo?

Rose permanece en silencio durante tanto tiempo que cada una de esas opciones se superponen y se entrelazan, arrastrándose y encimándose unas sobre otras para liberarse de los escombros. ¿Le *gusta* Cathal? ¿*Siempre* le ha gustado Cathal? ¿Lo que estoy sugiriendo es completamente insultante para ella? ¿O ella piensa que él es un idiota como siempre hemos pensamos ambas que lo es? ¿De cualquier forma, ella durmió con él porque estaba ebria? El rostro de Rose manchado por las lágrimas en el baño, mis llamadas sin respuesta, su ausencia de la escuela. No. Estoy en lo cierto. Tengo que estarlo. (No quiero estarlo. Oh, Dios, no quiero estarlo.)

—Yo no... recuerdo en realidad —dice Rose finalmente—. Quiero decir, tengo estos vagos recuerdos. Así que supongo que... *no* lo fue.

La miro fijamente.

—Ya sé lo que estás pensando —dice, como si fuera algo que hubiera ensayado—. He leído todos esos sitios feministas tuyos en internet, y he escuchado tus comentarios y sé lo que estás pensando, pero no fue así. Estaba realmente ebria, pero él también. Tal vez pensó que me estaba haciendo la difícil. Y aunque él no... aunque no le importó que yo no... quisiera... no hay nada que yo pueda... Quiero decir, lo hecho, hecho está, ¿cierto? No es la gran cosa.

No es la gran cosa.

—Dijiste que no querías. Dijiste que te habías desmayado.

—Sí, pero como que lo hizo después.

—Rose —quiero llorar. No entiendo por qué ella no.

—Está bien —dice—. Ocurrió. Sólo quiero olvidarlo y seguir adelante.

Saca su teléfono y abre su aplicación de mensajes. Me lo entrega y espera en silencio mientras leo. Empiezo a sentir náuseas.

No puedo creer que no haya entendido antes, que no haya preguntado mejor, que no haya escuchado... Soy la peor amiga.

—Vamos con las autoridades —digo.

Rose parece enfadada.

—¿Para decirles qué? ¿Que un tipo con el que me embriagué no captó las señales? Literalmente, no serviría de nada, no hay pruebas. Ni siquiera estoy segura de que haya ocurrido, e incluso él estuvo enviando mensajes amables por un tiempo, antes de que se diera cuenta de que lo estaba ignorando... No lo sé. Sólo sé que nunca quiero volver a verlo.

Dejo caer lo último de mi regaliz en el suelo. No sé qué más decir.

Rose envuelve sus rodillas entre sus brazos y descansa la frente sobre las palabras allí marcadas.

Todo mundo perdió algo.

Como si hubiera escuchado mis pensamientos, Rose dice:

—Tu virginidad es algo que puedes perder.

—Yo, en verdad... en verdad no creo que se trate de esas chicas y de su hechizo.

—Pero...

—*En verdad*, no —digo, tratando de mantener la calma por el bien de Rose, pero probablemente fracasando de manera espectacular—. Lo que pasó esa noche no tiene nada que ver con ningún hechizo y todo que ver con Cathal Murdock. Así que las chicas que lanzaron ese hechizo... incluso *si* fuera real, cosa que no estoy afirmando, no tienen la culpa de lo que pasó. Y tampoco tú. Fue una persona, una sola persona. Y arruinaré su puta vida por lo que te hizo.

Entonces Rose estalla en lágrimas.

—¡Oh, mierda! —digo—. Oh, mierda, lo lamento.

Sus hombros tiemblan. Su respiración se estremece. Envuelvo mis brazos alrededor de ella como si pudiera protegerla de lo que pasó, de lo que perdió, del desastre del descarrilamiento de tren de sus sentimientos.

Cuando sus sollozos ceden, le digo en voz baja:

—En verdad pienso que ayudaría hablar con tía Gillian.

Gillian es la hermana de mamá y también es una de las guardias locales. Ella sabrá qué hacer.

Rose suspira y sacude la cabeza.

—Literalmente, no serviría de nada —dice—. No hay nada que ella pueda hacer.

—Pero...

—Ya te lo dije, Olive, leí todos esos blogs feministas a los que estás suscrita. Leí todos esos artículos y noticias. Sé que no hay nada que ella pueda hacer.

Mi cabeza se siente pesada. Todo en mí se siente pesado.

—Odio el mundo —murmuro tan bajo que sé que nadie puede escucharme.

Acaricio el cabello de Rose. Permanecemos en silencio durante mucho, mucho tiempo.

Entonces Rose habla debajo de sus brazos.

—Hazel dijo que deberíamos probar el hechizo —sólo se escucha un poco más alto que un murmullo.

—¿Qué?

—¿Hazel? —levanta la cabeza—, dijo que deberíamos probar el hechizo.

—¿Por qué? —pregunto.

—Por... lo que pasó. Por traer de vuelta lo que perdí.

Quiero decirle nuevamente que deberíamos hablar con la tía Gillian, pero hay manchas de rímel en el rostro de mi mejor amiga y sus ojos se han iluminado con esta sugerencia ridícula.

—De acuerdo —digo—. Yo tengo el libro de hechizos. Ellos… está en mi habitación. Se metió en mi mochila de alguna manera el otro día. Podemos intentar el hechizo.

—¿Tú lo *tienes*? —las cejas de Rose se elevan, y me mira con seriedad—. Olive, creo que esto tenía que pasar.

Si fuera en otro momento, cuestionaría su repentina creencia en el destino, pero por ahora cierro los ojos rápidamente para luchar contra las lágrimas que siguen acumulándose detrás de ellos y le regalo a Rose mi sonrisa más valiente.

—Tal vez —digo. Mientras tanto, pienso sobre cómo podría plantearle a la tía Gillian algunas preguntas hipotéticas sobre una hipotética amiga en nuestra comida familiar del domingo.

—Entonces lo haremos —dice, y se levanta—. Vamos.

—Rose —hago un gesto hacia el edificio de la escuela—. Tienes tu examen oral de alemán como en… cinco minutos —la sola idea de tener que presentarse a un examen después de todo esto es absurda, pero la idea de permitirle a Rose fallar en un examen por culpa del imbécil de Cathal Murdock es impensable. Mi estómago se retuerce dolorosamente.

—Después, entonces —dice Rose—. Iremos a Oak Road esta noche.

El rostro de Rowan resplandece ante mis ojos.

—No puedo, Rose, todavía estoy castigada.

—Olive, *por favor*.

—Mis padres me matarán.

—¿Cuándo *no* estás castigada? —me interrumpe—. Necesito lanzar ese hechizo.

Sacudo la cabeza. Nuestros exámenes de verano están comenzando y he pasado menos horas estudiando de las que he dedicado a soñar despierta acerca del trío en Oak Road.

Necesito estudiar. Necesito no estar castigada. Necesito ayudar a mi mejor amiga.

Además, y no estoy segura de por qué, hay algo sobre la idea del hechizo que encuentro desconcertante. Pienso en cuando lo leí en Oak Road. La parte sobre la sangre humana tal vez. La parte sobre el sacrificio. La parte acerca de ser cuidadosa con lo que se desea. Porque ahora, más que nada, deseo que Cathal Murdock nunca hubiera nacido.

Alcanzo la mano de Rose y mi resolución se fortalece.

—Mañana. Iremos mañana.

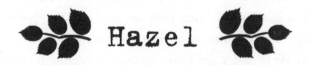 # Hazel

Viernes 12 de mayo

Perdido: encendedor azul de plástico;
taza (café, desportillada)

Es muy temprano por la mañana cuando el viento sopla las tablas de mi ventana y se sacuden hasta el suelo, abajo. Estoy en la última fase de ese sueño ligero que es como un viaje ácido y el mundo no es del todo real. Veo a papá en la ventana. Estoy en la planta alta. Tal vez está flotando como en esas películas antiguas de vampiros donde prácticamente puedes ver las cuerdas que los sostienen. Levitan. Voy a la ventana y el piso se inclina. Hay algo extraño en las paredes. Probablemente todavía esté soñando. Probablemente esté durmiendo.

Cuando llego a la ventana, estoy casi despierta. Las paredes son normales. Papá no levita fuera de la ventana de mi dormitorio. Por supuesto. Comienzo a cerrar las ventanas y veo una sombra moverse por la pared de una de las otras casas. Me congelo. La sombra se separa del bloque negro del espacio entre dos edificios y camina —*carajo*—, camina como la sombra de una persona en la parte delantera de la casa frente a la nuestra, a pocos metros de donde estoy en pie. Mi ventana está abierta y las tablas se han ido. Ahora es obvio que esta casa no está vacía.

Afuera, la única luz es de la Luna y las estrellas y no se pensaría que es suficiente para ver con claridad, pero lo es. La forma en la oscuridad se convierte en un chico. Sale de la sombra de la casa y me mira sonriendo. Puede que tenga mi edad. Su cabello es largo y tiene cuentas que parecen dientes atadas alrededor de su cuello.

Me repliego contra la pared, con el pulso latiendo en mi garganta. Creo que puedo oír un fragmento de notas musicales que llegan a través de la ventana abierta hasta mí. Un pequeño estribillo. Como si el chico silbara, lo suficientemente alto para que yo lo escuche con claridad. Oscuridad y escalofrío. Cuando vuelvo a echar un vistazo a la ventana, segundos más tarde, el chico se ha ido. Cierro la ventana apretando mi ropa más gruesa entre las grietas para que funcione de cortina. Demoro bastante en conciliar el sueño.

Por la mañana, llamo a Mags para decirle que quiero una escalera.

—La llevaré más tarde —murmura—. Podrías haberme dicho que tus tablones se habían roto antes de que pasara esta mañana con el periódico.

Arrugo la frente.

—No te dije que los tablones se rompieron.

—No tenías que hacerlo —dice Mags—. Puedo ser vieja, pero no estoy ciega.

—Cierto.

—Tu madre… —comienza a decir, pero alguien la llama, una voz que apenas alcanzo a escuchar por encima de los ruidos de la mala recepción del teléfono.

—¿Qué hay con mamá?

—Dame un segundo —dice Mags, a mí o a la persona con la que está—. Te llamaré más tarde, cariño —termina con la llamada.

Probablemente no era nada. No es como que ella haya podido tener noticias de mis padres. Pero de todos modos siento que los nervios se agolpan en mi garganta. *Alguien viene*, dijo Ivy. *Esperar invitados*. Sigo pensando que el crucigrama se refería a Olive y Rose, para lanzar el hechizo, para traer de vuelta lo que hemos perdido.

Separo la ropa que cubre la ventana y miro hacia fuera. Es luminoso y tranquilo. El fraccionamiento está vacío. El chico se ha ido. Papá nunca estuvo aquí. De cualquier forma dejo la ropa sobre la ventana.

Hay flores en la mesa cuando llego abajo. Como si tuviéramos compañía. La cocina vestida con sus mejores galas. Alguien incluso limpió los mostradores. Las flores son rosas, espinosas y hermosas, tal vez cortadas fuera del jardín de otra persona. Probablemente Ivy las puso allí. Rowan y yo no podemos permitirnos comprar flores por ahora, cuando la tarjeta de crédito de nuestros padres ya no funciona.

Debería hablarle sobre eso. Ya han pasado tres días.

Salgo por la puerta de atrás con mi té y camino hasta el borde del fraccionamiento que está pegado al bosque. Rowan está sentado sobre la pila de escombros con su guitarra. Puedo escuchar algunas notas de la canción que está cantando, flotando hacia mí en la brisa.

Subo con cuidado, toda manos y rodillas, con mi taza estrechándose sobre el cemento y la piedra, para unirme a él. Estamos lo suficientemente lejos de los primeros árboles del bosque, así que el sol brilla directamente sobre nosotros y me vuelvo para mirarlo y cierro los ojos. Rowan deja de cantar y baja su guitarra.

Con los ojos cerrados, todo en naranja, puedo oler el humo de un cigarrillo. Abro los ojos, apenas un poco, y miro de reojo a mi hermano.

—¿Desde cuándo fumas? —pregunto, luego vuelvo a cerrar los ojos con el resplandor del sol—. No me digas que estás usando los cigarrillos para lidiar con tu problema de alcohol.

—Si eso dices —responde Rowan—. Gracias por tu sincera y cariñosa preocupación, pero estoy bien. Encontré un paquete con dos cigarrillos justo aquí —abre y cierra su encendedor—. Supuse que mi destino era fumar uno. Estaban completamente secos.

—Así que no tuviste elección.

—Exactamente.

Miro de reojo a Rowan otra vez, pero él luce bastante animado esta mañana, disfruta serenamente el sol con su guitarra y un cigarrillo encontrado, con su gorra en un ángulo desenfadado: el rey de la pila de escombros. Me hace querer dibujarlo. Tal vez Mags tenía razón. Tal vez algunas veces las personas son más interesantes que las cosas.

—¿Dijiste que había dos cigarrillos? —pregunto, mientras recuerdo que perdí mis dos últimos cigarrillos el otro día—. Qué extraño, creo que podrían ser míos.

Me entrega uno y su encendedor. Su plata refleja la luz del sol en mis anteojos, y casi me ciega. Se siente pesado en mi mano.

—La tarjeta de crédito fue rechazada el otro día —digo rápidamente, antes de que pueda arrepentirme. Rowan se queda muy quieto.

—Una falla de la terminal —dice.

—Lo intenté en todas las tiendas de la calle —soplo sobre mi té y envío el vapor flotando lejos de mí como dientes de león—. Se fue.

Rowan le da una profunda calada a su cigarrillo y tose.

—Bueno —dice—. Sólo era cuestión de tiempo antes de que descubrieran que la habíamos tomado. Apuesto que por eso la cancelaron. Están intentando que volvamos.

Niego con la cabeza.

—¿Crees que tal vez deberíamos hacerlo? —dice Rowan lentamente.

—¿Qué cosa?

—Regresar.

Puedo escuchar mi corazón en mis oídos y no bombea a un ritmo que reconozca.

—No podemos quedarnos aquí para siempre —continúa.

—No *necesitamos* quedarnos aquí para siempre. Sólo hasta que cumplamos dieciocho. Entonces Mags podrá emplearnos legalmente y podremos alquilar una habitación en alguna parte y...

—¿Y qué?, ¿nunca más ver a abue?, ¿no volver a ver a mamá? —ni siquiera menciona a papá.

Toc, mi corazón. *Toc-toc*.

—Y si... —digo muy, muy despacio—. ¿Y si no es por eso que la tarjeta ha sido cancelada?

—¿Qué quieres decir?

—Quiero decir, ¿y si algo pasó? ¿Si algo pasó con mamá y papá?

Toc. Toc-toc. Toc.

—Ay, vamos —dice—. Alguien ya nos hubiera dicho si los hubieran encontrado destrozados en algún accidente auto-movilístico o algo así.

A menos que, una pequeña voz en el fondo de mi mente habla, *nadie pueda encontrarnos porque hemos estado en movimiento durante casi un mes.*

—La gente desaparece todo el tiempo —digo en voz baja—. La gente se pierde.

Recuerdo a Rose llorando sobre sus rodillas, soplando burbujas a través del estacionamiento de la taberna.

—Creo que Ivy tiene razón —digo—. Alguien debe haber lanzado ese hechizo en la fiesta de la semana pasada.

Rowan asiente con la cabeza, hemos hablado de esto unas cuantas veces desde que encontré el libro de hechizos. Lo encontré y luego lo perdí de nuevo. Lo hemos buscado por todas partes. Se fue.

—Conocí a alguien el jueves —digo—. Alguien que necesita ese hechizo —no digo que yo también lo necesito, que lo necesito tanto como ella. A ella tampoco se lo dije—. Es una amiga de Olive —añado, y Rowan se anima un poco. Probablemente ni siquiera se da cuenta, pero yo sí. Así que le cuento todo sobre Rose. Le digo que creo que lo que el crucigrama dijo la semana pasada, acerca de esperar invitados, se refería tanto a Rose como a Olive. Le digo que creo que esto significa que necesitamos lanzar el hechizo.

Mira sus manos por un largo tiempo. Conozco a mi hermano. Sé cómo luce cuando duda en hablar.

—¿Qué? —le pregunto—. ¿No crees en eso? Porque tú mismo lo dijiste… todo mundo ha perdido algo desde el sábado. No puedes creer que Mags pueda predecir el futuro con el crucigrama de la mañana y no creer en un hechizo.

—No es eso —dice—. Es sólo… lo leíste, ¿cierto? ¿Todo el libro de hechizos? Acuérdate —asiento, lo recuerdo todo—. Sólo es que hay mucha… oscuridad en todo eso, supongo.

Todo este rollo del arrepentimiento y del sacrificio y de la sangre. Sólo... no estoy seguro de que sea una gran idea poner nuestra confianza en algo que podría ser malo.

—¿Malo?

—Tú no sabes... *nosotros* no sabemos qué tipo de magia es. Qué tipo de cosas tienes que perder para que puedas encontrar algo más.

—Rowan —digo—, Rose necesita ese hechizo.

Yo necesito ese hechizo. Y él también. Simplemente, no lo sabe.

Apago mi cigarrillo en los restos de mi té ahora frío. Justo debajo de nosotros, más allá del bajo muro de piedra que bordea el fraccionamiento y el bosque, algo blanco capta mi atención.

Desciendo rápidamente de la pila de escombros y salto sobre el muro.

—¿Qué pasa? —pregunta Rowan detrás de mí.

Es un papel, envuelto entre hojas. Hay una fecha en la parte superior. *Miércoles 10 de mayo.* Hace dos días.

—¿Hazel? —pregunta Rowan desde los escombros.

—Encontré algo —grito—. Creo que es del diario de alguien.

Nunca he llevado un diario. Hay demasiadas cosas que no quiero compartir. Se supone que debería ser secreto, pero aquí estoy, ahora mismo, sosteniendo en mi mano un montón de pensamientos privados de alguien más. Es demasiado fácil perder las cosas una vez que han sido escritas.

Vuelvo sobre el muro y Rowan se pone en pie y extiende una mano para ayudarme a subir.

—¿Es de Ivy? —pregunta, y su voz suena un poco graciosa. Probablemente le preocupa que haya escrito en su diario sobre lo que sea que esté pasando entre ellos. Lo que sea que haya pasado en la fiesta. Tal vez está preocupado de que lo lea y me entere. Pero es extraño: mi estómago no se tuerce en celos cuando lo pienso. Por alguna razón, pienso en Rose.

—No es de Ivy —digo, mientras reviso la letra—. Y no lo leería si lo fuera.

—Yo tampoco —dice a la defensiva.

Entonces recuerdo haberme despertado en medio de la noche. El chico que silbaba. Su sonrisa. Su cabello largo. Los dientes alrededor de su cuello.

—Creo haber visto a alguien anoche —digo—, en el fraccionamiento.

Rowan me mira.

—Carajo —murmura, con el rostro afligido.

—Pensé que podría haber estado soñando —digo—. Parecía un tipo de nuestra edad. Supongo que debe haber dejado caer esto aquí —no menciono cómo se eriza mi piel pensando en él—. Sólo mantente atento, ¿de acuerdo?— Rowan asiente con la cabeza—. No podemos darnos el lujo de que la gente pasee por aquí o alerte a las autoridades.

Ivy está en la cocina cuando entramos de regreso. La tetera está cantando. El periódico está abierto sobre la mesa y el crucigrama mira fijamente al techo. Ivy tiene el final de un bolígrafo medio derretido en su boca y sonríe ampliamente cuando nos ve.

—Mira lo que encontré —digo, uniéndome a Ivy en la mesa. Le muestro las páginas del diario y empiezo a leerlas en voz alta.

—*El miércoles, camino al bosque, rodé sobre un control remoto de televisor en medio de la carretera. Crujió bajo mis ruedas y derrapé hasta detenerme, con Ash y Holly pisándome los talones. Lo pateé a una zanja, sin pensar que un pequeño rectángulo de plástico pudiera ser el inicio de algo.*

—Suena como un cuento —dice Rowan, y asiente para que continúe leyendo.

Como el diario de cualquier adolescente, principalmente versa sobre estar enamorada. O sobre la lujuria, supongo. Sonrío un poco mientras leo fragmentos.

—*Su voz es como música, ¿ya lo había dicho?* A esta chica le pegó fuerte.

—¿En serio? —dice Rowan—. ¿Estás leyendo los pensamientos más íntimos de alguien y vas a burlarte de eso?

—Y tú estás escuchando —resoplo, pero dejo de burlarme y continúo leyendo. Hay algo bastante atractivo en la historia de esta chica, incluso si sólo se trata de estar enamorada de algún sujeto pretencioso.

Rowan come la mitad de los chocolates de la caja en la mesa e Ivy distraídamente completa el crucigrama mientras escucha. Y entonces el diario menciona el libro de hechizos.

—*… y por alguna razón me recordó el hechizo, el musgo que buscamos, la navaja que utilizamos para cortar las yemas de nuestros dedos.*

Rowan e Ivy se enderezan en sus lugares.

—Dame eso —dice Rowan, tratando de sujetar la hoja para leerla velozmente.

—Detente —mantengo mis dedos apretados alrededor de la página y sigo leyendo.

—*Escondimos las cervezas en un hueco entre las ramas del viejo roble en la bifurcación del camino, donde Holly encontró el libro de hechizos. Pareciera que ha pasado mucho tiempo desde que leímos la invocación para recuperar nuestros diarios.*

—Encontraron el libro de hechizos —murmura Ivy.

—Son ellas las que lanzaron el hechizo —digo.

—El hechizo está funcionando, dijo Jude. Miren, las cosas perdidas vuelven a casa para ser encontradas.

La boca de Ivy está abierta y su crucigrama, olvidado.

—Jude —dice.

—¿Qué? —pregunta Rowan.

Ivy baja la mirada hacia el crucigrama.

—Judas, el santo patrón de las causas perdidas. ¿Recuerdas?

Recuerdo. Y recuerdo algo más: el silbido que escuché anoche. La canción ha estado pegada en mi cabeza toda la mañana, pero es hasta este momento que me doy cuenta de cuál es: "*Hey Jude*".

—Caraaaajo —digo entre dientes—. En verdad, esto es muy extraño.

Rowan jala de nuevo el papel y esta vez lo dejo tomarlo. Vuelve la página y sigue leyendo. Las chicas le piden a una hermana mayor que compre cervezas. Se sumergen desnudos en el lago.

—Tiene que ser nuestro lago —justo por encima del muro del fraccionamiento, por la ladera del bosque y a través de las rocas.

Rowan continúa. Se ruboriza ante las descripciones de los cuerpos desnudos de las chicas. Sacude la cabeza ante la lista de cosas perdidas que encuentran.

Gafas de lectura, bolso de maquillaje, broches para sujetar el cabello. Una pulsera con adornos.

—Dos cucharitas manchadas —lee. Se levanta y abre el cajón en el que guardamos nuestros cubiertos y saca una sola cuchara oxidada.

—Teníamos tres —dice.

Ivy deja escapar un poco de aliento.

Continúo con la lectura y nos enteramos de que un chico del pueblo ha desaparecido.

Recuerdo las palabras de advertencia en el libro de hechizos. *Ten cuidado con lo que pactas: cada cosa perdida requiere un sacrificio... una nueva pérdida por cada cosa encontrada que haya sido invocada... Considera esto cuidadosamente antes de hacer la invocación: tal vez no seas tú quien elija.*

El rostro de Ivy está pálido. Rowan parece un poco sorprendido. No sé qué pensar.

Me pregunto, es una locura, si ella dejó el libro de hechizos allí para que yo lo encontrara. Me duele la cabeza con todo esto.

—Tenemos que lanzar el hechizo —digo—. Quiero decir, si todos estamos perdiendo cosas porque estas chicas lo lanzaron el sábado pasado, necesitamos hacerlo ahora nosotros para recuperar nuestras cosas.

—Hazel —dice Rowan como una advertencia.

—¿Qué? Te lo dije... Rose lo necesita. Y tal parece que nosotros también. ¿O quieres que más de tus cosas desaparezcan debido a estas chicas? No es que tengamos mucho que perder.

—¿Quién es Rose? —pregunta Ivy, así que le explico cómo creo que es una de las invitadas que nos dijeron que esperáramos. Le digo que creo que ella y Olive están destinadas a ayudarnos a lanzar el hechizo.

—En verdad, no estoy seguro de esto —dice Rowan.

—¿Tú qué opinas? —me vuelvo hacia Ivy.

La mirada de Ivy va de mi hermano a mí.

—Creo... que tienes razón. No quiero perder lo que tengo. Si podemos deshacer lo que hizo el hechizo de estas chicas, creo que vale la pena intentarlo.

—Ya está decidido entonces —digo con firmeza, y esta vez Rowan no discute—. Ahora sólo necesitamos encontrar a Olive y a Rose.

Laurel

Viernes 12 de mayo, sábado 13 de mayo

Encontrado: cinco perros perdidos; doce fichas de Scrabble;
un puñado de dientes de leche

Holly sólo estuvo castigada un par de días. Cuando llegó al bosque con nosotros el viernes, Jude se encontraba en la parte superior de nuestro santuario de cosas perdidas y abrió los brazos.

—Mira esto. ¡Míranos! ¡Somos los buscadores, los custodios, los guardianes de lo perdido y lo encontrado! —dijo con elocuencia.

Holly aplaudió y Ash cantó. Jude me miró y esperó mis aplausos, pero me quedé en pie y lo observé. ¿No se daban cuenta de lo pretencioso que sonaba? ¿No entendían que no éramos los guardianes de nada, y que si era por nosotros que esas cosas perdidas aparecían, entonces era claro que habíamos hecho algo muy malo?

Creo que todos lo creíamos ahora, que esto estaba sucediendo a causa del hechizo. Como si nuestra repentina creencia en la magia fuera otra cosa encontrada. Cada vez que entrábamos en el bosque, hallábamos algo nuevo. Habíamos empezado a recoger todo en recipientes. Vasijas con piezas de rompecabezas. Cestas de calcetas sin su par. Vasos de cerveza llenos de broches para sujetar el cabello. También Jude había comenzado a hallar cosas. Las cosas encontradas lo rodeaban como el tesoro de un dragón y él era la bestia en el centro. Nosotras éramos las ninfas del bosque alrededor de él. Es como si hubiéramos olvidado que habíamos sido nosotras las que lanzamos el hechizo, no él.

Seguí preguntando en dónde estaban sus padres. Seguí preguntando en dónde vivía.

—Conversaciones irrelevantes —dijo, y agitó mis palabras lejos—. ¿Por qué no haces las verdaderas preguntas, Laurel? Las preguntas con fuego, las que importan.

Así que le pregunté:

—¿Adónde vas con Ash cuando se escapa a verte en medio de la noche? ¿Qué hacen?

Las mejillas de Ash se encendieron como el color de su cabello. Los ojos de Holly eran enormes en la sombra del bosque. Se volvieron hacia mí con tantos reproches, pero yo sólo hice una pregunta.

Jude, por su parte, rio.

—Ya te estás acercando —dijo con deleite—. Ése es el fuego que estoy buscando —pero no respondió y no insistí.

Quería decirle algo a Holly, e incluso a Ash. Quería disculparme, o tal vez advertirles de él, decirles que merecían más y mejor. Quizá también merecían una mejor amiga que yo. Pero casi nunca estábamos sin él ahora. Incluso a solas con Holly en su dormitorio, arropadas hasta nuestros mentones con su colcha de retazos, era como si él estuviera allí con nosotras. Inclinamos juntas nuestras cabezas en clase, pero de alguna manera él también está allí. Nuestros cabellos ya no se enredan juntos. El único que cepillo por la noche es el mío.

Éramos un clan, una multitud. Éramos un bosque, un perro de tres cabezas. Ahora todo lo que quiero es un minuto a solas con las dos, sin sentir el aliento tibio de Jude en mi nuca.

Holly ha estado perdiendo peso. Lo sé por los huesos de sus muñecas y sus hombros, a pesar de que ya nunca anuda su blusa, no se quita las medias ni mete su falda en sus pantaletas cuando trepa. Ahora lleva su bufanda todo el tiempo, envuelta tantas veces alrededor de su cuello blanco que es como una manta. No sé cómo soporta el calor.

Holly ha estado perdiendo la voz. Sus palabras se han reducido a un murmullo.

Holly ha perdido su corazón, pero ¿no lo perdimos todas? La mano de Ash en el bolsillo trasero de los jeans de Jude, su sonora risa cada vez que él habla. E incluso yo. Es como si mis ojos siempre supieran dónde estará. Discuto y pongo mis ojos en blanco frente a sus palabras pretenciosas, pero quiero que él tenga una excelente opinión de mí. Quiero que vea mi espina dorsal recta, mis dientes afilados, y quiero que tema mi mordida pero la desee.

Debería de arrancar esta página. Lo haré. Estrujarla, enterrarla, asegurarme de que se pierda.

Ash y Holly no pueden saber esto: anoche esperé hasta que mis hermanas se hubieran ido a la cama y escapé... la más joven princesa bailarina sola sin un baile. Até una linterna a mi manubrio y avancé hasta el roble. La lluvia había lavado el mundo, el viento había barrido las nubes debajo de la alfombra, el cielo estaba moteado de estrellas y la Luna brillaba. Después de todo, ni siquiera necesitaba la linterna.

Jude estaba allí, esperándome.

Bajo el bosque más profundo me besó, presionada contra el cuerpo de un árbol. Clavé los dedos en el tronco para no arrancarle la ropa. Mis manos se llenaron de piezas de Scrabble. Abrí las palmas para mostrárselas y eligió dos letras: L y J. Las oprimió contra la suave corteza del árbol y tomó mis muñecas en sus manos, las volteó para que el resto de las fichas cayeran sobre el suelo musgoso. Si escribieron algo, las palabras se perdieron en la oscuridad.

Mis manos, ahora vacías, suspiraban de anhelo. Se aferraron a su playera y la subieron por encima de la cabeza. Me besó con más intensidad. Mis manos se aferraron a su cabello, se agarraron de su espalda, se engancharon en la cintura de sus jeans y lo empujaron contra mí. Podía sentir cada impulso de su cuerpo como si fuera el mío. Ardiente.

Entonces de alguna manera mi playera ya no estaba, mi sostén se había desabrochado, mi espalda se presionaba con tanta fuerza contra la corteza del árbol que aún tengo las marcas. Sus manos sostenían mi rostro, sus palmas a ambos lados de mi cuello, sus pulgares dibujaban caminos por mi esternón, sus dedos se extendían sobre mis pechos. Sus labios dejaron los míos y siguieron sus manos, abajo, abajo, una cadena de besos, besos como perlas, como lágrimas. Tenía la boca abierta, los ojos cerrados, mi pesada respiración en silencio.

Sólo abrí los ojos cuando sentí sus manos en los botones de mis jeans y cuando miré hacia abajo me di cuenta de que él estaba desnudo. No era como cuando nadamos en el lago, riendo, apartando los ojos, que se sentían atraídos hacia los cuerpos de los otros, botellas de cerveza en mano y agua alrededor. No era así, para nada. Estaba oscuro pero lo vi todo, lo sentí todo. La luz de la Luna brillaba a través de las hojas e iluminaba nuestra piel y las fichas de Scrabble en el suelo. Cuando me desnudó por completo, pude ver las letras: la L que había caído de donde la pegó en el árbol, una A, una H. Tomó mi mano y la guio hacia abajo, hasta donde él estaba pegado a mí, y miré hacia arriba, al árbol, para ver si la J todavía estaba allí, adherida con la savia. Empezó a alejarme del árbol, a acostarme sobre las letras y las hojas, pero las iniciales de mis amigas me miraban fijamente y de repente quise estar en cualquier parte, excepto allí, en cualquier parte que no fuera con él.

De repente tenía frío, y el bosque se sentía sucio. De repente, ya no quería estar desnuda. Me vestí sin decir palabra y él me besó. Pasó sus manos sobre mí, sobre mi ropa. Dejó marcas de mordida en mi playera. Respondí a sus besos hasta que reuní el coraje para alejarme. Conduje temblorosa a casa. Él se quedó en el bosque. Ahora me doy cuenta de que nunca lo he visto fuera de ahí.

Fue en el camino de regreso a casa que me di cuenta de los perros. Grandes labradores marrones, uno cada pocos kilómetros, caminando hacia el bosque. Eran viejos y lentos. Algo en ellos me hizo estremecerme.

Y entonces, hoy, después de su reunión con el club de bridge de los sábados por la mañana, mamá me dijo que la gente ha estado encontrando cosas por todo el pueblo. Las cosas perdidas ya no se están quedando en los límites del bosque. Se derraman en el agua del lago, tintinean sobre las rocas. Los broches para sujetar el cabello aprisionan las patas de las ranas. Los pescadores capturan pesadas truchas de río y cuando las abren encuentran llaves de auto y monedas en sus vientres. En los terrenos cercanos, los caballos arrancan anillos y aretes junto con los mechones de hierba. Las calcetas sin par y las lámparas para las luces de Navidad están saliendo a la superficie dentro del excremento de las vacas.

Y entonces, esta mañana, un puñado de dientes de leche apareció en un claro. Jude y Ash se echaron a reír cuando los vieron, hablaron del hada de los dientes y las monedas debajo de las almohadas, pero Holly y yo nos estremecimos. Enterramos los dientes. Con las manos metidas en la tierra del bosque, decidimos quedarnos lejos de ahí.

Lo supe entonces. Supe que esto era lo que habíamos hecho. No habíamos ofrecido un sacrificio. No habíamos cambiado algo que no quisiéramos perder por algo que queríamos encontrar. Recibimos nuestros diarios por los sacrificios de otras personas. Cosas que no querían perder. Cosas que no sabían que les iban a hacer falta. Baratijas, tesoros, recuerdos, creencias. Los robamos sin saberlo y ahora estaban apareciendo a nuestro alrededor.

En el pueblo, la gente se pregunta por los ladrones en la fiesta, sobre algo en la cerveza, sobre la contaminación en el lago y la basura filtrada en los campos con la lluvia. Pero fuimos nosotras. Fue el hechizo. Fueron tres chicas jugando con algo que no entendían.

Sigo repitiendo las últimas palabras del hechizo en mi cabeza. *Ten cuidado con lo que deseas: no todas las cosas perdidas deben ser encontradas.*

No puedo dejar de hacer listas de cosas perdidas que no deben ser encontradas. El cabello perdido. La sangre perdida.

Las almas perdidas.

Recuerdo cómo Jude apareció en ese árbol después de haber lanzado el hechizo. *No,* me digo. *No seas tonta. No puede ser.*

 Olive

Sábado 13 de mayo

Perdido: tres mariposas para aretes; una amistad

El sábado por la mañana, papá nos despierta con un poema que no conozco. Las primeras estrofas son ahogadas por el reclamo de Emily.

—¡Todavía no son LAS SIETE y es SÁBADO, por el amor de Dios! ¡DÉJANOS DORMIR! —grita con todas sus fuerzas.

Papá abre mi puerta y parpadeo con la luz del rellano.

—*Pierde algo cada día* —la voz de papá se eleva por toda la casa—. *Acepta la confusión / de las llaves extraviadas, de la hora desperdiciada.*

—¡ESTO ES ABUSO INFANTIL! —grita Emily, pero un poco de griterío nunca ha disuadido a nuestro padre.

—*No es difícil dominar el arte de perder* —proyecta su voz con más potencia, con sus entrenados pulmones tras décadas de emitir palabras desde el fondo de las salas de conferencias a estudiantes somnolientos.

—¡ESTÁS DESQUICIADO! —grita Emily.

—*PRACTICA DESPUÉS PERDER MÁS Y MÁS RÁPIDO* —ruge papá.

Mamá y yo intercambiamos miradas en el rellano. Todo se calma un poco, a pesar del ruido.

—Piensas que lo conoces —dice mamá suavemente, de pronto junto a mí—. No lo conoces en absoluto.

—¿Qué? —tengo un momento de confusión cuando creo que se refiere a papá, pero luego viene un momento más largo de mayor confusión cuando me doy cuenta de que no habla de él.

—Nos vamos temprano esta mañana —dice mamá, como si estuviera repitiendo algo—. Emily tiene baile y Max futbol.

Miro directamente a su rostro, sus ojos repletos de risa, su cabello corto rizado alrededor de las siete argollas de plata en cada oreja, y casi no la reconozco. Tal vez estoy perdiendo un poco la cabeza.

Después de todo, tengo planeado ir a encontrarme con un grupo de fugitivos adolescentes tatuados en un fraccionamiento abandonado para poder lanzar un hechizo con mi mejor amiga. Me siento extrañamente nerviosa por eso. Tal vez porque siento que Rose y yo deberíamos ir a la policía a hablar sobre Cathal, en lugar de lanzar hechizos. Tal vez porque los hechizos no van a ayudar en realidad. Y también tal vez porque todo esto significa volver a ver a Rowan.

Con eso en mente, me toma un tiempo estar lista. Elijo un vestido de verano que es lo suficientemente largo para que no parezca que quiero llamar la atención, lo suficientemente holgado para ocultar mi vientre y lo suficientemente corto para llamar la atención. Trato de encontrar un par de aretes que todavía estén completos, con todo y mariposas, y me calzo las zapatillas plateadas.

Cuando llego abajo, Emily está inclinada sobre su teléfono en la mesa de la cocina, comiendo gruesos trozos del pan casero de Nana mientras mamá lee el periódico. Max come cereal y hace todo un revoltijo.

—Te ves bien —comenta mamá, levantando la mirada de su periódico.

—Gracias. Voy a casa de Rose. Dijiste que podía, ¿recuerdas? ¿Que ya no estoy castigada?

—Claro —dice mamá, con los ojos fijos en el periódico—. Sólo no te metas al lago.

—¿Qué?

—Que no vayas a otro lado —dice mamá.

Casi tropiezo con la bolsa de baile de Emily camino al refrigerador y me doy cuenta de que Chloe, su compañera, no está en su lugar habitual a su lado, esperando que mamá las lleve a su clase.

—¿Dónde está Chloe? —pregunto a Emily.

Ella arranca un poco de pan con los dientes y frunce el ceño.

—Que le den por el culo —dice con la boca llena.

—¡Emily! —mamá pone el periódico sobre la mesa con un golpe. Max rompe en risitas incontrolables y golpea la mesa con tanta fuerza en medio de su júbilo que derrama la mitad de su cereal en el piso. Los perros caen sobre el desorden.

—Lo siento, mamá —dice Emily—. Que le den por atrás.

Mamá mira a Emily de manera mesurada, luego se encoge de hombros y vuelve a levantar su periódico.

—Un poco mejor —dice.

Emily sonríe. Me hago una taza de té y saco un paquete de galletas de la alacena. Max se aleja en busca de papá y Emily frunce el ceño frente a su teléfono.

—¿Supongo que tuviste una pelea? —pregunto, mientras le ofrezco una galleta.

Emily pone los ojos en blanco, pero para mi asombro, responde.

—Está siendo irrazonable —dice.

—¿Irrazonable acerca de qué?

Emily toma la galleta y me pregunta, con la boca llena:

—Si te dijera que alguien cercano a ti hizo algo malo, ¿querrías saberlo?

En el mundo de Emily, lo más probable es que *algo malo* sea que una de sus amigas compre la misma blusa que otra, o que etiqueten a alguien en una foto poco favorecedora, o considerar besar a un chico que le gustaba a otra amiga del mismo grupito.

—Claro —respondo.

—¿Aun si no hubiera manera de ignorarlo?

—Por supuesto.

—¿Y... le dispararías al mensajero?

—Supongo que Chloe le disparó al mensajero —digo.

—Herida de bala. Directamente en el corazón —Emily asiente con solemnidad y se lleva las manos al pecho—. Pensé que ella era mi mejor amiga —dice con un furioso encogimiento de hombros.

—A veces las mejores amigas cometen errores —digo—. Dale tiempo. Estoy segura de que te perdonará.

Rose aparece en la puerta trasera justo en este momento, sonrojada por el calor y sin aliento por el paseo en bicicleta. Los perros saltan sobre ella. Mi madre, que probablemente estaba monitoreando nuestra conversación para buscar signos de cariño entre hermanas mientras fingía estar absorta en las noticias de esta mañana, mira a Rose cuidadosamente. ¿Cómo es que las mamás siempre parecen saber instintivamente cuando algo está mal? Y es casi como si Emily también lo supiera; ella rápidamente comienza a charlar de manera animada —e inusual— con Rose, que por su parte parece un poco desconcertada por la atención de Emily.

—Y entonces le estaba diciendo a Chloe que eres como *el* mejor ejemplo de no tener que alisarte el cabello todo el tiempo, pero si tratara de llevar mi cabello como tú, sólo se convertiría en una gran pelota encrespada, ¿sabes? —dice Emily.

Rose me mira. Me encojo de hombros y tomo mi bolsa de la silla a mi lado.

Emily todavía está charlando.

—Y como le estaba diciendo a Chloe, porque yo estaba leyendo al respecto en internet, pero ¿no es muy racista que creamos que el cabello liso es lo mejor? Porque obligar a las mujeres negras, como si fueran indias, a alisar su cabello invalida su herencia, ¿no?

—Mmmm, supongo —dice Rose.

—Nos vamos —anuncio.

—Ah, de acuerdo, bueno, si tienes algún consejo para el cabello crespo... —dejo de prestarle atención a Emily y tomo la mano de Rose.

—*Bueeeeno*, entonces, nos vamos —digo. Me despido brevemente con la mano y salgo con Rose.

Ella se detiene justo afuera de la cocina, sin embargo, y se vuelve hacia Emily.

—Aceite de coco —dice—, sobre el cabello húmedo después de la ducha. No lo cepilles ni lo seques. Si lo trenzas por la noche, estará ondulado por la mañana y el aceite lo mantendrá en buen estado.

—¡Gracias! —chirría Emily, y cierro la puerta antes de que los perros puedan seguirnos o el resto de mi familia pueda hacer o decir cosas aún más extrañas.

—¿Qué fue todo eso? —digo mientras nos dirigimos en nuestras bicicletas a la carretera.

—No me preguntes a mí —dice—, es tu hermana.

Antes de la semana pasada habría dicho algo sobre cómo Emily y yo somos polos opuestos, pero después de enterarme de que tiene opiniones reales sobre los estándares racistas de belleza, sólo me encojo de hombros.

—Ah, ella está bien, como hermana —digo.

A sugerencia de Rose, tomamos una ruta un poco más larga fuera del pueblo que nos conduce hasta la taberna Maguire, para comprobar si Rowan y Hazel trabajan hoy, lo que frustraría un poco nuestros planes de lanzar hechizos. Llegamos al estacionamiento, por la puerta trasera de la taberna.

—Ve tú —dice Rose—, yo cuido las bicicletas —saca sus burbujas y sopla algunas mientras desmonto de mi bicicleta.

En ese momento la puerta trasera se abre. Ambas miramos, pero no es alguno de los mellizos quien emerge del húmedo vientre de la taberna, es Mags. Está acompañada por Lucky quien, con las patas más temblorosas que cuando estaba alegremente babeando sobre mí, el miércoles, se deja caer pesadamente sobre el escalón y desenrolla su larga lengua.

Mags me saluda con la cabeza (la cola de Lucky se mueve débilmente en el escalón como un saludo), saca un cigarrillo y gesticula hacia Rose después de encenderlo.

—Debería haber empezado con las burbujas cuando tenía tu edad —dice bruscamente—. Pero ahora es demasiado tarde para mí.

Imaginar a Mags Maguire a los diecisiete años es un ejercicio de suspensión de la incredulidad. Algunas personas parecen haber nacido con sesenta y cinco años de edad.

Rose ríe y le ofrece a Mags su varita de burbujas.

—Vamos —dice—, nunca se es demasiado tarde para las burbujas.

Mags acaricia sus cejas, pero acepta la varita y sopla una ráfaga de burbujas en el sucio y lleno de telarañas pasillo de la taberna.

Rose se inclina indiferente bajo el marco de la puerta.

—Entonces, mmmm, nos preguntábamos...

—Día libre —dice Mags.

—¿Cómo?

—Los mellizos, es su día libre. Eso es lo que se preguntaban, ¿cierto?

—Ah —dice Rose. Luce tan desconcertada como yo me siento—. Bueno, sí.

—De hecho —digo—, también teníamos dudas sobre algo más.

—Por supuesto que sí —Mags le devuelve las burbujas a Rose y le da una profunda calada a su cigarrillo.

—¿Las teníamos? —pregunta Rose.

—Laurel —le recuerdo, y le pregunto a Mags—: ¿De casualidad sabes de tres chicas adolescentes con apodos de árboles que pudieron haber tomado un poco de tu poitín antes de la fiesta del pueblo, la semana pasada?

Rose me mira. Probablemente podría haberlo expresado mejor.

Mags parece un poco molesta (aunque puede que sea el estado habitual de su rostro) y nos da nada menos que un:

—No meto la nariz en los asuntos de otras personas —para desgracia nuestra. Apaga su cigarrillo dando un paso atrás y desaparece en la taberna con Lucky cojeando detrás.

—Tanto para eso —dice Rose, y volvemos a montar nuestras bicicletas para dirigirnos a Oak Road.

Al pasar frente al supermercado cerca del borde del pueblo, disminuimos la velocidad. Rowan está discutiendo delante de las puertas principales con alguien. Hay un montón de gestos y lenguaje corporal agresivo, y una pequeña multitud de espectadores está empezando a reunirse alrededor. Me levanto sobre mis pedales para observar mejor.

—¿Qué están diciendo? —pregunto.

—No alcanzo a entender —dice Rose. Sin discutirlo, nos desplazamos hacia ese lado de la carretera.

El tipo que está con Rowan se separa y camina con resolución a zancadas hacia nosotras. Es un hombre de unos veinte años, de cabello rubio y espalda ancha. Cuando está a sólo unos metros de distancia, se gira y grita algo que no puedo entender, y de repente Rowan corre hacia él y lo golpea en el vientre.

Las peleas en las películas son coreografías, pero esto se parece más a un abrazo. En cuestión de segundos están unidos, luchan, las piernas giran sobre el concreto, y el guardia de seguridad de la tienda corre hacia ellos y los separa.

—Tómalo con calma, Cian, tranquilízate —le dice el guardia al otro hombre, y sostiene el brazo de Rowan con tanta fuerza que casi puedo sentir el apretón.

Rowan respira con dificultad, sus pecas sobresalen en sus mejillas ruborizadas. Sólo verlo hace que mi propio rostro se caliente.

—Me atacó —dice Cian—. Tú lo viste, fue en defensa propia.

La mandíbula de Rowan está roja e hinchada. Su pecho se levanta agitadamente.

Saliendo del supermercado camina tía Gillian, que claramente acaba de terminar su compra semanal. Observa la pelea y frunce el ceño cuando nos ve a mí y a Rose.

—¿Qué está pasando aquí? —dice con su voz oficial de Guardia.

—Cian dice que este muchacho estaba robando —contesta el guardia de seguridad.

—Ha estado robando en el trabajo… —comienza a decir Cian—. Quiero decir, a la gente con la que trabajo —Cian sabe que admitir que trabaja con Rowan hará que Mags se vea en problemas; ella no está legalmente autorizada a emplear a nadie menor de dieciocho años y, si los rumores sobre su poitín son ciertos, no sería la única cosa ilegal que está sucediendo en sus dominios—. No confiaría en él por nada del mundo.

—Bueno, yo no sé —me sorprende escuchar a Rose—. Tú eres un adulto y él es menor de edad. Tú lo provocaste, te vimos.

—¿De qué diablos estás hablando, Pocahontas? —dice Cian, y tengo que sostener a Rose para que no lo golpeé ella misma.

—¿*Cómo* me dijiste? —sus ojos son toda furia.

El guardia de seguridad parece incómodo.

—Ah, basta —interviene.

Tía Gillian dirige a Cian una mirada de desaprobación.

—¿Este chico es su amigo? —nos pregunta, señalando a Rowan. A modo de respuesta, me meto entre Rowan y el guardia de seguridad.

—En realidad, ya nos íbamos —digo—. ¿Está bien?

Tía Gillian parece como si sólo quisiera volver a su carrito de compras.

—Bien —dice, y luego señala a Rowan—. Vacía los bolsillos primero.

Rowan vuelve a ruborizarse.

—No robé… —dice acaloradamente.

—A menos que quieras que los arreste a los dos por agresión, te sugiero que vacíes tus bolsillos —dice tía Gillian. Puedo ver cómo Cian se estremece cuando escucha *a los dos*, pero guarda silencio y Rowan saca una goma de mascar del bolsillo de su camiseta. Lo exhibe: evidencia A. La desenvuelve y la pone en su boca antes de sacar la evidencia B: su teléfono y su billetera están en los bolsillos traseros de sus jeans, y la evidencia C: un juego de llaves y su encendedor de plata en sus bolsillos delanteros. Si se juzga por el contenido de sus bolsillos, Rowan parece un ciudadano ejemplar.

—¿Ves? —dice, con los brazos extendidos, las manos llenas de sus posesiones, la barbilla levantada en desafío y la boca masticando su goma de mascar ruidosamente—. ¿Quieres registrarme ahora?

Si se juzga por su actitud, es un problema.

—¡De acuerdo! —digo rápidamente, y tomo a Rowan por el brazo y lo llevo frente a la carretera—. ¡Nos vamos ahora! ¡Te veo el domingo, tía Gill!

Empujo a Rowan hacia la carretera y Rose nos sigue con las dos bicicletas. Cuando estamos fuera de vista, ella comienza a cacarear.

—Me agradas —le dice a Rowan—. Y, como siempre, me alegra que *tú*... —golpea mi cadera con la suya— tengas conexiones con la autoridad.

Me vuelvo hacia Rowan.

—Entonces, ¿qué fue todo eso? —pregunto casualmente. Lo esperamos en nuestras bicicletas mientras él desencadena la suya de una farola en el camino.

—Nada —dice, retirando el cabello de sus ojos—. Es un idiota. Ha estado buscando una razón para comenzar una pelea desde que llegamos aquí.

—¿Así que pensaste en darle una al golpearlo primero?

Rowan sonríe.

—Algo así.

Avanzamos en una sola hilera hasta la carretera principal, bordeando el pueblo repleto del tránsito de los sábados y retomamos el ritmo cuando la carretera se ensancha de nuevo. Cuando nos dirigimos hacia los caminos más angostos y repletos de baches, disminuimos la velocidad, respirando con fuerza bajo el intenso calor. Rowan rueda hasta nuestro lado de nuevo.

—Gracias por ayudarme allá —dice—. Lo aprecio.

—No hay problema, Rowan —dice Rose—. Pensamos que tal vez no querías a Gillian fisgoneando, pidiendo tu dirección o preguntando dónde están tus padres.

Rowan sonríe de nuevo, no luce sorprendido.

—Tú debes ser Rose. ¿O prefieres Pocahontas?

Rose gruñe.

—Preferiría haberlo golpeado yo misma —dice.

—Es una historia divertida —añade Rowan—. Iba a buscarlas cuando me metí en mi último encuentro con la policía.

¿El *último*?

—¿Ah, sí? —le pregunto—. Espera, ¿cómo ibas a encontrarnos? No sabes dónde vivimos.

Rowan se encoge de hombros.

—Es un lugar pequeño, pensé que eventualmente me toparía con ustedes. Sólo hasta que te fuiste me di cuenta de que había olvidado pedirte tu número.

Me sonrojo. Rose se percata de ello y me lanza una mirada.

—¿Por qué intentabas encontrarnos? —le pregunta a Rowan.

—Hazel quería… quiero decir, queríamos pedirles que nos ayudaran a lanzar el hechizo.

La boca de Rose se abre ligeramente. Me mira.

—Por eso hemos venido —le dice a Rowan.

—Bueno —continúa éste con una mirada más de resignación que de sorpresa—. Entonces parece que estaba destinado a pasar.

Nos dirigimos hacia el angosto y accidentado camino que conduce al bosque. Los conejos se escabullen a través de los campos y sorprendemos a cuatro ciervos justo delante, que se escapan saltando sobre una cerca, y entre los árboles, las blancas partes inferiores de sus colas se balancean en las sombras.

—Encontramos a la gente que tenía el libro de hechizos antes que nosotros —dice Rowan—. Tres chicas. Bueno, no las encontramos a ellas... encontramos algunas páginas de uno de sus diarios. Esperábamos que nos dijeran quiénes son, ya que conocen a más gente de aquí que nosotros. Y dónde está el libro de hechizos, también, supongo... no hemos podido encontrarlo desde que viniste.

—Lo encontré en mi mochila al día siguiente. Pensé que debía haber caído allí por casualidad —digo, antes de captar lo que acaba de decir sobre las chicas del libro de hechizos—. Espera, ¿también encontraron hojas del diario de Laurel?

—¿También? —repite.

Intercambio una mirada con Rose.

—Rose y yo encontramos una página cada una. La mía estaba en mi cesta de la bicicleta, y Rose encontró la suya de camino a la escuela —explico.

—Es una extraña coincidencia —dice Rose.

—¿Conocen a las chicas? —pregunta. Rose y yo negamos con la cabeza—. ¿No hay sólo una escuela en Balmallen?

—Sí —admito—. Pero no sabemos sus verdaderos nombres, ¿cierto? Así que podrían estar en nuestra clase, pero no las conoceríamos como Laurel, Ash y Holly. O podrían ir a una escuela en el siguiente pueblo, tal vez. Mencionan a un señor Murphy, pero es probable que haya un señor Murphy en todas las escuelas del país.

—Había uno en la mía —responde Rowan.

—Y mencionan a una chica llamada Trina McEown, pero tampoco hemos podido encontrar nada sobre ella. Ni siquiera sabemos cuántos años tienen… podrían ir en sexto, o incluso en cuarto. Es básicamente un misterio sin resolver.

Cuando llegamos al fraccionamiento, Rose y yo dejamos nuestras bicicletas detrás de la pared más cercana a la carretera, como generalmente hacemos, pero Rowan mete la suya en su casa.

—No puedo arriesgarme a que alguien la reconozca —dice.

—Nadie viene aquí —dice Rose—. Nunca. Es como el País de Nunca Jamás o algo así.

—Pero ustedes sí.

—Eso es diferente —comienza a decir a Rose, pero hablo por encima de ella.

—¿De quién exactamente se están escondiendo? —pregunto.

Rowan sólo se queda pasmado por medio segundo, pero me doy cuenta. Su sonrisa luce tan franca que es como si no tuviera una sola preocupación en el mundo, y si yo no lo conociera mejor, pensaría que sólo había imaginado ese momento de vacilación.

—Capitán Garfio —dice con facilidad, mientras abre la puerta de la tapiada casa. Vuelve a mirar a Rose y dice descaradamente—: Tal vez Cian debía haberte nombrado Tigrilla.

Rose pone los ojos en blanco.

—No hagas que cambie mi opinión sobre eso de que me agradas.

Hazel aparece en el umbral de la cocina y, de nuevo, no parece sorprenderle nuestra presencia.

—¿Te agrada Rowan? —le pregunta a Rose con fingido horror—. A nadie le agrada Rowan.

Rowan le muestra el dedo a su hermana y todos entramos por la puerta de la cocina. Hay luz aquí hoy; las tablas de madera de las puertas francesas fueron abiertas. Se siente fresco dentro; el sol se inclina sobre los azulejos, pero, como el resto de la casa está oscuro y vacío, el calor no ha tenido tiempo de asentarse.

Ivy, sentada en el escalón de atrás, nos mira con sorpresa.

—A *mí* me agrada Rowan —dice, como si Hazel hubiera hablado en serio.

Hay un pequeño momento incómodo que no sé cómo interpretar. ¿A Ivy le *agrada* Rowan? ¿Están juntos? Las mejillas enrojecidas de Rowan, la mirada evasiva de Hazel, Ivy mordiéndose los labios como si no debiera de haber dicho eso. A mi lado, Rose mira cada rostro. Entrecierra los ojos y estoy segura de que se está preguntando, igual que yo, si tanto Rowan como Hazel están enamorados de Ivy.

Hay algo sobre la forma en que se mueven a su alrededor, como si estuvieran conscientes de ella en cada momento. Cuando pienso en la última vez que estuve aquí, también mi experiencia encaja con la sospecha. El rubor de Rowan se desvanece lentamente y mi corazón se encoje un poco. Me aparto y veo la expresión de Rose mientras observa a Hazel: ella luce un poco como yo. Recuerdo cómo describió a Hazel. *Segura, hermosa.* Enamorarse es una cosa terrible.

—Sí, bueno —dice Hazel a Ivy, para aplacar las cosas—. Siempre has tenido un gusto de mierda para tus amigos —se vuelve hacia su hermano y pregunta—: ¿Qué te pasó en el rostro?

Rowan se frota la mandíbula pensativamente. El rojo se está volviendo lentamente morado y sigue hinchado.

—Me dieron algunos golpes —admite.

—¿Sólo algunos? —pregunta Ivy. Suena un poco confundida.

—¿Los merecías? —pregunta Hazel. Parece que sabe exactamente lo que está pasando.

—Probablemente —dice Rowan.

—Definitivamente —digo yo al unísono.

Cuando ríe, su sien se arruga.

—Está bien —dice—, definitivamente.

—Tu hermano es temperamental —dice Rose—. Por eso he decidido que me agrada.

—Tienen eso en común —le explico a Hazel.

Ella sonríe directamente a los ojos de Rose.

—Apuesto a que sí —dice, al fin.

—Un temperamento es algo que se puede perder —añade Ivy en voz baja desde la puerta de atrás, a nadie en particular.

—Además —digo—, ese tipo, Cian, no es exactamente el más amable.

—O el menos racista —añade Rose.

Hazel ya no está sonriendo.

—¿*Cian* te golpeó? —le pregunta a Rowan.

—Está bien —dice. Toma una botella de cerveza barata del pequeño refrigerador y la abre en el lado del mostrador.

—¿Cian, con quien trabajamos casi todos los días, te golpeó? —pregunta Hazel, levantando la voz.

Rowan se encoge de hombros y rodea con las manos el resto de las botellas del paquete de seis acomodado en el refrigerador.

—Dije que está bien, Hazel... sólo olvídalo.

Hazel se sienta a la mesa y sacude la cabeza.

—Sabía que era una mala idea que trabajáramos allí —dice con enfado.

—Está bien —replica Rowan de nuevo. Nos mira a mí y a Rose como si ésta fuera una conversación en la que no deberíamos estar presentes—. No es un problema.

—Lo será si Cian decide fisgonear —argumenta Hazel.

—¿Fisgonear qué? —comienzo a preguntar, pero Ivy salta del escalón de atrás y grita:

—¡Miren!

Corro a la puerta abierta con los otros a pesar de mí. El ligero viento que ha estado agitando los árboles debe haber sacudido un cesto de basura en algún lugar, porque un pequeño remolino de envolturas de caramelos y recibos, de paquetes de papas fritas y hojas de papel sopla entre la maleza.

Ivy sale como flecha y toma una hoja. No puede ser. No es posible. Pero regresa con otra página del diario de Laurel.

Está rasgada en la parte de abajo. No dice mucho. Las chicas encuentran diversos objetos en el bosque. Parece que Laurel está empezando a creer en el hechizo. Cuando lo menciono, Hazel me muestra las páginas del diario que encontró esta mañana. Bañarse desnudos y encontrar cosas. Un chico perdido.

—No he escuchado nada al respecto, ¿ustedes sí? —dice Rose, leyendo sobre mi hombro.

Niego con la cabeza.

—No. Y eso es extraño, porque Nana es la más chismosa del pueblo.

Rowan lee la descripción que hace Ash del chico.

—*Lo reconocerías si lo hubieras visto. Es desaliñado y rubio y tiene una perforación en la ceja.*

—No —Rose niega con la cabeza—. No me suena.

Pero a mí sí me suena conocido. Un gran sonido alto y claro. *¿Puedo darte otro beso antes de que te marches?*

La expresión de mi rostro debe reflejar mis pensamientos, porque Hazel pregunta:

—¿Lo conoces?

—No exactamente —respondo—. Pero creo que lo vi en la fiesta de verano. Creo que estuvimos bailando con él en algún momento. No sé, yo había bebido demasiado. Él era rubio y, supongo, un poco desaliñado. Tenía una perforación en la ceja. No lo sé. Puede que no sea el mismo tipo.

Rose me mira divertida.

Laurel no es la única que empieza a creer en el hechizo.

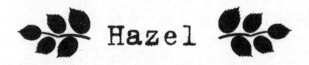# Hazel

Sábado 13 de mayo

Perdido: un par de botellas de cerveza (baratas);
algunas buenas papilas gustativas

Tenemos a todos los que necesitamos para lanzar el hechizo. Envié a Rowan a buscar a Olive y a Rose, pero ellas ya venían hacia acá. Eso debe significar algo.

Abro el libro de hechizos y miro la lista de ingredientes. Olive lo tuvo todo este tiempo, explica. Como si se hubiera metido en su mochila.

—¿Qué tenemos? —pregunta Rose—, ¿y qué necesitamos?

Intercambiamos miradas. Mi vientre se llena de abejas nerviosas. Estamos juntas en esto. Lo necesitamos… las dos. Casi desearía poder decirle por qué.

Tomo las rosas del jarrón en la mesa.

—Espinas de rosa —digo. Rose sonríe. Ivy, en la despensa, toma una botella de aceite de oliva y luego mete la mano debajo del lavabo para sacar la botella de limonada llena de poitín que robé a Mags.

Rowan abre la botella, huele el contenido y tose.

—Jesús —murmura—, huele como disolvente de pintura.

—¿Qué más? —pregunta Rose.

Tinta roja, cordón de plata. Corro hacia arriba y busco entre mis provisiones hasta encontrar algunos marcadores rojos. En la planta baja, Ivy tiene un rollo de cordón plateado, como el que se usa para envolver regalos de cumpleaños.

—Necesitamos una rama de avellano —digo—, bayas rojas de serbal, una enredadera de hiedra. Debemos recoger musgo debajo de un roble. Y necesitamos un talismán.

Paso unas cervezas e Ivy toma un pequeño tarro y Rose saca su mochila para que pongamos los ingredientes del hechizo dentro. Rowan sacude la cabeza.

—Como les he estado diciendo —dice por centésima vez—, no creo que sea una buena idea.

Caminamos por el bosque en busca de las plantas que necesitamos. La recepción del teléfono es demasiado mala para buscar cómo luce cada árbol en internet, pero Ivy tiene un pequeño libro de árboles y plantas nativas irlandesas que trajo con ella desde su casa por alguna razón. Laurel dijo en su diario que era como hacer pasteles de lodo de niñas, pero yo me lo tomo mortalmente en serio. Rose trata de bromear con Olive y Rowan, pero sé que para ella también es cosa seria.

Terminamos en las rocas porosas del lago, con la mochila de Rose abultada. Tenemos casi todo lo que necesitamos. Nos sentamos por un minuto y recuperamos el aliento y bebemos nuestras cervezas. Hablamos de Laurel, Ash y Holly, y sus cosas perdidas.

—Probablemente sean sólo cosas que se soltaron de algún árbol de los deseos —dice Olive, y su botella vacía de cerveza tintinea cuando la pone en la roca a su lado. Rowan le ofrece otra—. O la basura que ha caído del campamento de casas rodantes al otro lado del lago.

—Hablando de eso —dice Rose, y señala el agua. No lejos de nosotros, por una roca medio sumergida, hay una botella balanceándose.

—Debemos alcanzarla —añade Olive mientras se quita los zapatos—. Ya saben, la basura del lago mata a los peces, por no hablar de los pobres patos y cisnes —luego se detiene, con una mirada divertida en su rostro—. Mamá me dijo que no me metiera al lago —dice lentamente—. Tal vez entendí mal, o fue un *lapsus linguae* y lo que quería decir era que no me fuera a otro lado, pero… —se va apagando su voz, con los ojos puestos en el agua.

—Bueno —dice Rowan. Bebe el resto de su cerveza y deja la botella vacía junto a las llenas, en el suelo—, desobedecer a los padres siempre ha sido nuestro fuerte, ¿verdad, Hazel? —se quita los zapatos y los pantalones vaqueros y salta al agua con su camiseta y sus calzoncillos. Olive intenta no mirar.

Rowan lleva la botella a la orilla, temblando.

—Carajo, está muy fría —dice—. Aquí —se la entrega a Olive—, parece que hay algo dentro.

—¿En serio? —me acerco.

Hay algo dentro. Algo que parece una nota. Un mensaje en una botella.

—Es genial —dice Rose.

Olive trata de sacar el papel, pero sólo el dedo más pequeño de Ivy es lo suficientemente pequeño para tomarlo.

La página tiene dos cortes: en la parte superior y en la parte inferior. Es un segmento, una instantánea, una idea de último momento.

Es de Laurel.

Leemos un par de frases cada uno, nuestras voces van silenciándose a medida que avanzamos.

Debería de arrancar esta página. Lo haré. Estrujarla, enterrarla, asegurarme de que se pierda.

Laurel y Jude contra un árbol. Páginas de diario y fichas de Scrabble. Una hilera de perros caminando hacia el bosque.

Supe que esto era lo que habíamos hecho. No habíamos ofrecido un sacrificio. No habíamos cambiado algo que no quisiéramos perder por algo que queríamos encontrar. Recibimos nuestros diarios por los sacrificios de otras personas. Cosas que no querían perder. Cosas que no sabían que les iban a hacer falta. Baratijas, tesoros, recuerdos, creencias. Los robamos sin saberlo y ahora estaban apareciendo a nuestro alrededor.

Rowan frunce el ceño, como si esto fuera exactamente lo que ha estado temiendo. Las mejillas de Olive están coloradas. Ivy mira con curiosidad la botella de cerveza. Luego la recoge y la coloca boca abajo. Unas cuantas gotas de cerveza mezcladas con agua del lago se derraman en su mano y luego algo más cae de la botella con un pequeño tintineo. Ivy lo levanta con el pulgar y el índice.

Es una medalla de san Antonio.

—Hazel, es tu medalla —me dice Olive.

—¿Mi medalla? —la miro más de cerca. Hay una mancha roja oxidada en la esquina que parece sangre seca. Es la misma medalla.

Olive frunce el ceño.

—La encontré en el bolsillo de tu chamarra de mezclilla, después de la fiesta —explica.

—Se cayó de la caja registradora en la taberna cuando estaba limpiando, la semana pasada —digo, y siento un escalofrío—. Sólo sigue apareciendo.

La boca de Rose está abierta.

—Yo la perdí —le dice a Olive—. La metí en mi bolsillo el lunes después de que me la mostraste. Debe haberse caído en el camino de regreso a la escuela…

—Quien lo encuentra, se lo queda —dice Rowan como si estuviera bromeando, pero sus cejas están levantadas y luce un poco asustado.

—Aguarda —continúa Rose—. La medalla —me mira con emoción— es el talismán. Una medalla de san Antonio, era lo único que nos faltaba para el hechizo.

—Ya tenemos todo —suspiro—. Podemos hacerlo.

El rostro de Rowan se oscurece. Olive parece insegura. Ella toma la medalla y la lanza como si fuera una moneda. Gira por el aire, cantando.

—¿Cara o cruz?

Se mantiene en el aire más tiempo del que es posible.

—Cara, lanzamos el hechizo —dice Rowan lentamente, nervioso—. Cruz, lo olvidamos. Sólo bebemos nuestras cervezas y nadamos en el lago y no jugamos con cosas que no entendemos. Cosas que pueden ser peligrosas.

El agua es clara y centellea frente a nosotros, reflejando las nubes que están empezando a volar en lo alto. Miramos la medalla girar. Es extraño que siga haciéndolo. De cara a cruz, cruz, cara. Finalmente, Rose la atrapa y la golpea contra el dorso de su mano.

—Cara —sentencia.

Lanzaremos el hechizo. La medalla resplandece en la mano de Rose y de repente las nubes llegan rápidamente y el viento se levanta y la lluvia empieza a caer.

—No —dice Rose—. ¡Era un día hermoso hace un minuto!

—Todavía es hermoso desde donde yo estoy parada —digo entre dientes. Sé que Rose me escuchó porque esboza una ligera sonrisa.

Mientras subimos por las rocas hacia el bosque, la lluvia se convierte en una auténtica tormenta.

—No podemos quedarnos afuera con este tiempo —grita Olive.

—Deberíamos de entrar —accede Rowan. La tormenta hace que su voz suene pequeña—. Podemos hacerlo en otro momento.

—De ninguna manera —digo, y Rose toma mi mano.

—Está bien —concede Ivy—. Sé adónde estaremos a salvo de la lluvia.

Laurel

Sábado 13 de mayo

Encontrado: medalla de estaño (de san Antonio); uñas (color arcoíris, de acrílico); cabello humano; charcos de sangre

Algo se estaba preparando y no era la tormenta.

La mañana empezó nublada. Fui a casa de Holly antes de la escuela. Teníamos una clase opcional de repaso de dos horas el sábado por la tarde y aunque estábamos muy atrasadas, ella no quiso ir en bicicleta conmigo.

—Te encontraré allí —dijo.

Quería contarle lo que pasó anoche con Jude, confesar. Tal vez quería advertirle sobre él. Pero perdí los nervios.

Estaba sentada en medio de su cama, rodeada de algunas de las cosas que habíamos encontrado en el bosque. Luces de Navidad, gafas de lectura, calcetas sin su par. Broches para el cabello alineados como cercas. Y frascos de esmalte de uñas rojo, latas medio vacías de laca para el cabello, fotografías de las tres. No había fotografías de Jude.

—Él habla de Ícaro —murmuró a través de la omnipresente bufanda que le rodeaba el cuello—, pero se parece más a Orfeo. Creo que su voz podría conducirme entre los muertos.

Quería sacudirla.

—No estás muerta —dije—, sólo estás enamorada. Sólo es un chico, por amor de Dios.

—Oh, no —se aferró con más pasión a su bufanda en su garganta—. Es mucho más que eso.

Si yo fuera del tipo de chicas que creen en los vampiros, le habría arrancado la bufanda, pero Holly siempre ha sido así de pálida y, no importa lo que cualquiera de ellas diga, Jude es sólo un chico como cualquiera de los otros de la escuela, del pueblo, de nuestras familias. No es diferente de nosotras tres.

La primera vez que le pregunté a Holly lo que pensaba de él, antes de que él la besara, o a Ash, o a mí, antes de que él destrozara nuestra amistad como las páginas de un diario, ella confesó: *Creo que lo amo.*

Quería ser cruel, quería decirle: *Creíste que amabas a John Calhoun en cuarto año, creíste que amabas a Seamus de Salthill, creíste que amabas al nuevo novio de tu tía. Siempre estás enamorada de alguien.*

Quería ser cruelmente sincera, quería decirle: *Creo que yo también. Y Ash. Simplemente no tenemos el valor para decírtelo.*

Quería decirle lo que he estado pensando todo el tiempo: *Y él lo sabe, nuestro hermoso Jude sabe muy bien lo que sentimos por él. ¿No te das cuenta? ¿No ves la forma en que nos mira a cada una, por turnos?, ¿cómo se alimenta con nuestro cariño y escupe las semillas al suelo, en el bosque?*

En cambio, la dejé en su cama llena de las cosas que hallamos, y fui en bicicleta a la escuela.

Se avecinaba una tormenta. El radio en la sala de profesores arrojaba estática; el pronóstico del clima se oyó entrecortado. *Al oeste por el suroeste, a veintidós kilómetros por hora, descendiendo lentamente.* El periódico que mis hermanas leyeron aquella mañana era menos poético: *Temperatura máxima de veinte a veintitrés grados. Los vientos alcanzarán la fuerza de un vendaval en todas las aguas de la costa y en el mar de Irlanda.* A mitad de la clase de recuperación, el viento comenzó a soplar y Holly todavía no había llegado.

—Ya llegará —dijo Ash, pero no lo creía.

—Diría que está corriendo por el bosque con Jude.

—Bueno, yo tampoco regresaría.

Me picaba mi uniforme, se sentía pegajoso alrededor del cuello almidonado, donde mi sudor se había filtrado. El viento fuera de la escuela sonaba extraño.

—¿Oíste eso? —le pregunté a Ash en un murmullo. El señor Murphy seguía hablando frente a la pizarra, escribiendo ecuaciones en intermitentes ráfagas de chasquidos.

—¿Escuchar qué?

—¿Algo así como un perro? —pero no estaba segura.

Lorraine Donnoghue, detrás de nosotras, nos estaba escuchando sin que nos diéramos cuenta.

—Apuesto a que son sólo los jadeos de su pequeña amiga —dijo con maldad—. ¿Qué era lo que escribió en ese diario? *Después de ese tipo de sueños, me acaricio con dos dedos debajo, entre mis piernas, y es todo lo que puedo hacer para no morder la almohada.* Eso es asqueroso.

—Bueno, apenas puedo oír nada con esta vaca cagando detrás de nosotras —me dijo Ash tan alto como se atrevió. Lorraine intentó añadir algo, pero cada que ella abría la boca, Ash mugía.

Reí, pero podría haber jurado que escuché un aullido. Y algo más, como el girar del trompo de un niño.

Ash golpeó su mano sobre algo en el escritorio frente a ella y el ruido se detuvo.

—¿Qué es eso?

Levantó la palma de su mano para mostrarme: una medalla religiosa. Mamá tiene docenas.

—La encontré al lado del camino esta mañana —dijo Ash. La puso a girar otra vez—. Debe ser porque está cerca del lugar de peregrinación en Knock. La gente pierde Medallas Milagrosas a diestra y siniestra.

—No es una Medalla Milagrosa —dije—. Ésas tienen a la Virgen María. Éste es san Antonio —había una mancha en la medalla, como costra en toda la rosa de la parte de atrás. Le raspé un poco con mi uña. Era del mismo color marrón rojizo que la sangre seca.

—¿Puedo quedarme con ella? —le pregunté a Ash. No dije que estaba segura de que era la medalla que usamos para el hechizo. Reconocí la mancha. No había razón para que estuviera allí; habíamos dejado el libro de hechizos en el hueco del roble donde lo encontramos, en parte por si quien lo escribió volvía a buscarlo, pudiera encontrarlo, y en parte porque ninguna de nosotras quería quedarse con él.

—Si quieres.

La incrusto en mi pulsera, justo al lado del pequeño olivo de oro.

Algo estaba a punto de caer y no eran los árboles.

No quería acercarme al bosque después de lo que había ocurrido la noche anterior con Jude, como si de alguna manera los árboles pudieran contar nuestros secretos, decirle a Holly que había estado con él, pero Ash insistió y sabía que ahí encontraríamos a Holly. Las nubes se movían rápidamente, amenazando con lluvia. El sonido del viento era como un aullido.

Holly y Jude estaban en el roble, besándose. Cabellos largos y cuentas de madera que, bajo la luz correcta, casi parecían dientes; la ropa de Holly cubierta de hojas. Ellos eran como algo en un libro para niños y Ash y yo observamos con avidez desde nuestras bicicletas. Unas cuantas gotas de lluvia llegaron a través de las ramas al suelo y en varios charcos brillaron pequeñas monedas. Me paré junto a un montón de uñas de acrílico pintadas en todos los colores del arcoíris.

Ash se estremeció con su pequeño vestido rojo de verano y Jude le arrojó su camisa para que se arropara. Cuando ellos bajaron, me subí al roble para encontrar el libro de hechizos. Quería asegurarme de que la medalla de san Antonio siguiera allí, atrapada con la oración por los objetos perdidos. Quería asegurarme de que la que colgaba de mi muñeca no era la que habíamos usado en el hechizo, la que habíamos manchado con nuestra sangre. Pero cuando llegué al hueco del roble, la libreta no estaba allí. Sólo estaban las dos últimas cervezas que no bebimos la otra noche.

Holly palideció.

—¿Crees que alguien lo haya tomado? —preguntó. Lo dijo sólo para mí, suavemente, mientras Ash abría una de las cervezas y le contaba a Jude lo que Lorraine había dicho antes.

—Vaya vaca —convino Jude—. Quizás exista un hechizo en algún lugar para convertirla en una de verdad.

—¿Quién más podría buscarlo allí? —respondí en un murmullo.

—No lo sé —dijo Holly—. ¿Y si acaba de desaparecer?

Jude, despreocupado, sacó una licorera de plata de su bolsillo trasero. La abrió y se la acercó a los labios. Miré su manzana de Adán mientras tragaba. Nos la ofreció.

—¿Qué es esto? —dije antes de probarlo.

—Lo que quieras que sea —respondió.

Las aguas del Lete, pensé, mientras observaba a Ash y a Holly beber. *Algo que nos haga olvidar que esto pasó.* Giré la medalla de san Antonio una y otra vez en mis dedos. Cuando nadie estaba mirando, la metí en una de las botellas vacías de cerveza. Así, ninguno de nosotros intentaría lanzar el hechizo de nuevo.

Seguí a los demás hasta el lago bajo una llovizna que pronto se convertiría en una fuerte lluvia. Ash pisó una roca cubierta de mechones de cabello. Holly salpicó un charco de sangre. Por el rabillo del ojo creí distinguir formas entre los árboles. Rostros mirándome. El aullido que había escuchado no podía haber sido de la tormenta. Uno de los rostros abrió una enorme boca roja y gritó. Corrí a alcanzar a los demás, pero los rostros se estaban acercando. El aullido era más estridente. Las almas perdidas nos siguieron hasta el agua.

Jude alzó los brazos y aulló junto a ellos.

Perros en el bosque, me recordé. *Un ciervo que suena como niños gritando. El llamado de los zorros. Eso es todo.*

Holly abrió la boca y se unió. Ash pateaba y chirriaba como si todos los árboles del mundo estuvieran siendo derribados a nuestro alrededor.

Un estallido, fue el trueno. *Un gemido*, fue la lluvia. *Fuego, fuego, fuego*, fue el relámpago. El cielo era un torrente de agua, el lago se levantaba para encontrarse con él, y en sus agitadas olas vi más cuerpos, más rojo, bocas abiertas, manos como garras intentando hundirnos. Mi corazón llevaba el ritmo del trueno.

—Cásate conmigo —dijo Jude a Holly—. Aquí mismo, sobre esta roca, en este altar bajo la lluvia.

Ella subió con él. Ash y yo nos quedamos en la orilla de abajo, temblando y empapadas hasta los huesos, pero sin sentir nada. La besó, la golpeó y le rompió su delgado cuello. Volvió al bosque y subió al árbol una última vez para arrojarse con una cuerda alrededor de su garganta. Se balanceó entre las ramas.

¿Cómo sabes si has perdido la cabeza?

Parpadeé y ella volvió allí, en pie, sonriendo sobre una roca con el chico que ama. La imagen que acababa de ver era como un destello del futuro. Sentí un súbito sacudir de terror.

Ash también subió a la roca, con la mano alrededor de los tobillos de Holly, luego rodeó sus muñecas, y los tres aullaron y rieron.

—¿Pueden imaginarlo? —dijo Ash enloquecida, con el largo y enmarañado cabello rojo en su rostro y fuego en su mirada—. Si no hubiera tomado sus diarios, nunca habríamos conocido a Jude. Nada de esto hubiera sucedido.

Difícilmente podía hablar a través del súbito nudo en mi garganta.

—¿Qué? —gruñí.

—Todavía estaríamos sentadas en las habitaciones de las otras, tú y Holly leyendo sus grandes libros y guardando sus pequeños secretos, y yo corriendo detrás para alcanzarlas.

—Ash —murmuré con voz ahogada por la traición—, no lo hiciste.

El viento batió nuestros cabellos y nuestras ropas. La lluvia azotó nuestra piel.

—Todavía estaríamos preocupadas por los exámenes y los deberes escolares, por los chicos que sólo se interesan en la pornografía y el próximo partido de futbol. Todavía estaríamos deseando ser como Trina McEown, pero ella nunca será nada más que una estúpida vaca atrapada dentro de este pueblo insignificante. Nunca se irá y sus hijos la odiarán por ello.

Trueno. Relámpago. No lo entendí. Cuando miré a Holly, su rostro no tenía expresión. Jude la aferraba contra su pecho. Ella apartó la vista de Ash. Apartó la vista de mí.

—Holly —dijo Ash—, Laurel, vamos —tuvo que gritar para que pudiéramos escucharla sobre la tormenta—. Son *nada*, son insignificantes y ordinarios. Nos hemos convertido en magia.

Tuve miedo de perderme en este bosque si me iba. Tuve miedo de nunca encontrar el camino de regreso.

—Todo esto es por los diarios —gritó Ash con más fuerza. Sacudí la cabeza porque no podía hacer algo más—. Todo esto es por mí.

—¿Cómo pudiste hacerlo? —le pregunté—. ¿Le entregaste los diarios a Trina? ¿Cómo pudiste hacerle eso a Holly, a mí?

Ash rio tan fuerte que terminó por toser.

—¿Cómo *pude*? —gritó—. Dile a tu preciosa Holly lo que hiciste con Jude en el bosque. Cuéntale todo.

El rostro de Holly seguía apartado, pero pensé que estaba llorando. Los brazos de Jude, fuertes y seguros, se mantenían alrededor de ella. Su cabello se había oscurecido por la lluvia.

—Eso es diferente —murmuré—. Lo lamento. No sabía lo que estaba haciendo, sólo perdí la cabeza.

Cabezas rodando en el agua, lenguas colgando, ojos mirándome fijamente sin ninguna expresión. Podía percibir la bilis en mi garganta. El viento tiraba de nuestros cabellos, nuestras ropas, nuestros débiles miembros, nuestros frágiles corazones.

—Vámonos —supliqué—. Sólo vámonos. Salgamos de esta lluvia y regresemos a casa.

Pero Ash dijo:

—No.

Jude bajó de la roca con Holly en sus brazos. Caminó por el bosque con su cabeza apoyada sobre su hombro y me di la vuelta para seguirlos antes de perderlos entre los árboles. Volví a mirar a Ash.

—No puedes odiarme —dijo—. Imagina dónde estaríamos si no hubiéramos conocido a Jude, si nunca hubiéramos convocado a las cosas perdidas.

Me encogí de hombros. En algún lugar cercano aulló otro perro. Sólo un perro.

—Basura —dije—. Cestos de basura volcados que volaron con la tormenta. Y Jude es sólo un chico.

—Me ama. Me lo dice cuando Holly no está cerca —dijo ella.

—*Nosotras* te amábamos. Éramos tus mejores amigas.

Ash sacudió la cabeza. Extendí mi mano, era como tocar el final de una cascada, pero Ash se rio de mí. Dio media vuelta y salió corriendo, subió la ladera y se alejó del lago. Era sólo una sombra que se movía entre los árboles.

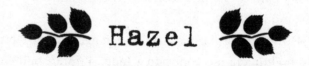

Hazel

Sábado 13 de mayo

Perdido: sangre

En el mismo instante que damos un paso fuera del bosque, la tormenta azota nuestra piel. Ivy dice algo, pero ninguno consigue escucharla. Sólo el aullido del viento y el traqueteo de la lluvia y el grueso fragor gris de los truenos en la distancia.

Ivy gesticula y la seguimos hasta el borde del fraccionamiento. Hasta el túnel de desagüe.

Nos deslizamos dentro de la zanja; perdemos el equilibrio en el fango. Podríamos ser un grupo de trolls hambrientos esperando a un viajero. En el interior, el túnel es corto y oscuro. Huele a cemento húmedo y agua estancada, pero está seco. Nos agachamos sobre nuestros talones y usamos nuestros teléfonos como linternas.

Rowan pasa la botella de limonada con poitín y bebo un sorbo de fuego que me hace toser y sentir que me ahogo. Los ojos de Ivy se llenan de agua. Rose emite un ronco *Carajo*.

Rowan resuella y presiona un puño contra su pecho.

—Eso les rizará el cabello —dice, y todas reímos porque su cabello es una completa espiral marrón, igual que el mío.

Hemos bebido licor desde los doce años: podríamos terminar igual que mamá. Aparto ese pensamiento de mi mente. Estoy haciendo esto para traerla de vuelta, incluso si era una madre horrible. Tomo un gran trago del poitín y mi garganta arde.

Olive se estremece.

—No creo que pueda volver a probar nada más nunca.

Rowan ríe. No es sólo el sabor ardiente: el mundo ya se siente un poco más suave en los bordes.

Rose levanta la vista del libro de hechizos, donde ha estado inclinada.

—Sólo hay un problema con este túnel —dice—. No hay ramas de árbol en donde podamos escribir nuestras palabras.

Pero sé cómo hacer un árbol. Salto y levanto un marcador y empiezo a dibujar árboles.

Grandes castaños de Indias, delgados sauces, abedules plateados. Anchos avellanos y altos serbales, espinosos rosales y troncos nudosos de olivo y hiedra trepadora. Se levantan como un bosque negro en las paredes gris pálido del túnel. Siluetas. Árboles fantasmas en concreto. Una vez abue me dijo que hacía cuatrocientos años Irlanda era sobre todo bosque. Se podía caminar de costa a costa sin dejar su sombra. Me pregunto si los fantasmas de los árboles perdidos permanecen en los pueblos y los campos, en las autopistas y las zonas residenciales. Mags dice que este fraccionamiento solía ser parte del bosque. Oak Road, camino de robles. Lo nombraron por los árboles que derribaron para construirlo y ahora nadie vive aquí excepto ratas.

Y nosotros.

Cuando he dibujado un bosque entero, me siento y estoy sin aliento. Mi corazón golpea contra las costillas.

—¿Qué vamos a hacer ahora? —murmura Rose.

—Escribimos nuestras pérdidas en las ramas —le digo. Mis ojos en sus ojos. Oscuros y anchos.

Le entrego un marcador rojo y ella se va al otro lado del túnel, al gran rosal que dibujé. El resto de nosotros nos sentamos en silencio y la observamos. Olive no dice que esto es un sinsentido. Rowan no nos advierte que puede ser peligroso. Nos quedamos sentados, iluminados desde el interior con el poitín de Mags, y vemos a Rose destapar el marcador, darnos la espalda y escribir sus pérdidas en las ramas del rosal. Sus hombros se mueven y creo que podría estar llorando, pero cuando ella se gira, luce furiosa.

Detrás de ella, rayadas con firmeza en tinta roja sobre las ramas negras de los muros de concreto gris, están las palabras que escribió. *Mi virginidad. Mis recuerdos. Mi mente. Mi confianza. Mi felicidad. A mí misma.*

—Oh, Rose —murmura Olive, y toma a su mejor amiga entre sus brazos y comienza a llorar.

Y como si nada, puedo decirlo, estamos todos decididos. Olive, aunque en realidad no cree. Rowan, a pesar de que piensa que es peligroso. Ivy, aunque no parecía segura. Rose. Yo.

Saco la vieja navaja de abue de mi bolsillo y despliego la hoja. Rose la toma.

—Necesitamos sangrar —murmura.

—¿Qué? —pregunta Olive bruscamente. O no leyó el hechizo hasta el final, o no pensó que en verdad seguiríamos las instrucciones al pie de la letra.

Ivy la mira.

—No puedes tener magia de sangre sin un poco de sangre.

—Sí, pero… —comienza Olive, pero antes de que pueda hacer algo, Rose rasga con la navaja la parte carnosa de su palma y cierra su mano en puño para que la sangre gotee. Ivy sostiene el frasco de musgo y Rose sacude su puño. El musgo bebe la sangre rápidamente.

Tomo la navaja de Rose y corto mi mano para sangrar sobre el musgo. Arde. Ivy toma la navaja después de mí. Y luego Rowan, aunque no parece feliz. Cuando la navaja llega a Olive, ella niega con la cabeza.

—No se ofendan —dice—, pero esto no parece seguro.

—Oh, no —dice Ivy—. Nada de esto es seguro.

Pero Olive mira a Rose, que está apretando un extremo de su vestido sobre su mano para detener el sangrado, y endereza los hombros.

—Bien —dice Olive—, dámela —pasa la hoja a través de la palma de su mano y añade su sangre al musgo enrojecido.

Mirar esto me hace sentir aturdida, aunque no he perdido tanta sangre. Pero la fuerza del poitín y la navaja es afilada y las sombras se convierten en las ramas de los árboles.

Recuerdo por qué estoy haciendo esto. Por Rose, pero también por mí. Así, que mientras Rowan aplasta las bayas en el musgo con los dedos, y Olive le quita la tapa al aceite y lo vierte sobre la mezcla sangrienta en el frasco, y Rose troza la rama de avellano en dos y presiona el musgo pegajoso y enrojecido en el centro, e Ivy envuelve la enredadera de hiedra alrededor, escribo mis deseos en la pared.

Las palabras son pequeñas, para que nadie las vea, pero Rowan se acerca y las lee. No sé qué decirle. No sé cómo explicar. En la rama del avellano que está frente a mí he escrito su nombre. *Amy Aisling Kennedy*. Mamá.

—¿Papá no? —pregunta Rowan. Guardo silencio. Recojo la botella de poitín y bebo un largo y estremecedor trago.

209

—¿Qué hay de ti? —pregunto a mi hermano. Sostengo el marcador rojo para que él lo tome. Se acerca al árbol de serbal y me mira directamente y escribe lo mismo en sus ramas. Tampoco escribe el nombre de papá.

Amy Aisling Kennedy.

También la quiere de regreso. Tal vez sólo quiere a esa presencia que solíamos pretender que existía. La verdadera mamá. La mamá apropiada. La mamá que se parecía más a la de Ivy, que la mantenía cerca, que le enseñaba en casa, que horneaba y construía casas en los árboles y recogía frutas bajo la lluvia. No nuestra madre de verdad. La que nunca estuvo allí. La que era un desastre. En quien me estoy convirtiendo, poco a poco...

Tal vez esto fue una mala idea.

Pero las palabras ya están escritas, e Ivy está rayando cosas con el marcador rojo en sus propias ramas. *Mis amigos. Esta aventura.* Y Olive está reconfortando a Rose, haciendo chistes crueles acerca de cosas perdidas, y Rose le está dando un marcador y ella está escribiendo cosas en las nudosas ramas de olivo como si creyera en todo esto. *Mi pulsera. Mi broche para el cabello. Mi mejor amiga.* Y Rose parece que está a punto de decir algo, así que Olive escribe algunas palabras sólo para hacerla sonreír. *Aquel dibujo de un zorrillo que Eoin Kavanagh le dio a Rose en segundo año. Varias ideas geniales para los ensayos de inglés. Mi primera Barbie.*

Rose ríe a pesar de sí misma.

—Probablemente tu mamá la haya donado a alguna caridad —le dice, y bebe otro sorbo de poitín de la botella de limonada.

—De cualquier forma —añade Olive—, está perdida y quiero encontrarla, así que más vale que este hechizo funcione.

Por la forma en que mira a Rose cuando lo dice, sé que no está bromeando.

Más vale que este hechizo funcione.

Nos sentimos un poco frenéticos entonces, como si ésta fuera nuestra última oportunidad, como si tuviéramos que estimular a la magia para que todos creamos, y entonces se haga realidad. Escribimos más palabras a lo largo de las ramas de los árboles. Cosas que hemos perdido. Cosas que tememos perder. Baratijas, tesoros, recuerdos, creencias. Uno de nuestros teléfonos se apaga y escribimos como podemos en la oscuridad. Las palabras se convierten en hechizos.

Los licores caseros se deslizan sobre el cuello de la botella, sobre nuestros labios y nuestras lenguas. Me tropiezo embriagada contra un costado del túnel y raspo mi palma. La sangre es roja como un marcador. Como nuestras palabras en las paredes. Todos hemos perdido sangre esta noche. Ivy desenrolla el cordón de plata que cuelga de la cruz de avellano y teje telas de araña con cada una de las ramas pintadas. Pasa la cuerda alrededor de las espinas de rosa que ha pegado en el centro de cada cosa perdida como si fueran alfileres a través de papel, no espinas en una pared de concreto de un túnel. No sé cómo se mantienen allí.

Afuera, otro perro aúlla.

Si las luces se apagan, sabrás que lo perdido está escuchando.
Si oyes perros ladrar, sabrás que lo perdido ha escuchado tu invocación.
Si oyes el aullido, sabrás que lo perdido ha respondido.

Y, de la nada, la tormenta es espeluznante. Luz azul metálico en las paredes de concreto cubiertas de árboles sombreados. El aullido del viento y los perros. Hilos plateados como las redes de gordas arañas. Pétalos de rosa —¿de dónde los sacamos?— por la entrada al túnel. Nuestra sangre en una masa de musgo. Todos hemos dejado de escribir en las paredes. Respiramos profundamente. Ninguno de nosotros pronuncia palabra durante largo tiempo. La lluvia cae sobre el techo del túnel; el viento agita las hojas muertas y los paquetes de papas fritas. Nuestros teléfonos se oscurecen y no los volvemos a encender.

Entonces escuchamos un ruido. El inconfundible sonido de pasos sobre el techo del túnel. Nuestros ojos están muy abiertos en la oscuridad. Los pasos cruzan el techo por encima de nosotros y se detienen justo en el borde donde está la entrada. Nuestras cinco cabezas giran en el mismo instante. Miramos la abertura, pero nadie aparece.

Antes de que sepa lo que estoy haciendo, tomo la botella de limonada por el cuello y me sumerjo por la boca del túnel en una carrera medio agachada. Escucho a Ivy gritar a mis espaldas.

Afuera, está el gris y la lluvia. Mis gafas se enturbian con el agua y las sacudo con mi mano libre. Miro alrededor lentamente. Nada. Nadie. Me agacho de nuevo en la entrada del túnel y sacudo la cabeza.

—No hay nadie ahí.

Olive

Sábado 13 de mayo

*Perdido: zapato (blanco, enlodado y roto);
la figura de alguien a través de los árboles*

Sin decidir en voz alta, caminamos rápidamente de vuelta a la casa. Cerramos la puerta tapiada y goteamos sobre el pasillo oscuro.

—Bueno, eso fue terrorífico —digo, porque siento que alguien tiene que hacerlo.

Rowan sube las escaleras y regresa con un par de toallas raídas que nos vamos pasando hasta que quedan medio empapadas y nosotros estamos simplemente mojados. Entonces Hazel nos ofrece a Rose y a mí un par de sus pijamas y todos nos sentamos alrededor de la destartalada y vieja mesa de campamento en el único cuarto habitable de la casa. Ivy nos da gasas que presionamos sobre los cortes en nuestras manos.

Rowan tira de las pesadas tablas de madera por encima de las puertas corredizas para que no podamos ver hacia afuera. La madera silencia el sonido de la tormenta. Dentro, el generador zumba, cargando la batería de nuestros teléfonos, haciendo que el refrigerador se enfríe, encendiendo las tres feas lámparas sobre los mostradores de la cocina. La luz parpadea. Nuestros ojos son salvajes. Es como si la tormenta estuviera en nuestros huesos.

—¿Quién es ella? —pregunto para romper el silencio—. Amy Aisling Kennedy.

Estoy bastante segura de saber la respuesta, pero Rowan lo confirma.

—Mamá.

Justo en ese momento todos escuchamos un golpe en la puerta.

El rostro de Hazel palidece visiblemente.

Los golpes se hacen más fuertes. Nadie se ha movido para responder.

—¿Ninguno de ustedes va a atender? —pregunto.

Ivy juguetea con las mangas de su blusa.

—Es de mala suerte abrir la puerta durante una tormenta —dice. Arrastra las palabras. Me imagino que beber licor te afecta más si pesas aproximadamente lo mismo que una pequeña tetera. Yo, por otra parte, tengo una constitución más robusta. Me pongo en pie, sólo ligeramente tambaleante, y abro la puerta de la cocina.

En la entrada frontal, los golpes son más sonoros. Casi puedo distinguir un débil *Espera* detrás de mí, pero abro la puerta principal y retiro las tablas.

Al principio de *La princesa y el guisante*, una niña misteriosa aparece en el palacio del príncipe una noche durante una tormenta. Ella está medio ahogada y empapada hasta los huesos y dice que es una princesa, pero su cabello está enmarañado y su vestido raído, y su abrigo es varias tallas más grande. Si yo fui Cenicienta, saltando en una zapatilla plateada después de la fiesta de verano, la chica en la puerta es la princesa de *La princesa y el guisante.*

A mis espaldas, los demás salen de la cocina. La luz del interior se derrama en el vestíbulo y aunque sigue oscuro, puedo verla.

Ella es tan pálida como el relámpago —cenizo y pecoso—, con espeso y rizado cabello rojo retorcido alrededor de su cabeza debido a la tormenta. Viste una camisa de hombre sobre un vestido de verano rojo. Sus pies están descalzos y enlodados. Sus ojos son salvajes y grandes.

Nos miramos unos a otros durante varios segundos antes de que mi boca pueda moverse. Nunca la había visto antes, pero siento que la conozco. Cabello rojo, piernas descubiertas.

—¿Ash? —murmuro.

—Tú no eres Laurel —dice ella… o eso creo que dice. Todo está aullando en mi cabeza y la puerta está dando vueltas. Tal vez mi constitución no es tan robusta después de todo. Agito un brazo hacia fuera para estabilizarme y ella me evita. Antes de que yo pueda decir algo para tranquilizarla, da media vuelta y corre hacia el bosque, escurriéndose sobre los escombros como una rata.

—¡Hey, espera! —Hazel me empuja a un lado y se interna en la lluvia, con los pies tan descalzos como los de Ash. Su pijama se empapa en segundos.

—¿Qué está haciendo? —pregunta Rowan detrás de mí. No sé si se refiere a Hazel o a Ash.

Ash se vuelve hacia nosotros una vez que está del otro lado del muro, con su rostro en la penumbra, y un trueno sacude al mundo. Entonces ella corre de nuevo y es devorada por el bosque.

—¡Detente! —le pide Hazel, mientras se precipita sobre los escombros hasta el muro.

—¡Hazel, regresa!

Pero todo lo que alcanzamos a ver es la lluvia y los árboles. Junto a mí, Rowan se pone los zapatos mojados. Tomo los míos de su lado, y Rose e Ivy siguen el ejemplo. Con las agujetas colgando, Rowan corre hacia la tormenta. Rose y yo lo seguimos, tambaleantes, con la parte de atrás de mis zapatos doblada bajo mis talones y las suelas golpeando en los charcos. Ponemos nuestros teléfonos en modo de linterna, marchamos por las vigas sobre los escombros debajo de nosotras. Nos precipitamos sobre el muro, con las palmas resbaladizas sobre el ladrillo. Un puré de hojas y lodo se forma bajo los pies.

Relámpagos. Más truenos. Nunca había vivido una tormenta como ésa. Nunca había estado fuera con una lluvia así. Duchas de lluvia. Ríos. Lagos y mares.

En el siguiente destello de luz, veo a dos chicas corriendo. En el siguiente destello de oscuridad, veo rostros entre los árboles. Me detengo y me aferro al tronco de un abedul de las Indias para recuperar el equilibrio. Más adelante, Hazel grita:

—Ella bajó la ladera hacia lo más profundo del bosque.

Detrás de mí, Rose grita:

—¿Adónde carajos cree que va?

—Nos romperemos el cuello si bajamos así la pendiente —dice Rowan. Y tiene razón.

—Ella podría estar en cualquier parte —la voz tranquila de Ivy suena justo detrás de mi oído sano.

—Carajo —estiro mi cuello para mirar por la ladera, pero todo es oscuridad.

Hazel reaparece.

—La perdí —dice, luego entiende el significado de su frase y luce sombría.

—Ella sabe en dónde estamos —dice Rose, y Hazel asiente.

Hazel nos conduce de vuelta a la casa y todos dejamos un rastro lodoso a través del sucio pasillo.

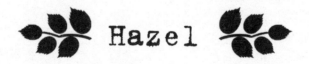

Hazel

Sábado 13 de mayo

Perdido: un poco de piel de las plantas de los pies

No recuerdo haberme quedado dormida.

La lluvia golpea la ventana de mi habitación. Probablemente eso es lo que me despierta. El viento suena como un aullido.

No recuerdo haberme ido a la cama. La última cosa que puedo recordar es a Rose poniendo gasas en mis pies. Me toma un minuto recordar cómo me los corté: corriendo a través del bosque detrás de Ash. Me siento y el mundo existe. El viento aúlla dentro de mi cráneo.

Me estiro a ciegas para encontrar mi teléfono y tener un poco de luz, pero lo dejé cargándose abajo. No tengo ni idea de qué hora es. Enciendo un par de velas y una luz de respuesta aparece por la rendija de la puerta de mi habitación.

—¿Quién es? —mi voz es un graznido.

La puerta rechina al abrirse y Rose entra. Me pongo las gafas y la observo caminar, doblar sus largas piernas debajo de ella y sentarse en el extremo de mi colchón en un solo movimiento fluido. Las sombras bajo sus ojos son negras a la luz de las velas.

—¿Me desmayé en la planta baja? —pregunta—. No recuerdo haber subido.

Niego con la cabeza. Tampoco recuerdo.

Las manos de Rose se retuercen sobre su regazo.

—Es lo que les pasó a Laurel y las otras. Ash y Holly. En el diario, cuando lanzaron el hechizo. Dijo que estaban al lado del roble y que se habían desmayado, y cuando despertaron las páginas de sus diarios estaban a su alrededor.

Asiento con la cabeza lentamente.

—Nos pasó lo mismo —digo—. Esto significa que el hechizo funcionó.

Como no es una pregunta, ella no responde.

—¿Te sientes diferente? —pregunta.

—Un poco, sí —mi cabeza está flotando y mi garganta está cerrada, pero ese fuego que había estado sintiendo en mis venas ahora es más fresco, más tranquilo. No me siento como si fuera a explotar—. ¿Tú?

—Definitivamente.

Un nuevo aullido. Esta vez suena más lejano.

—No es un perro, ¿verdad? —pregunta Rose. Siento alfileres en mi nuca—. Lo oí en la fiesta, como esta noche. El libro de hechizos dice que sabrás que la magia funcionó si escuchas el aullido, pero no dice qué aúlla. Suena como un humano, ¿cierto?

Suena como un fantasma. Vidas perdidas, almas perdidas. Por un segundo, me pregunto si tal vez Rowan tenía razón y debíamos de habernos mantenido alejados del hechizo, pero luego miro a Rose y me alegro de que no lo hayamos hecho.

—¿Estás bien? —pregunto.

Su rostro está rígido, pero asiente con la cabeza.

—En la fiesta del sábado pasado —dice—. Cuando yo... cuando sucedió... no lo recordaba al día siguiente, pero desde entonces han vuelto fragmentos. Recuerdo que estaba medio dormida. No podía moverme. Quería levantarme y huir, pero él era demasiado pesado y yo estaba demasiado cansada. No pude levantarme. Todo lo que podía enfocar era... ese arbusto detrás de mí. Justo detrás de mi cabeza. Y recuerdo haber pensado eso... que si me convertía en una rosa, no estaría allí —me mira directamente a los ojos y no puedo apartar la vista—. Lo deseé tanto. Deseé convertirme en un rosal para que no pudiera retenerme, porque mis espinas perforarían su piel.

—Rose...

—No vine aquí porque crea en la magia, porque pensara que el hechizo podría realmente funcionar. Pienso que si la magia es real, me habría convertido en ese rosal. Lo deseé *tanto* —su voz se quiebra—. La cabeza es otra cosa que puedes perder. ¿Sabes? Se acercó a mí en clase el otro día. Me arrojó unos billetes y me dijo algo para hacer reír a sus amigos. Me enfadé tanto que metí el billete en mi boca. Tal vez quería asustarlo. Tal vez sí estoy perdiendo la cabeza.

—No la estás perdiendo, Rose —murmuro, y pongo mi mano en la palma de una de las suyas.

—¿Crees que va a funcionar?

—¿El hechizo? Crees en eso ahora —tampoco es una pregunta.

—Si es así, ¿crees que tu madre vendrá a buscarte? Por eso escribiste su nombre, ¿no?

Nuestras manos, juntas, comparten la tibieza.

—No lo sé —digo lentamente—. Mi madre, ella está... muerta, creo que está muerta.

—¿Qué?

Respiro entrecortadamente.

—Había fuego, creo que lo vi cuando nos fuimos. Cuando escapamos. Rowan se adelantó con nuestras maletas para conseguir los boletos de autobús y cuando yo me fui, vi una chispa. Una llama. Humo bajo la puerta. Pensé que era sólo su cigarrillo, ¿sabes?, así que no pensé demasiado en ello. Pero no hemos tenido noticias de ella durante semanas.

—Entonces crees... ¿había fuego? —pregunta Rose en voz baja.

Hay llamas detrás de mis párpados cerrados.

—No lo sé. Al principio pensé... Nos fuimos y ella todavía no nos ha contactado y no es que no tenga nuestros números. Se fue con papá de nuevo, como siempre. Rowan fue el que se dejó creer que podía ser diferente. Seguí diciéndole que ha sido así toda nuestra vida, ¿por qué cambiaría ahora?

—Porque ahora están solos —murmura Rose—. Porque no tienen a nadie más.

Mi garganta se cierra. No suele importarme mucho. Teníamos a abu, teníamos a abue. No importaba.

—Lo lamento —dice Rose suavemente—. Lo siento mucho.

Dos lágrimas salen de mis ojos y no tengo ni idea de cómo llegaron hasta allí.

—Al principio pensé: ¿y qué? ¿Y qué si están muertos? No es que sea una gran pérdida de cualquier forma.

—Ay, Hazel.

—Pero luego el crucigrama, no sé... dijo que tendríamos invitados. Y pensé: tal vez. Sólo tal vez. ¿Y si era ella? ¿Y si ella estaba aquí? ¿Y si realmente le importaba? —los dedos de Rose dibujan pequeños círculos en mi palma—. Pero no fue así, ¿sabes?

—Lo sé —murmura—. Lo sé.

La habitación está girando como un rápido carrusel y no he comido desde la mañana y no he estado sobria un día entero desde que llegamos aquí. Ni doce horas. Ni diez. Soy un desastre, como mi madre.

No necesito pensar en esto. Necesito creer que soy diferente. Que no soy un monstruo.

—Tal vez tuvo sus razones —dice Rose.

Nunca le he contado esto a nadie antes, y aquí está esta hermosa niña hecha trizas en mi vida destrozada, como si estuviera destinada aquí.

Está mucho más cerca de mí de lo que estaba. Con su hombro contra mi hombro, su cabello es una mancha de tinta negra a lo largo de mi brazo.

—¿Por qué *viniste*? Si no fue para lanzar el hechizo —pregunto.

—Sobre todo, para verte —responde.

Pongo mi mano sobre la suya y ella gira su palma y entrelaza sus dedos con los míos. Traza el ojo de la cerradura de mi brazo con la yema de su otro pulgar. Siento un hormigueo. Inclino la cabeza para leer las palabras escritas en su brazo con lo que parece marcador permanente: *Todo mundo perdió algo*.

—Es algo que todos han estado diciendo —explica Rose—. Y también estaba en el diario de Laurel. Olive y yo tenemos esta cosa de escribirnos notas sobre nuestra piel. No lo sé. Supongo que hacerte un tatuaje es como una versión extrema de eso.

Río.

—¿Cuántos tienes? —pregunta.

—¿Tatuajes?

—Sí.

—Sólo tres.

—*Sólo* tres —resopla—. ¿Cuál es el tercero?

Sonrío y saco mi playera por encima de mi cabeza. La dejo caer al suelo. Me inclino hacia atrás en el colchón para que pueda leerlo. Pasa un dedo justo debajo de las palabras y todo mi cuerpo se ruboriza con su contacto. Me estremezco desde el cabello hasta los pies.

—*¿Mata a tus seres queridos?* —dice—. Oscuro.

—No, en realidad —digo—. Es de William Faulkner, ¿el que escribió *El ruido y la furia*?

Se encoge de hombros.

—A abue le gustaban sus libros —digo—. Como sea, Faulkner decía que cuando estás escribiendo tienes que matar a tus seres queridos, deshacerte de cualquier cosa a la que te aferres por el bien de ella, porque es seguro, porque es tu favorita.

—¿De modo que lo dejas todo y huyes para vivir en un fraccionamiento abandonado en medio de la nada?

—Ja —hay eco en la habitación, iluminada a la luz de las velas. La cama se siente poco firme debajo de mí—. Supongo que todavía estoy luchando por seguir el consejo.

Rose retira su mano, aunque lo único que quiero en este momento es que ella la deje conmigo para siempre. Pero entonces toma mi rostro en sus manos y me besa.

Su beso es suave, luego intenso, después un poco jadeante, con sus manos en mi nuca. Sujeta mis rizos y se presiona contra mí y son sus labios en mis labios, sus manos en mi cabello, mis manos en su espalda, debajo de su playera, luego sus manos corriendo a lo largo de mis piernas desnudas. Son nuestros ojos cerrados y nuestros cuerpos cercanos, es el sabor de su lengua, su cabello eléctrico como una cortina para protegernos a ambas del resto del mundo, su piel eléctrica encendiendo chispas por donde me acaricia.

—¿Puedo dormir aquí esta noche? —pregunta, y todo mi cuerpo se enciende como un maldito árbol de Navidad.

—Sí —afirmo simplemente, y entonces sus manos están en los pantaloncillos de mi pijama y mis manos la despojan de la playera que le presté. Ésta se enreda en su cabello y perdemos el equilibrio, me inclino hacia atrás sobre las sábanas y ella me jala y luego cae sobre mí. Sacude la cabeza para liberar su cabello y su rostro está justo sobre el mío; se apoya en sus codos y su cuerpo está muy cerca, por encima de mí. Un centímetro de aire entre nuestra piel. Ríe suavemente y levanto la cabeza para besarla y finalmente baja su cuerpo, con sus rodillas a cada lado de mis piernas, sus caderas contra mis caderas, su espalda bajo mis manos arqueadas, nuestros pechos presionados juntos con tanta fuerza que pierdo todo el aliento de mi cuerpo por el deseo que fluye a través de mí.

Los cuerpos desnudos tienen tanta piel. Puedo sentir cada centímetro de ella sobre cada centímetro de mí y podría morderla con lo mucho que la deseo.

Así que me tranquilizo. Siento como si debiera detenerme. No quiero que vuelva a pensar en ello, pero tengo que preguntar.

—¿Está bien? —murmuro entre su cabello.

—Esto está bien —murmura—. Y esto —pasa su pulgar por mis labios—. Y esto —su palma sobre mi pecho—. Y esto —su mano en mis caderas.

Cuando me besa otra vez, me doy la vuelta para que ella quede debajo de mí y recorro con las manos su cuerpo. Quiero besar cada centímetro de su piel, así que comienzo con su cuello, sus pechos, su vientre. Beso entre sus piernas y su cuerpo entero se estremece. Ella enreda sus dedos en mis rizos. Paso mi lengua por su cuerpo hasta que ella está húmeda y jadeante. Sigo con mis dedos hasta que se estremece y toma mi cabello con fuerza. Me jala de nuevo hacia ella y me besa ferozmente; desliza una mano entre mis piernas y le beso el cuello hasta que me olvido de todo, pero este sentimiento, honestamente, no es como si me abandonara, sino como si finalmente me hubiera encontrado.

# Olive

Sábado 13 de mayo

Perdido: una oportunidad

Me despierto en plena noche por un aullido que no suena como el viento. Por un momento, no estoy segura de dónde me encuentro, pero entonces la habitación se enfoca lentamente a mi alrededor. Estoy en el tercer dormitorio de la casa en Oak Roak, tumbada en un colchón en el suelo que usualmente sirve como cama de Ivy. Pero Rose ya no está a mi lado. Su marca quedó en las sábanas deshechas, pero ese lado de la cama está frío.

Todas las puertas que desembocan en el rellano están cerradas, pero puedo escuchar una suave música que viene de abajo, así que camino lentamente por las escaleras y hasta la cocina. Cuando veo la luz parpadeante de velas en los mostradores, me doy cuenta de que no soy la única despierta en medio de la tormenta.

Rowan está sentado a la cabeza de la mesa de la cocina, como un antiguo rey en su comedor privado. Frente a él está una botella abierta de whisky y un vaso medio lleno. No trae camisa y su pecho es pálido y ancho. Tiene un tatuaje de algún tipo de criatura mitológica a lo largo del lado izquierdo de su tórax, y otro, una línea de palabras que no puedo descifrar, en su brazo derecho. Nadie de mi edad que yo conozca tiene tatuajes reales.

Un fénix. El nombre de la criatura viene a mí como un relámpago. Permanezco bajo el marco de la puerta quizá por más tiempo del que debería, luego rápidamente bajo los ojos cuando me doy cuenta de que me he quedado mirando. Mis mejillas arden.

Rowan levanta las cejas y sonríe. Ojalá no me sonrojara tan fácilmente. Ojalá pudiera creer que la penumbra en este lado de la cocina es suficiente para que él no lo perciba. Pero lo hace. Por supuesto que lo mira.

Echo los hombros hacia atrás.

—Vine por un vaso de agua —digo, y otro aullido largo y lánguido me interrumpe. Mis músculos se agarrotan. Rowan inclina su silla hacia atrás para quedar sobre dos patas y columpia sus piernas en pijama hasta la mesa. Tiene vellos en los dedos de los pies. Respiro entrecortadamente. Rowan parece completamente despreocupado por el ruido, o al menos parece que quiere que eso piense, pero puedo ver cómo su mano tiembla ligeramente cuando busca su vaso.

Señalo el whisky con mi barbilla.

—¿Puedo? —el viento se precipita sobre la casa de nuevo. A lo lejos, un trueno retumba.

—Whisky puro de malta de diez años —dice Rowan con aprecio, e inclina la botella para que yo pueda ver la etiqueta. Señala la silla a su lado y empuja su vaso sobre la mesa para mí—. Lo último que compramos con la tarjeta de crédito de nuestros padres. Es delicioso. Sabe a humo de una fogata.

Me siento. No estoy segura de cómo el alcohol puede saber como el humo de una fogata, pero estoy demasiado avergonzada para preguntar. Tengo más conocimiento sobre latas de sidra insípida y vodka barato mezclado con algo dulce que sobre whisky de lujo. Una pequeña parte de mí resiente que sea *yo* la que se siente incómoda, cuando Rowan es quien lleva pantalones de pijama de franela raída, pero incluso así, bebiendo solo en la cocina vacía, él está más sereno de lo que yo podré ser nunca. Me imagino contándole a Rose sobre esto por la mañana. ¿Pijama de franela y whisky *puro de malta?*, tendrá que decir. *Vaya, hipster*. Pero el problema es que Rowan nunca parece que se esté esforzando demasiado.

Tomo un pequeño sorbo del whisky. Probablemente no soy lo suficientemente sofisticada para detectar notas de humo de fogata en la bebida.

—Mmmmm —digo de cualquier forma, relamiendo mis labios con aprecio. Por dentro, estoy haciendo muecas. No sabe mucho mejor que el poitín.

—¿Verdad? —dice Rowan, casi emocionado—. Néctar de los dioses —se levanta para traerme un vaso. A escondidas bebo otro sorbo para ver si eso me ayuda a acostumbrarme al sabor. Una Coca-Cola de dieta ayudaría, o tal vez un poco de jugo de arándano. Pero estoy segura de que éste es el tipo de bebidas que están destinadas a ser tomadas solas. Evito toser.

Después del cuarto pequeño sorbo, comienzo a sentir ese triángulo de calor que se extiende en algún lugar entre mis costillas. Mi cuerpo reconoce la sensación, aunque creo que bebí menos de la magia de Mags Maguire que algunos de los demás. Mis miembros comienzan a relajarse. Ahora, el único aullido afuera es del sonido del viento.

—Nunca había conocido a gente como ustedes —digo, en parte por el whisky y en parte por el viento.

—¿Como nosotros? —pregunta Rowan.

Tal vez el whisky está aflojando mi lengua.

—¿Dolorosamente geniales? ¿Un poco trágicos? ¿Tatuados chicos *hipsters* de ojos tristes sin supervisión de sus padres y una alta tolerancia al alcohol? Ahora mismo estás solo en la cocina de un fraccionamiento abandonado en medio del bosque, bebiendo whisky puro de malta, sin camisa, durante una tormenta. Vamos.

Rowan luce un poco sorprendido, pero sonríe.

—Ya no estoy solo —señala.

—*Touché* —bebo otro pequeño sorbo. Hay mucho menos whisky en el vaso que cuando empecé—. Tú eres más como una persona en un cuento que alguien real —mi tono es más soñador de lo que quisiera, pero me doy cuenta de que en realidad no me importa, y de todas formas no estoy segura de que Rowan lo haya notado esta vez. Casi luce un poco triste.

—En realidad no —dice.

—Sí, en verdad.

Guardamos silencio un momento.

—Entonces —digo—, ¿por qué estás aquí abajo? —me pregunto si también lo despertó el aullido. Persistentes destellos de una chica pelirroja corriendo a través de la tormenta. Espero que haya encontrado refugio, que haya llegado a casa.

—Estoy… —Rowan se aclara la garganta—. Supongo que estoy esperando.

—¿A qué? —miro alrededor de la cocina mal iluminada.

—A ver si el hechizo funcionó.

—Oh.

Lo dijo con tanta sinceridad. Lo dijo como si creyera que es verdad. Imprimo a mis sentimientos un pequeño empujón. ¿Lo creo? Antes de anoche habría respondido con un resonante no, pero ahora ya no estoy tan segura.

—Luces... —digo sin pensar— un poco triste.

La boca de Rowan se tuerce.

—Triste no —replica, pero estoy segura de que está mintiendo—, quizás... asustado —sonríe con sequedad e intenta reír.

—¿Asustado de qué? —pregunto. El aullido del viento. La oscuridad del fraccionamiento vacío. Pisadas en el techo del túnel.

—No lo sé —responde. El whisky hace remolinos en su vaso casi vacío—. Se siente como si encontrar el diario de Laurel fuera una advertencia, ¿sabes? Todas estas cosas extrañas comenzaron a suceder después de que el hechizo fue lanzado la primera vez. El chico desaparecido. Ese tipo, Jude. No saber nada de él. Espeluznantes perros perdidos. Sangre y dientes de leche.

—Supongo que son sólo algunas de las cosas que perdemos durante nuestra vida.

—¿Me estás diciendo que la idea de encontrar dientes en el bosque no te parece jodidamente aterrorizante?

No puedo evitar un escalofrío.

—De acuerdo —digo—, te concedo eso.

Ambos bebemos un trago.

—Sólo estoy preocupado —dice lentamente, como si estuviera tratando de no arrastrar las palabras—. Me preocupa que con todas las cosas que queríamos encontrar, cosas grandes, como todo lo que Rose perdió, como mamá, como... ni siquiera recuerdo lo que Ivy escribió, hayamos llamado cosas que no deberían volver. Y ese asunto sobre el sacrificio, ¿sabes? Eso me asusta. No hay mucho que pueda permitirme perder ahora mismo.

Las velas gotean cera. Las llamas revolotean.

—Todo lo que poseo está aquí. Todo lo que tengo es este techo sobre nuestras cabezas, mi sueldo en efectivo en Maguire, y Hazel e Ivy. Son todo lo que me queda.

Quiero decir que también nos tiene a mí y a Rose, pero sé que no puedo compararnos.

Sinceramente, no sé qué voy a decir hasta que estoy a punto de hacerlo.

—¿Alguna vez... ya sabes... con Ivy? —pregunto. Lo que quiero preguntar es si *han salido* o *han tenido alguna cita* o si *han tenido algo que ver*, pero por la forma en que lo dije, sé que suena como si preguntara si *han tenido sexo*. Abro la boca para aclarar, pero Rowan se adelanta.

—¿Alguna vez qué? ¿Me senté sin camisa en la cocina con ella a las dos de la mañana y bebimos whisky?

Trato de no sonrojarme todavía más.

—Eso... no quise decir...

Rowan continúa como si no me hubiera escuchado.

—¿La he besado? —dice—. Sí.

—Ah —mi voz es pequeña, atrapa cada sílaba—. Quiero decir, supongo que tiene sentido. Quiero decir, realmente parece que hay... historia allí —me maldigo a medida que intervengo. No puedo hablar bien. Mis mejillas se sienten como si estuvieran en llamas.

—No es ese tipo de historia en realidad —se mira las manos.

—Ah —digo mientras alejo el vaso de whisky vacío. Sumado al poitín, y a las cervezas antes de eso, estoy comenzando a sentir que esto fue una mala idea.

—¿Hemos tenido sexo? No —lo dice como si hablara consigo mismo, con las manos pecosas entrelazadas alrededor de su vaso. Me doy cuenta de que está mucho más ebrio de lo que pensaba. Me hace sentir un poco mejor acerca de lo torpe que he estado actuando.

—¿No? —es todo lo que digo.

—No.

De cierta manera, una manera extraña, esto es como hablar con Rose después de una fiesta. Confesiones y secretos y susurros al oído. De pronto me encuentro en un territorio un poco más familiar y me entusiasma. Porque, en realidad, él no es sólo una persona indescifrable y sofisticada que bebe whisky puro de malta en la cocina de un fraccionamiento abandonado que ocupa ilegalmente. También es un chico. Y yo, una chica. Y podemos charlar.

—Y, ¿lo has hecho? —pregunto, una vez que llego al final de esa línea de pensamiento. Rowan se sorprende al escucharme, y sonríe cuando me mira. Me siento tan aliviada que suelto una risita (¿Una risita?, ¿en serio, Olive?) y añado—: Parece que estamos jugando a verdad o reto, o algo así.

Eso lo hace sonreír aún más.

—En realidad no —dice. Tengo un momento de ligera confusión antes de que aclare—: No he tenido sexo, quiero decir.

Una extraña sensación salta en mi estómago. Aclaro mi garganta antes de hablar:

—¿En verdad no?

—Más que sólo besos, menos que sexo en sí —ofrece como explicación.

Eso suena como una ecuación matemática. *Si x=k² pero k²<se(x)o, encuentre el valor de* en verdad, no *se(x)o.*

Y entonces entiendo.

—*Ah*. De… acuerdo —más que besos, menos que sexo. ¿Por qué no me di cuenta antes? Podría haber sido con Ivy.

Puedo sentir el rubor para acabar con todos los rubores que inundan mi rostro. ¿Cómo voy a mirarla por la mañana? ¿Cómo voy a oír su suave voz hablando de cereales para el desayuno cuando podrían haber tenido *más que besos*? ¿Qué es *más que besos* de cualquier forma? Parte de mi deseo —no, necesidad— de saber todos los detalles exactos es para que pueda dejar de llenar mentalmente los espacios en blanco. ¿Fue con Ivy? ¿Cuánto es *menos que sexo*? ¿Sólo algunas caricias? ¿Se han visto desnudos? ¿Ha habido orgasmos? ¿Él le ha hecho sexo oral a ella? ¿Ella le ha hecho sexo oral a él? ¿Por qué no puedo dejar de pensar en esto?

—¿Qué hay de ti?

Mi tren de pensamiento se detiene bruscamente.

—¿Eh?

Rowan vierte más whisky en mi vaso, luego en el suyo.

—¿Y tú? —pregunta de nuevo.

—Ah, bueno —*Más que sólo besos, menos que sexo*—. Lo mismo, supongo.

Rowan inclina su vaso para que la luz de las velas lo ilumine y se refracte en rayos de sol sobre la destartalada mesa de campamento. Con cada sorbo, el whisky sabe un poco más puro, un poco más tibio, un poco más como el humo de una fogata. *Néctar de los dioses.*

—¿Virginidad? —dice Rowan de repente, como si respondiera a una pregunta.

—¿Virginidad?

—Algo que puedes perder.

—*Ay* —chillo—, ¿por qué todos siguen diciendo eso?

—¿Diciendo qué?

Pero ahora me estoy molestando.

—¿Por qué no todo mundo entiende que la idea misma de la virginidad es un concepto heteropatriarcal inventado para que las mujeres se sientan mal por tener sexo?

—¿Heteroqué? —farfulla Rowan.

Lo ignoro.

—Como si una mujer fuera de alguna manera más valiosa cuando no ha tenido relaciones sexuales penetrativas, porque por supuesto hay un doble estándar cuando se trata de hombres y, de todos modos, ¿quién demonios puede decidir cuál es el umbral de la virginidad?

Rowan casi se traga el whisky por el camino equivocado.

—¿Quieres que te dibuje un diagrama?

Lo fulmino con la mirada.

—Comprendo la mecánica, gracias. Pero pregúntate esto: ¿qué pasa si tú eres una chica que sólo ha salido con chicas? ¿Quién decide entonces la mecánica?

—El heteropatriarcado —Rowan responde con un rostro casi sin expresión.

Así que estaba prestando atención.

—Exactamente.

—Está bien —dice—. Estoy de acuerdo contigo. ¿Pero no crees que necesitas *algo*? ¿Para marcar la ocasión? Quiero decir, no a ti personalmente. Uno. Uno necesita algo —frunce el ceño y bebe más whisky.

Pienso en Rose. Trato de no pensar en Rose. Pienso, en cambio, en toda la gloriosa piel pecosa que Rowan está mostrando en este momento.

—Tal vez sea más acerca de las primeras veces —digo lentamente, todavía pensando en esto—. Tal vez cada primera vez es una pérdida.

Rowan se inclina hacia adelante en su silla. De repente, me está observando con esta mirada increíblemente intensa en sus ojos, como si me estuviera bebiendo como whisky. Me pregunto si tengo un sabor puro, como el humo de una fogata.

—Cada primera vez es una pérdida —toma aliento—. Me gusta eso.

Toma un marcador y se para frente a mí. En verdad no lleva mucha ropa. Tomo el marcador que me ofrece. Se pone en cuclillas a mi lado y me acerca el brazo izquierdo, el que no está tatuado. Antes de destapar el marcador, tomo su otro brazo y lo volteo para poder ver las palabras tatuadas allí. Están escritas en una caligrafía particularmente perfecta, y dicen: *No todos los que vagan están perdidos.*

—¿Así que eres un fan de Tolkien? —pregunto, y él luce gratamente sorprendido—. *No todo el oro reluce*, cito. *No todos los que vagan están perdidos.*

—Lo tengo como un recordatorio —dice—: no importa qué tan lejos de casa vaya, no tengo que estar perdido; todavía puedo ser yo mismo. Por supuesto, tiene mucho más significado ahora, con cosas perdidas por todas partes —su rostro está más abajo que el mío, y voltea hacia arriba para verme. Tantas pecas. Las velas en la mesa se reflejan en los bordes de sus gafas. Quiero tocar su mejilla. Quiero pasar mi mano por su cabello. En realidad, tal vez sólo quiero besarlo.

En cambio, destapo el marcador y tomo su brazo desnudo en mi otra mano. Doy vuelta en mi silla para escribir con firmeza. Apoya el brazo sobre mis rodillas. Empiezo en el pliegue, donde imagino que su corazón late, y escribo: *Cada primera vez es una pérdida* con la misma letra cuidada que cubre mi propio antebrazo izquierdo. Nunca había pensado que mi caligrafía fuera particularmente bonita hasta ahora. De alguna manera, complementa su tatuaje.

—¿Eso significa que cada primer beso con una nueva persona es también una pérdida? —pregunta casi en un murmullo, con su brazo sobre mis rodillas y su rostro justo debajo del mío.

—Supongo que debe serlo —digo.

— Entonces, no todas las pérdidas son malas.

—Supongo que no —digo en voz baja. Su rostro está inclinado hacia mí. Se levanta sobre sus rodillas ligeramente y nuestros labios están alineados. Sus ojos no están completamente cerrados: está mirando mi boca. Yo miro la suya. Nos acercamos lentamente y la puerta de la cocina se abre de golpe. Nos separamos de un salto. Un par de las velas se apagan y un tazón lleno de no sé qué, en el extremo del mostrador, se vuelca y derrama pequeñas cosas por el piso. Cuando me doy la vuelta, veo a Ivy.

—Oh —dice ella con la más tenue de las voces—, lo siento —el viento aúlla a través de la casa; debe haber sido una corriente de aire la que hizo golpear la puerta. De alguna manera no puedo imaginar a la pequeña y tranquila Ivy golpeando puertas—. Sólo quería unos analgésicos —su voz se desvanece al final de cada frase. Incluso con mi audífono, sólo consigo entender la mitad de sus palabras.

—¿Whisky? —le ofrece Rowan mientras se sienta otra vez a la cabecera de la mesa—. Néctar de los dioses.

—Oh, no —dice Ivy tristemente, mientras arrastra los pies hacia el lavabo—. Creo que ya tuve suficiente alcohol esta noche.

Mis labios, sin besar, cosquillean. Ivy abre el grifo y bebe agua como un gato, traga dos analgésicos y se despide con un movimiento de mano y una sonrisa de ojos tristes. Ella es tan delgada, su piel es tan pálida, sus labios son tan suaves y sus ojos tan grandes. Es como una mezcla de Ricitos de Oro con Caperucita Roja o la Bella Durmiente con Blancanieves. Puedo imaginar a Rowan besándola. Puedo imaginar sus manos alrededor de su diminuta cintura. Miro hacia abajo mi propia cintura decididamente no-diminuta y la carne suave de mi vientre, y doblo mis brazos sobre mí y arrastro hacia atrás mi silla.

—Debo dormir un poco —le digo a Rowan, que todavía mira la puerta de la cocina, la huella invisible que Ivy dejó detrás—. Será divertido explicar todo esto a mis padres mañana.

—Te veo por la mañana —dice Rowan como si estuviera lejos. Inclina la botella de whisky y rellena su vaso. Las velas parpadean, casi todas derretidas, a su alrededor.

Laurel

Sábado 13 de mayo

Encontrado: dos amigas perdidas

Ash reapareció durante la noche. Yo no podía dormir. Mis hermanas me habían deslizado dentro y escondido mi ropa mojada. Me habían dado té y mantas y me dejaron acurrucada en el sofá con mi diario, mirando la tormenta por la ventana de la sala de estar.

Anoté algo de lo que habíamos encontrado y era como un trozo de cordón de plata que nos conectaba con las personas para quienes ésta era una lista de cosas perdidas. Plata, broche para el cabello en forma de estrella; bolso de maquillaje (grande, rojo, cremallera dorada); juego de llaves de un auto (llavero de perro); gafas de lectura (púrpura); broches para sujetar el cabello (alrededor de quince); pulsera de oro con pequeños adornos; dos cucharitas manchadas; paquete de cigarrillos; encendedor de plástico azul; tres mariposas para aretes; sangre humana.

Hicimos que estas personas entraran en nuestro hechizo. Las hicimos dar estas cosas para que nosotras pudiéramos encontrar nuestros diarios. Y a Jude. No puedo olvidar que lo encontramos también. Dentro de la lista, escondí cuatro corazones. Laurel, Ash, Holly, Jude. No siempre sé de quién es cuál.

Justo cuando estaba terminando de llover, llegó Ash. Lanzó piedras a la ventana de la sala de estar como personaje de alguna película y la dejé entrar. Goteó agua de lluvia sobre la alfombra y me hizo compañía.

—He visto el futuro —me dijo, con los ojos desorbitados—. Llamé a su puerta y se abrió para mí, y vi lo que iba a pasar.

Suspiré.

—¿Tomaste algo, Ash? ¿Bebiste más de esa cosa que nos dio?

—No me había dado cuenta —dijo—. Fui una estúpida. Pensé que lo amaba, pero él no es lo que pensamos. Vi el futuro, sé cómo irá. Y voy a impedirlo.

Las rodillas de Ash brincaron. Las sujetó con los puños y tembló su cuerpo entero.

Casi negué con la cabeza. Casi le dije que no le creía.

—¿Qué había en esa bebida que nos dio? —dije en cambio.

—Él es un alma perdida, ¿sabes? Lo invocamos con el hechizo.

Sentí cómo mi piel se erizaba.

—Es sólo un chico, Ash.

Sacudió la cabeza como si sacudiera su cuerpo.

—Mmm… mmm… no —dijo—. Es mucho más que eso.

Me recordó a Holly esa mañana, comparando a Jude con Orfeo. ¿Cómo podía un simple muchacho causar semejante efecto en mis mejores amigas?

—Olvídate de él —dije. Me estremecí y sacudí la cabeza—. Él significa problemas. Ha perdido mucho y tú también lo harás. Mantente alejada —añadí— o lo perderás todo.

La escena frente a mí parpadeó y cambió. Como un sueño. Como una visión. Ash se quedó dormida en el sofá con su cigarrillo encendido y la casa ardió. Parpadeé y ella estaba sentada de nuevo, y por supuesto no había ningún cigarrillo en su mano en el mullido sofá de mamá con sus espantosos cojines bordados. ¿Qué había en esa bebida?

—Laurel —dijo Ash en voz baja, y me miró a los ojos—. ¿No te das cuenta? ¿No entiendes lo que él es?

—Sólo un chico —le dije de nuevo, pero ya había perdido algo de mi certeza. Pensé que Ash podía estar delirando un poco, pensando que ella lo amaba, pensando que él era mágico. Hacía un rato, ella estaba llena de gozo de que lo hubiéramos encontrado, y ahora… ¿estaba diciendo que era un demonio?

—Fue él —dijo Ash—. Siempre fue él. Nos enfrentó; nos encantó a todas; nos susurró sus mentiras y nos hizo creerlas.

Lo último de la lluvia golpeó contra las ventanas. El final del viento aulló desde el bosque. Ash se acercó.

—¿Y de dónde vino? —preguntó—. ¿Dónde vive? ¿Quién es realmente?

Debería de haber señalado que no fue Jude quien tomó nuestros diarios. No fue él quien se lo entregó a la gente para que los leyera delante de toda la clase. No fue quien traicionó a sus mejores amigas. Pero con Ash, con sus ojos salvajes, delante de mí, no pude decirlo.

—Nunca lo hemos visto fuera de ese bosque —intervine pausadamente.

Ash se echó hacia atrás y suspiró como si hubiera tragado el último gran sorbo de una bebida refrescante.

—Es uno de los perdidos —dijo—. Un alma perdida que llamamos sin saberlo. ¿De qué otra manera podría saber tanto sobre las cosas perdidas, sobre la magia, sobre la luz y la oscuridad? —se sentó erguida otra vez, con su mirada intensa, y dijo rápidamente—: Él es todo oscuridad. Debemos proteger a Holly. Ya tiene demasiado poder sobre nosotras y va a empeorar. Tenemos que detenerlo —no era que yo le creyera a Ash, o que la hubiera perdonado por lo que había hecho. Era que estaba viendo el cuerpo de Holly balanceándose de un árbol como si fuera real, a Ash consumirse entre las llamas como si estuviera sucediendo justo delante de mí. Sabía que de alguna manera, Jude había jugado un papel en todo esto, y no podíamos confiar en él.

Tenemos que detenerlo.

Tiramos piedras a la ventana de la habitación de Holly hasta que ella apareció en la puerta de su casa, con el cabello enmarañado y los ojos medio cerrados. No tomó mucho tiempo convencerla. Nos sentamos juntas en su cama y ella se sacudió y negó con la cabeza.

—Lo sabía —murmuró. Sus finas manos se mantenían inquietas en la bufanda alrededor de su garganta—. ¿Cómo pude haber sido tan ciega?

En algún lugar fuera, un perro ladró en la oscuridad.

Montamos nuestras bicicletas y nos dirijimos al bosque.

Quizá nos vio venir. Quizás existió siempre en el bosque. Quizá nos necesita si quiere abandonar alguna vez las sombras de los árboles.

Lo llevamos al bosque más profundo, bajando la ladera y cerca del lago. El cielo se estaba encendiendo lentamente, un tinte rosa en el horizonte, una extensión de azul sobre los árboles.

Nos detuvimos y lo atrapamos. Lo atamos a un árbol con un cordón de plata. Nuestras venas estaban inundadas de alcohol todavía, pero no olvidamos: lo recordábamos todo.

Bailamos a su alrededor como ninfas del bosque, delirantes. Hicimos sonidos que no eran palabras sino un llamado: una invocación para que el encontrado permaneciera perdido.

Al principio preguntó: *¿Qué están haciendo?*, pero Holly ató la bufanda alrededor de su boca y después de eso él guardó silencio. Ni conversaciones irrelevantes, ni Kerouac, ni preguntas con fuego.

Giramos como monjes derviches, brincamos y saltamos. Nos pusimos en círculo alrededor del árbol sobre nuestras manos y rodillas, arañando la tierra como lobos. Llenamos nuestros puños con hojas y musgo y lo arrojamos todo sobre él. Piedrecillas y llaveros, botones y pulseras golpearon su piel.

Ash sacó su encendedor de plata y lo encendió. La llama era muy brillante reflejada en el cordón de plata. La dejó lamer las hojas a sus pies y mientras el humo se acurrucaba en el cuerpo del árbol, él se liberó. Se arrancó la bufanda de la boca. Las llamas lamían las hojas, pero él las pateó hacia un lado. Vino hacia nosotras con los brazos extendidos. Se lanzó sobre nuestras gargantas.

Nos tomamos de las manos, dimos media vuelta y corrimos.

# Olive

Domingo 14 de mayo

Perdido: el control; apetito para el desayuno

Cuando despierto todavía no ha amanecido. Mi boca es un desierto, mi cabello está adherido a mi rostro y la habitación sigue girando. El otro extremo del colchón está vacío.

Una luz tenue brilla a través de las grietas, entre las tablas de madera laminada y las ventanas. Mi teléfono anuncia que faltan quince minutos para las cinco.

No hay nadie abajo. En la cocina, las velas son charcos de cera sobre la mesa de campamento. Dos vasos astillados todavía están allí, con las últimas gotas de whisky asentadas en el fondo, la silueta de nuestros labios en los bordes. El lugar es un lío de ropa mojada y toallas húmedas, cuencos de migas y vasos vacíos. No hay un alma, salvo yo, alrededor.

Nadie está en el baño de arriba tampoco, lo que deja dos habitaciones para encontrar a cuatro personas. Con delicadeza primero abro la puerta de Hazel.

Parece que una bomba explotó aquí, hace tiempo que los escombros de latas y tazas y envases de maquillaje y ropa sucia se han fosilizado en pequeñas montañas alrededor de la habitación. Hubiera pensado que los fugitivos viajan ligeros, pero hay muy poco sobre estos fugitivos que cumpla mis expectativas.

Por ejemplo, cuando la luz de mi teléfono ilumina la habitación, rápidamente percibo que Rose está en la cama con Hazel. Duermen acurrucadas y desnudas; el cabello de Rose es un largo río negro que cae sobre el hombro de Hazel. Salgo de la habitación y cierro la puerta en silencio.

El rellano se inflama con mi respiración. Mi teléfono se apaga y trato de dejar que mis ojos se ajusten a la oscuridad. Dos personas más en algún lugar de esta casa. Una habitación más para mirar. No debería, pero no puedo evitarlo.

Cuando abro la puerta de la habitación de Rowan, una sombra en el colchón levanta la cabeza rizada de las mantas. Apenas puedo distinguir la mano de Rowan tanteando a lo largo del piso junto al colchón, buscando entre los contornos negros de ropa y su guitarra, y subiendo con sus gafas. Se frota el rostro con ambas palmas y se pone las gafas. Sonríe cuando me ve.

Ivy no está allí.

—¿No puedes dormir? —pregunta con voz ronca. Se aclara la garganta y me invita a entrar. La puerta se cierra detrás de mí y nos quedamos en la más profunda oscuridad. Enciende una gran linterna de campamento en el suelo junto al colchón y todo brilla. Luz suave, sonrisa suave, sacudida suave del colchón cuando me siento mirando a Rowan y cruzo mis piernas sobre las mantas. Estamos tan cerca de tocar nuestras rodillas, la mía sobre la sábana y la suya debajo; veo sus pantalones de pijama de franela tirados en el suelo y me doy cuenta de que estaba durmiendo en ropa interior. O desnudo. Me sonrojo.

—Lamento haberte despertado —murmuro—. Estaba buscando a Rose.

Rowan endereza un mechón de mi fleco y mi piel hormiguea.

—Está con Hazel —agrego, y no puedo evitar preguntarme qué significará para Rowan e Ivy que Hazel ya no sea una esquina aguda de su triángulo.

Rowan sonríe.

—Por lo que conozco de Rose, esto podría significar que Hazel finalmente encontró su equivalente —dice.

Levanto una ceja.

—Rose es una especie de fuerza de la naturaleza.

—Bien —dice Rowan, y se apoya contra la pared—, porque Hazel tiende a arder con las chicas. Se enamora cada dos semanas.

Río.

—Rose también.

—Tienen mucho en común.

—Altas, hermosas, habladoras, no aceptan mierda de nadie… —digo, sin mencionar otra cosa que tienen en común: son nuestro mundo. Hermana y mejor amiga. Por otra parte, si Rose y yo siguiéramos siendo completamente inseparables, yo no estaría aquí ahora.

Rowan sonríe.

—Definitivamente —dice—, me agrada Rose.

—A ella también le agradas.

—Me alegra escucharlo —dice Rowan—. ¿Y a ti?

—¿A mí qué?

—¿Te agrado?

No estoy segura de cómo responder, ciertamente no con lo que estoy pensando: con sus labios suaves y su pecho desnudo frente a mí no es tanto que me *agrade*, sino que me quiero lanzar justo a su cama. Mi respiración se acelera. Cuando Rowan respira, el ave fénix en su pecho parece moverse bajo la luz tenue de la linterna en el suelo.

Dejo que mis ojos se demoren en su tatuaje. Yo estaba evitando mirar demasiado de cerca, pero algo sobre la oscuridad y las sábanas entre nosotros me envalentona. Y me hace mirar algo que no había visto antes.

La piel debajo de la tinta tiene cicatrices. Veo sus olas cuando miro más cerca, nudos y protuberancias y huecos convirtiéndose en las alas del pájaro. Me acerco para tocarlo, lentamente, esperando que Rowan se aleje, pero no lo hace. Paso mis dedos sobre él y Rowan permanece inmóvil.

—¿Qué pasó? —pregunto, y mi voz apenas es un murmullo.

—Había fuego —dice, y sacude la cabeza—. Para ser honesto, no es una gran historia.

Ayer le pregunté de qué se estaba ocultando en esta casa. Supuse que se trataba sólo de la policía, pero obviamente es más que eso. No quiero presionarlo para que me lo diga, pero nunca he sido muy buena para ahorrarme las preguntas.

—¿Cuándo sucedió? —digo. Tuvo que haber sucedido hace años para que la quemadura haya sanado lo suficiente para admitir un tatuaje encima.

—El fuego ocurrió cuando tenía catorce años —me dice—. Pero el mes pasado me hice el tatuaje. Fue un… regalo tras la huida.

—¿Un ave fénix surgiendo de las llamas? Muy apropiado.

Rowan sonríe.

—Soy un tipo bastante literal.

—Bueno, es hermoso —digo, y me sonrojo. De nuevo. Rápidamente hago otra pregunta—: ¿Dolió?

Su sonrisa se ensancha.

—¿El tatuaje o la quemadura?

—Oh, Dios, el tatuaje, por supuesto. Lo siento.

Rowan ríe.

—Ah, claro —dice—. Casi me desmayo.

—Y —digo vacilante—, ¿cómo fue la quemadura...?

—De acuerdo —dice Rowan—. Pero no digas que no te lo advertí —viste una media sonrisa, apacible, como si no le importara decírmelo—. Así que... sabes que Hazel y yo hemos dicho que nuestros padres casi nunca estaban con nosotros.

—¿Sí? —tengo un repentino mal presentimiento acerca de adónde se dirige esta historia.

—Mamá... no es una mala persona, sólo está... —busca la palabra— perdida, supongo. Papá es un desastre, y bastante manipulador, y ella sólo lo sigue todo el tiempo, por eso nos dejó con nuestros abuelos. Pero de vez en cuando volvía a Dublín sola y nos llevaba a la casa de Ivy, así que su madre podía, no sé, ayudar a nuestra madre a mantenerse alejada de papá, supongo. Mantenerse sobria. Quedarse con nosotros. Nunca funcionó durante más de una semana. Mis padres... Bueno, ellos beben y desaparecen. Eso es algo para lo que son buenos.

Me obligo a cerrar la boca. No puedo imaginar tener padres así.

—De cualquier forma —continúa Rowan—, la última vez, hace tres años, Ivy y su mamá estaban lejos, así que nos presentamos a su puerta y no respondieron. Terminamos alquilando un departamento en Easkey, cerca de donde vive Ivy. Y papá nos encontró. Trató de actuar como si se tratara de unas vacaciones en familia, pero obviamente no era así, y mis padres pasaron todo el tiempo peleando, que es otra cosa para la que son realmente buenos. Hazel y yo lo odiábamos, así que Hazel salió de allí, pero yo me metí en una pelea con papá y me encerró en mi habitación como si fuera un niño. Y luego, ambos salieron. Creo que olvidaron que yo estaba allí.

Me vigila atentamente, como sopesando mi reacción.

—Mamá dejó un cigarrillo encendido en el sofá. Ella hacía eso... todas las noches. Hazel y yo regresábamos a casa, papá se había ido y ella se había desmayado de ebria, siempre tenía un cigarrillo encendido demasiado cerca de lo que estaba bebiendo y teníamos que apagarlo para que el lugar no ardiera. Pero esa vez, no había nadie allí para evitarlo.

—Oh, Dios —mi piel se estremece con la impresión.

—Sí —dice Rowan—. Terminé derribando la puerta, pero no antes de que se encendiera mi ropa.

—Oh, Dios —exclamo. No me extraña que huyeran.

—Te dije que no era una gran historia.

Su sangre late bajo la palma de mi mano. Sus ojos son oscuros a la luz de la linterna. Pasa la lengua por sus labios.

—Pero ahora todo está curado —dice con ligereza.

Es un gran tatuaje. Un montón de piel cicatrizada para cubrir.

Y...

Es una buena porción de piel desnuda justo allí, delante de mí. Lentamente, deliberadamente, presiono mis dedos contra su pecho, trazo el contorno del tatuaje desde el pico del Fénix a lo largo de la parte superior de su caja torácica hasta las plumas de la cola, justo por encima de su cadera. Él parece contener el aliento.

—Sí —digo en respuesta a su pregunta anterior, mis ojos en sus ojos, mi mano extendida sobre el tatuaje en su pecho, la punta de mi dedo meñique tocando el resorte de sus calzoncillos—, me *agradas*.

Se inclina hacia adelante y dice en un murmullo:

—Tú también me agradas.

Me toma una fracción de segundo recorrer la brecha entre nuestras bocas. Él toma mi rostro entre sus manos y me besa intensamente. Toco su lengua con la mía y enredo mis dedos en su cabello. Nos besamos con energía y con pasión, más intensamente a cada momento, con más urgencia a cada segundo, hasta que pierdo el control por completo y me lanzo hacia adelante, hasta que estoy montada sobre sus caderas y puedo sentirlo duro contra mí.

Sus manos se deslizan para acariciar mis pechos, debajo de mi blusa, así que me la quito, y dejo de lado mis inseguridades tan pronto como se presentan. Me presiono contra él y deja escapar la respiración de golpe.

Nos besamos enloquecidos, como si pudiéramos perder la cabeza de no hacerlo, y cuando él toma mi labio inferior entre sus dientes, mis uñas se encajan en su espalda. Él sonríe y me inclina hacia atrás, sus manos recorren mi cuerpo y desliza hacia abajo los pantaloncillos que Hazel me prestó después de que mi pijama también prestada se empapara en la tormenta. Muevo mis brazos para bajar sus calzoncillos y enredamos nuestras piernas.

Su risa inunda mi cabello.

—Me *agradas* mucho —dice—. Olive, como el árbol.

Trazo las pecas en sus mejillas, a un lado de su cuello, sus hombros, su pecho, su vientre, y trazo la fina línea de vello que nace en su ombligo y desciende. Con los ojos cerrados, Rowan se estremece. Cuando muevo mi mano alrededor de él, maldice en voz baja y dice mi nombre.

Cuando me acaricia, tengo un momento de preocupación (de no ser tan bonita como Ivy, de no ser tan delgada, sobre que debería sumir el vientre y ocultar mis muslos), pero pronto sus manos están por todas partes, su lengua en mis pechos, sus dedos hundidos entre mis piernas abiertas, y no hay más en qué pensar, probablemente nunca más.

Me despierto varias horas más tarde, puedo saberlo por la brillante luz que se filtra entre los huecos de los tablones de la ventana, cuando Rose abre la puerta del dormitorio. Me mira con los ojos entrecerrados. Rowan duerme. Me separo de sus brazos fuera de las sábanas y me reúno con Rose en el rellano, tirando de mis ropas mientras camino.

A la luz del tragaluz, Rose es toda largas piernas marrón en un corto vestido prestado, cabello enmarañado y maquillaje del día anterior. Me mira de arriba abajo.

—Bueno —dice.

—Bueno.

Ambas miramos hacia las puertas de las habitaciones en las que dormimos, luego volvemos a nosotras.

—Tienes una mordida de amor en el cuello —le informo.

Una sonrisa se arrastra sobre el rostro de mi mejor amiga.

—Realmente me vendría bien un cigarrillo.

—Lo dejaste —le recuerdo amablemente—. Puedes soplar algunas burbujas y tomar una taza de té.

Rose lanza un brazo alrededor de mi hombro.

—Eso suena genial —dice, y bajamos juntas.

Ivy está en la cocina, mirando a través de las puertas francesas hacia el deslumbrante mundo exterior. El césped crecido y la maleza están mojados por la tormenta de anoche, pero el sol está brillando y se refleja en las gotas de lluvia.

Cuando nos oye entrar, Ivy habla sin mirar atrás.

—¿Estaban? ¿Salieron anoche?

—Todos lo hicimos —le recuerdo—. Salimos detrás de Ash, ¿recuerdas?

—Después de eso —añade Ivy lentamente, con los ojos fijos en el jardín.

Rose y yo intercambiamos una mirada.

—No —responde Rose con la misma voz prudente de Ivy—. ¿Por qué?

Ivy hace señas. Nos acercamos a las puertas francesas. Las tablas están colgando. Pensé que Ivy debía haberlas movido, pero están desencajadas, los bordes sacados como si las hubieran arrancado.

—Qué ca... —dice Rose.

Hay pisadas de lodo por todos los escalones de la parte de atrás. Una marca de bota en el vidrio, como si alguien hubiera intentado patear la puerta.

—¿Ash? —pregunto, insegura. Pero la bota marcada es demasiado grande.

—Ash no —susurra Rose. Me estremezco.

—Ivy —digo—, ¿estás convencida de que es seguro que ustedes se queden aquí? Está terriblemente... aislado.

—Tal vez Rowan tiene razón —murmura Ivy—, tal vez no debimos haber lanzado el hechizo.

—No se trata del hechizo —le digo suavemente—. Esto se trata de que ustedes están invadiendo un fraccionamiento abandonado. Quiero decir, es romántico y bohemio y todo eso, pero, ¿quizá ya no es la mejor idea?

Rose frunce el ceño.

—¿Qué hay de la casa de tu madre? Hazel dijo que ya se han quedado contigo.

Los ojos de Ivy están fijos en el suelo, más allá de la ventana. Marcas de botas pisoteadas en el lodo.

—Mamá fue a visitar a una amiga, no está en casa. Pensé que estaríamos a salvo aquí, que viviríamos una gran aventura.

—¿Tu mamá sabe dónde estás? —pregunta Rose.

Ivy niega con la cabeza.

—Ella cree que estoy con Mags.

—¿Por qué no la llamas? —pregunto, pero Ivy se congela repentinamente y dice—: ¿Huelen el humo?

—¿Humo?

Llega el sonido de pies en las escaleras. Hazel irrumpe en la cocina.

—Creo que vi humo desde la ventana de mi habitación, ¿algo se está quemando? —dice.

Rowan está justo detrás de ella, calzándose los zapatos en la puerta.

—Parecía que proviene del bosque —dice.

De repente todos estamos en pie. Salimos. Una columna de humo gris se eleva más allá de los árboles.

—¿El lago? —pregunta Rose, y pienso en la ropa mojada de la chica pelirroja anoche, en sus pies descalzos.

La hierba debajo de nuestros pies es gotas de rocío en telas de araña y, mientras corremos, las ranas se dispersan. Nos deslizamos por el lodo de la ladera y nos aferramos a las ramas húmedas para mantener el equilibrio; cuando llegamos al fondo, nos separamos, cada uno se dirije hacia donde cree que proviene el humo.

Salgo a la orilla del bosque. La marea es alta después de la tormenta; la pequeña playa en donde encontramos la botella de cerveza ayer ha desaparecido, el agua oculta nuestras huellas. Me detengo por un momento para recuperar el aliento.

La gruesa niebla cuelga sobre el lago, como un velo. Casi no puedo oír a los otros buscando a través del bosque detrás de mí. Sólo alguna trucha ocasional que salta del agua perturba el silencio. Cuando la brisa sopla, la niebla avanza como sólo pensé que sucedía en los libros. Tal vez eso fue lo que vimos: un cúmulo de niebla subir como humo en la distancia. Todo está tan mojado tras la tormenta de la noche anterior que sería imposible que algo se incendiara. A menos que el incendio fuera provocado.

Recuerdo el fénix en el pecho de Rowan, presionado contra mi piel desnuda, ardiendo. Besos como pequeñas llamas.

El lago es claro y poco profundo bajo mis pies. Debajo de mi reflejo ondulado, veo piedras y arena, musgo y pececillos esquivando las hojas de la hierba hundida. Algo salpica en el agua y me asusta, pero es sólo una rana saltando de una a otra de las rocas llenas de limo en la orilla, a pocos metros de mí. Vuela de la última roca y desaparece en el agua, y algo resplandece bajo las ondulaciones que deja su estela. Me agacho para recogerlo.

Es un encendedor de plata. Un Zippo, de aspecto costoso, grabado. Como el que Rowan abre y cierra constantemente. Lo abro para leer el grabado, esperando encontrar las iniciales de Rowan, pero son las de su hermana. *HK.* Debió haberlo extraviado ayer. Le sacudo el agua y lo seco en mi blusa lo mejor que puedo. Lo abro e intento encenderlo. Una llama se levanta alegremente como si no hubiera pasado toda la noche bajo el agua.

—Ya no los hacen como antes —murmuro para mí. Los demás vienen por el bosque hacia acá.

Rowan camina hacia atrás, mirando hacia lo alto de los árboles.

—¿Adónde fue el humo? —pregunta. Sólo hay nubes brumosas que se separan y se vuelven a juntar contra el resplandor del sol.

—¿Encontraste a alguien? —pregunto. Rowan da la media vuelta y niega con la cabeza lentamente.

—Nadie —dice Rose— ni fuego, sólo un montón de baratijas esparcidas por el bosque.

—¿Baratijas?

Ivy abre sus puños cerrados y en las palmas de sus manos hay tres piedrecillas, dos broches para el cabello, media pinza para la ropa, un gran botón rojo y un montón de fichas de Scrabble.

—Hay más —dice—, muchas más.

—¿Qué es todo esto? —murmura Hazel.

—Las cosas perdidas —dice Ivy, pero no pueden serlo. No importa lo que el resto de ellos parece creer, realmente no hay tal cosa como la magia.

—Tienen que haber venido del campamento de casas rodantes —digo—, o del tiradero de basura. O son las cosas que se desprenden del árbol de los deseos.

—Entonces, ¿de dónde salió el humo? —dice Ivy, con una firmeza inusual—. ¿Qué escuchamos anoche en medio de la tormenta? ¿Recuerdas los pasos y los aullidos?

Me froto los ojos.

—Un zorro —digo cansadamente—, en el techo del túnel. Un perro aullando en el bosque —miro hacia el bosque y continúo—: El humo de la chimenea de una cabaña en algún lugar más allá del bosque —señalo las cosas que Ivy encontró—: Un montón de baratijas que cayeron al agua.

—Sólo baratijas —repite Rose, pero la duda tiembla en su voz.

Le extiendo el encendedor a Hazel.

—Encontré esto —digo—, creo que es tuyo.

A mi lado, Rowan se queda inmóvil.

Hazel no se mueve para tomar el encendedor.

—Debe haberse caído de tu bolsillo —añado.

—¿En dónde encontraste esto? —la voz de Hazel suena extraña.

—Aquí —señalo—, justo ahora.

—No —dice.

—Bueno —digo—, de hecho, sí —le lanzo el encendedor a Hazel, quien lo atrapa automáticamente y luego lo mira como si fuera a quemarla.

Sus manos tiemblan. Todo su cuerpo tiembla. Respira demasiado rápido. Rose se acerca a ella, pero Hazel aprieta el puño alrededor del encendedor, se vuelve bruscamente y regresa a la ladera del bosque, como si estuviera buscando algo. O a alguien. El resto de nosotros nos miramos y la seguimos; casi tenemos que correr para alcanzarla.

Después de trepar sobre las rocas y subir la pendiente, nos detenemos tan súbitamente que dejamos las marcas de nuestro paso en el lodo.

Por todas partes, en el bosque, hay cosas. Objetos en cada árbol y en cada hoja. Piedrecillas ruedan bajo las raíces y guantes de invierno se agitan sobre las ramas. Juguetes en el camino. Joyería en los arbustos. Algo que se parece mucho a cabello humano alrededor de los troncos de los árboles.

No nos movemos. Nos quedamos mirando.

Me agacho y levanto un trozo de papel. Es un burdo dibujo de un zorrillo, como el que Eoin Kavanagh le dio a Rose el día de san Valentín en segundo año.

Mis pensamientos divagan. Tal vez todo esto sea un engaño muy elaborado. Tal vez alguien vino con grandes bolsas de basura llenas de cosas perdidas y las dispersó alrededor para que las encontráramos. Pero debo admitir que la idea es bastante inverosímil. Casi tan descabellada como la idea de que nuestro hechizo podría haber funcionado.

Nuestro hechizo podría haber funcionado.

—Pero —digo lentamente, todavía sin poder hacerme a la idea—, ¿por qué estas cosas? ¿Por qué *tantas* cosas?

—Equilibrio —dice Ivy, el tono de su voz sube como si fuera una pregunta—. Como dice en el libro de hechizos. *Cada cosa perdida requiere un sacrificio... una nueva pérdida por cada cosa encontrada que haya sido invocada.*

—No —dice Rowan, y su voz es grave—. Está ocurriendo lo mismo que con Laurel. Como lo dijo en su diario. No ofrecimos un sacrificio, o éste no fue suficiente. No a cambio de todas las cosas que pedimos encontrar.

La boca de Ivy se abre en una O, como si por fin la comprendieran. Pero yo no estoy segura de haberlo hecho.

—Entonces, ¿qué?, ¿robamos mágicamente todas estas cosas?

—Es más como si hubiéramos forzado mágicamente a otras personas a perder cosas —dice Rowan—, para que nosotros pudiéramos encontrar las nuestras.

Le muestro a Rose el dibujo del zorrillo y sus ojos se abren. Lo toma y lo gira una y otra vez, como si hubiera una pista escrita en alguna parte. Mira el bosque a nuestro alrededor con asombro.

—Entonces, ¿esto significa que no tendremos que perder algo a cambio? —pregunta.

—No lo sé —dice Ivy—. No lo sé. Tal vez depende de las cosas que queremos encontrar. Tal vez depende de las cosas que perdemos. Cuanto más grande es lo que invocamos, más perdemos y más pierden las otras personas —cita el libro de hechizos de nuevo—: *¿Qué dejarás ir? ¿Qué no estás dispuesto a perder? Considera esto cuidadosamente antes de hacer la invocación: tal vez no seas tú quien elija.*

Yo también puedo recordar el texto. Recuerdo la parte que viene después: *Ten cuidado con lo que deseas: no todas las cosas perdidas deben ser encontradas.* ¿En qué punto se deja de preguntar y se comienza a creer?

—No deberíamos dejar todo esto aquí —digo lentamente—, ¿cierto? Quiero decir, el bosque está lleno —pero nadie quiere tocar las cosas perdidas. En lugar de eso, vemos a Hazel estremecerse y marchar de árbol en árbol.

—¿Qué estás buscando? —pregunta Rose, pero Hazel no responde, sigue caminando de roca en roca, de árbol en árbol, cada vez más frenética. Seguimos, evitando pequeños juguetes y cargadores de teléfonos, suéteres arrugados y sombrillas plegadas, bolígrafos y llaves y billeteras.

Hazel es como un monje derviche, como un torbellino. Corre siguiendo el rastro de las marcas de bota en el lodo. Nos lleva de vuelta a la casa, luego al borde del fraccionamiento, al túnel.

El desagüe de tormenta todavía está seco, pero iluminado. Entramos uno a uno. En el suelo, con la basura, están las plumas que dejamos anoche, y huellas de lodo. Es imposible saber si son sólo las nuestras, o si alguien más ha estado aquí. Las paredes del túnel son árboles negros y palabras rojas y cordones de plata, pero cuando me acerco puedo ver que hay palabras que no recordamos haber escrito. Me detengo y miro alrededor rápidamente, a pesar de que sé que sólo nosotros cinco estuvimos ahí. Toco el dorso de la mano de Rose.

—Mira —murmuro.

Es una lista. Una lista como la nuestra, pero escrita de corrido, con las letras tejidas como una cuerda, como un trozo de cordón de plata. Comienza por la boca del túnel y sube las paredes como una vid hasta llegar al otro lado. Señalo las palabras que corren a lo largo de las ramas del rosal, las del olivo nudosas, las bayas de serbal, el robusto tronco de avellano, las enredaderas de hiedra que rodean a todos los otros árboles.

Leo: *Plata, broche para el cabello en forma de estrella; bolso de maquillaje (grande, rojo, cremallera dorada); juego de llaves de un auto (llavero de perro); gafas de lectura (púrpura); broches para sujetar el cabello (alrededor de quince); pulsera de oro con pequeños adornos.*

El bolso de maquillaje de Rose. Las llaves de Nana. Las gafas de mi madre.

Me froto la muñeca desnuda, el peso de la pulsera fantasma todavía está ahí.

Hazel sigue leyendo cuando vacilo. *Dos cucharitas manchadas; paquete de cigarrillos; encendedor de plástico azul; tres mariposas para aretes; sangre humana; cuatro corazones.*

El túnel está iluminado, pero nos estremecemos. Sé que todos reconocemos las cosas que hemos perdido ahí. Cosas que hemos sacrificado para encontrar lo que pedimos. Pero ¿fue suficiente?

Mis ojos se sienten otra vez atraídos al último artículo en la lista. *Cuatro corazones.* Rose y Hazel, Rowan y yo. ¿Perdí mi corazón?, me pregunto. *No todas las pérdidas son malas*, dijo Rowan anoche. ¿Qué tan grande es el sacrificio de un corazón cuando lo pierdes voluntariamente?

Y entonces entiendo: algunas de las cosas en esta lista son las que Laurel escribió en su diario, las que encontraron. El bolso rojo de maquillaje de Rose. Las dos cucharaditas manchadas de la casa de Oak Road. Mi pulsera. Está escrita dos veces, una en las paredes del túnel con mi letra, como algo perdido, otra en las páginas del diario de una extraña, como algo encontrado. Desearía entender todo esto, cómo estamos vinculados con estas tres chicas, con su hechizo y sus pérdidas y sus hallazgos. Ojalá no estuviera empezando a creer en esto.

Hazel se detiene un instante, justo antes de llegar al final de la lista de cosas perdidas, y cuando lee su voz se escucha distinta, tensa y aterrorizada.

—*Jack Kyle* —lee, como si estuviera teniendo dificultades para expulsar las palabras de su garganta.

—¿Quién? —pregunto.

—Oh —dice Ivy con una voz muy tenue.

Miro a Rowan, pero no hay expresión en su rostro. Se queda quieto, mirando las palabras en la pared frente a él.

—Ése es el nombre de nuestro padre —dice.

—Hazel —interviene Ivy como si fuera una advertencia, pero el rostro de Hazel es todo furia.

—¿Dónde está? —grita ella—. Ash, ¿dónde está? Y Laurel y Holly, ¿dónde están? —vuela hacia la boca del túnel—. ¿Cómo diablos saben su nombre? —sale hecha una furia por un costado de la zanja como un mar—. ¿Por qué están haciendo esto? —grita más intensamente—. ¿DÓNDE ESTÁ ELLA?

Salta fuera del túnel y nos llama para que la sigamos.

—Debe estar en una de estas casas —dice, mientras se aleja—. ¿Por qué no pensamos en eso antes?

—Hazel, espera —la llama Rose, y ella e Ivy se apresuran a salir del túnel tras Hazel.

En el silencio de su ausencia, me vuelvo hacia Rowan. Sus ojos no se han despegado de la pared.

—¿Qué…? —hago un gesto de impotencia—. ¿Qué crees que signifique esto? ¿Esta lista, el nombre de tu padre?

—No lo sé —apenas parpadea—. Cada cosa encontrada requiere un sacrificio, ¿no fue eso lo que dijo Ivy?

Una lista de cosas perdidas para equilibrar lo que queríamos encontrar. Y el nombre de su padre al final.

Mis ojos buscan las palabras que escribió anoche. Están a la altura de mis ojos, tinta roja sobre ramas negras. *Amy Aisling Kennedy.* No entendí en realidad, hasta que me habló del incendio, por qué había escrito su nombre, por qué querría encontrarla, cuando él y Hazel eran los que habían escapado de ella. Ahora casi lo entiendo. *Ella no es una mala persona, sólo está… perdida.* Él quiere que se encuentre a sí misma, que sea la persona que siempre estuvo destinada a ser.

—Pelean mucho —dice, con los ojos todavía puestos en las paredes del túnel—. Solía pensar que el amor era así. Solía pensar que nos dejaban con nuestros abuelos para que ellos pudieran salir y sentirse enamorados y no tener a estos dos niños que les arruinaban todo. Pero a veces me pregunto si ella huía para mantenerlo lejos de nosotros.

No sé qué decir.

Rowan endereza la espalda. Mantiene la cabeza en alto.

—Me preguntaste lo que creo que esto significa. Su nombre en esta lista de cosas perdidas.

Asiento lentamente. Creo que sé lo que va a decir.

—Creo que es una lista de todo lo que hemos tenido que sacrificar. Creo que esto significa que, si queremos que nuestra madre vuelva, esto es a lo que tenemos que renunciar. Un ojo por ojo —dice—. Creo que esto significa que nuestro padre ha muerto.

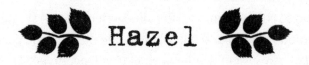 # Hazel

Domingo 14 de mayo

Perdido: noción del pasado

En irlandés la palabra *aisling* significa sueño. No del tipo que tienes en la noche en el que llegas desnudo a trabajar o ves tus dientes caer. *Aisling* es una visión, un sueño febril. Del tipo que transforma la piel en ropa, del tipo que atrae fantasmas.

Mi encendedor en el lago. El nombre de papá en la pared del túnel. Tal vez mamá no está perdida después de todo.

Y si mamá está viva, eso significa que tal vez yo no soy un monstruo.

Mi corazón es un martillo. Mis pies pisotean la maleza. Intento desprender las tablas de las puertas de las otras casas, para ver si están sueltas, para ver si hay otros ocupantes ilegales en el fraccionamiento. Todas están clavadas firmemente. En la última casa, al otro lado del fraccionamiento, me detengo. Creo que puedo ver algo moviéndose en el suelo del terreno de enfrente.

Lo que al principio parecía un montón de harapos se transforma repentinamente en algo tan claro que hace que mi corazón se detenga.

Es una chica, con el rostro bajo el agua poco profunda y pantanosa del campo inundado por la tormenta, los rizos rojos flotan alrededor de su cabeza. A medida que me acerco, veo que su cabello está quemado en los extremos.

No sé cuánto tiempo estoy allí. Se siente como si estuviera esperando algo. Una señal. Alguien que me diga qué debo hacer. Los otros están de vuelta en el túnel, oculto por las casas. Si no lo pido, nadie vendrá.

Su vestido es tan negro como las cenizas y su piel está carbonizada. No hay manera de que esté viva.

Casi derribo a Rose cuando corro a través del fraccionamiento para encontrarla.

—Hay una chica tirada boca abajo en el campo, justo por allí —me oigo decir. Luego añado—: Creo que está muerta —por si no había sido clara.

Rose me sujeta y corre, volviendo sobre mis pasos, pero disminuye la velocidad cuando nos acercamos al muro.

—Allí —señalo.

Rose camina lentamente por el muro, con los ojos clavados en el suelo. Puedo escuchar el chapoteo de cada húmedo paso que da. No dejo que mi mirada se aleje de su rostro, a la espera de su reacción, de que me diga quién es la chica muerta, por qué murió aquí, qué hacer ahora.

Cabello rojo, piernas descubiertas.

Rose sigue caminando. Cuando llega al extremo del muro, se vuelve hacia mí.

—¿Estás segura de que estaba aquí? —pregunta.

No lo entiendo al principio. Entonces mis ojos exploran el campo pantanoso. Allí no hay una chica muerta. Prácticamente corro al lugar donde la vi, pero sólo veo lodo y charcas, el suelo de maleza.

—Aquí estaba —digo—, estaba justo aquí —quiero decir: *No estoy loca*. Quiero repetir: *Aquí estaba, estaba justo aquí*, hasta que mis palabras se conviertan en materia sólida y conjuren a la chica muerta y carbonizada. Pero no puedo. Porque no estoy lo suficientemente segura para jurar que fue así. Por lo confuso de anoche y de las noches anteriores. Por los últimos vestigios del mágico licor casero haciendo que el espacio entre los árboles se convierta en los reflejos de los árboles.

Hay un viejo impermeable de plástico atrapado en una de las ramas delgadas de los árboles que bordean el campo. Suena como alas agitándose en el viento.

—Debe haber sido eso —digo, señalando el impermeable vacío—. Debe haber volado desde el suelo. Trapos y palos y gotas de lluvia. Eso es todo lo que vi.

Rose me toma en sus brazos y besa mi cabello.

—Está bien, Hazel —dice, pero no lo está.

Oímos un grito desde el otro extremo del fraccionamiento. Rowan grita nuestros nombres. Cuando Rose y yo corremos, él está señalando el auto de Mags que va llegando al fraccionamiento.

Mags sale de su auto y una cachorrita de labrador marrón salta detrás de ella.

—Échate, Lucky —dice, y camina hacia nosotros—. ¿En qué problemas se metieron esta vez?

—¿Qué? —pregunto. Puedo escuchar mi voz a la defensiva.

—La Guardia viene —dijo—. Pongan los tablones sobre las puertas.

—*Carajo* —dice Rowan. No hace preguntas, sólo corre a la casa.

Mags gruñe y levanta la cachorrita. ¿Dónde está *la Lucky de siempre?*, me pregunto.

Olive debe estar pensando lo mismo, porque pregunta a Mags:

—¿Dónde está Lucky?

Mags frunce los labios.

—Escapó —dice de manera cortante—. Tal vez la hayan atropellado, tal vez se arrastró bajo un puente para esconderse en la tormenta. Los perros hacen eso.

—Oh —replica Olive—, lo siento.

Retomo el tema de la Guardia, que aparentemente está a punto de venir a buscar a los ocupantes ilegales de un fraccionamiento abandonado.

—¿Mags? ¿La Guardia?

Mags asiente.

—Un chico ha desaparecido en el pueblo —dice—. Probablemente se encuentre ebrio en algún sitio en Galway, pero están buscando en el área de cualquier forma.

—¿Desapareció un chico? —pregunta Olive débilmente.

Supongo que no han encontrado al chico del que hablaba Laurel.

—Vamos —ladra Mags cuando Rowan regresa, con su guitarra colgada a sus espaldas, por si acaso—. Entren en el auto. Si las autoridades los encuentran aquí, tendrán problemas.

Rowan empuja la guitarra en el maletero, pero hay un auto entrando al fraccionamiento.

—Diablos —dice Mags con rudeza. Un hombre sale y camina hacia nosotros. Es de mediana edad, viste jeans y una camisa verde y trae una gorra verde de beisbol en la cabeza. Parece sorprendido cuando nos encuentra. No es la policía. Rowan se relaja.

—Mags Maguire —dice el hombre mientras se estrechan la mano—. Ha pasado mucho tiempo. Dios mío, no has envejecido un día.

Rose apenas reprime un resoplido.

—¿Cómo estás, Dave? —replica Mags con brusquedad.

—Estupendo —añade Dave vagamente, pero no luce bien. Está pálido y sudoroso, inquieto y desesperado. Sus ojos viajan de aquí allá por todo el fraccionamiento—. ¿Has visto a mi hijo? —le pregunta a Mags—. Está desaparecido. Los guardias están buscando en el pueblo, pero pensé en buscar aquí, ya sabes, los chicos vienen a beber a veces. Todavía tengo la esperanza que se haya quedado dormido después de algunas cervezas.

—No he visto a nadie por aquí —dice Mags—. Sólo salimos a caminar con la perra —la más reciente Lucky saca una pequeña lengua rosada. Rose se desplaza a mi lado y mira a Olive, que parece que ha visto un fantasma. Está casi tan pálida como Dave. Cuando él la mira, ella se estremece ligeramente.

—Olive —dice Dave.

¿Olive conoce al padre del chico desaparecido?

Olive fuerza una sonrisa:

—Hola, señor Murdock.

Puedo sentir la inmovilidad de Rose, es como si hubiera dejado de respirar.

—Ustedes, chicas, ¿han visto a Cathal? —pregunta Dave, y entonces comprendo. Casi dejo de respirar. Mi mano encuentra la de Rose y la aprieta con firmeza. Reconozco su nombre de los mensajes que ella me mostró. Cathal Murdock.

—No, para nada —dice Olive con una mirada inocente bastante convincente—. Quiero decir, estoy segura de que usted tiene razón y él está en la casa de un amigo en algún lugar, sin bateria en el teléfono. Entiendo por qué está preocupado, pero estoy segura de que está bien.

Dave asiente, distraído.

—Sólo voy a echar un vistazo rápido para asegurarme. Disfruten de su paseo. Es bueno verte, Mags —y se dirige hacia las casas.

—Deberíamos irnos —dice Olive en voz baja—, en caso de que se quede por aquí.

—La casa está completamente cerrada, ¿verdad? —le pregunto a Rowan.

—Como si nunca hubiéramos estado allí.

—Así es —dice Mags, y toma la perrita entre sus brazos—. Ahora vuelvo al trabajo. Ustedes manténganse lejos de los problemas.

Rowan, ajeno a Rose y a Olive, con el semblante gris, ofrece una sonrisa a Mags.

—¿Alguna vez has sabido que nos metamos en problemas, Mags?

Ella gruñe.

—Quizá no lo harían tanto si me hicieran caso de vez en cuando. Llamen a su abuelo, dice que tiene noticias de Amy.

—¿Qué?

Siento como si alguien me hubiera volteado de cabeza, de manera que el cielo está en el suelo y estoy a punto de caer hacia arriba. Las palabras llegan a mis oídos, pero no alcanzan mi cerebro.

—No puede ser —digo.

—Llamen de todas formas —responde Mags—. Sólo porque ustedes están lastimados no significa que él no esté sufriendo también. Puede que sea su madre, pero ella también es hija.

Rowan enfurece.

—Llamamos ayer, Mags. Llamamos como dos veces por semana, pero de nada sirve. Apenas puede hablar, no tiene idea de quiénes somos.

Mags nos mira con ojos de águila.

—Bueno, ¿*ustedes* lo saben? —pregunta. Sube a su auto con la cachorrita y desaparece con una descarga del tubo de escape y un borboteo de fango.

—Loca vieja bruja —dice Rowan con aspereza.

Mags no puede tener razón sobre que abue tiene noticias de mamá. O, tal vez, *abue* delira.

La esperanza se eleva como aquella columna de humo en el bosque. No puedo permitirme seguirla todavía.

Cuando estamos fuera de la vista del fraccionamiento, Olive se detiene y toca el hombro de Rose suavemente.

—¿Estás bien? —pregunta. Rose está mirando sus manos.

—Fuimos nosotros —dice—, ¿no es cierto? Fui yo.

—¿Qué cosa? —pregunta Rowan, pero sé lo que Rose está pensando: Cathal. El hechizo. Equilibrio y sacrificio.

—Perdí mi virginidad —dice lentamente Rose—. Lo escribí en la pared del túnel, pero nunca esperé recuperarla. Es algo que puedes perder, pero no es algo que puedas encontrar, como unas llaves o una pulsera.

—Rose —dice Olive.

—¿Y si en lugar de devolverme mi virginidad, el hechizo se deshizo de Cathal? —pregunta Rose—. ¿Y si él desapareció porque yo deseaba con todas mis fuerzas que se esfumara?

—Eso no tiene nada que ver con esto —dice Olive, siempre tratando de ser la voz de la razón—. Y, como dijo Dave, probablemente esté en algún lugar sin su teléfono y aún no ha podido llamar a sus padres.

—Quería que desapareciera —Rose mira fijamente hacia adelante—. Quizás el hechizo lo supo, tal vez sabe lo que estás pensando.

—Los hechizos no saben nada —insiste Olive—. Vamos a llamar a tía Gillian.

Rose parece despertar.

—No podemos decírselo *ahora*. No cuando él está desaparecido —dice, y parece un poco asustada—. ¿Y si la Guardia piensa que tenemos algo que ver con eso? ¿Y si descubren el hechizo?

—El hechizo no... —Olive vacila. Es como si se diera cuenta de que en realidad podría pensar que es real, después de todo. Real... y poderoso—. Tengo que volver a casa —dice por fin, con el pesar grabado en el rostro—. Para que mis padres no me castiguen de nuevo. Creen que me quedé a dormir contigo, ¿recuerdas? Mamá ya no está muy contenta al respecto.

Rose asiente, luego me mira.

—Está bien —dice—, pero yo podría quedarme aquí un rato más.

Olive luce decepcionada, hasta que Rowan interviene:

—Te acompañaré a casa.

Resoplo e intento fingir que se trata de una tos que no engaña a nadie. Rowan frunce el ceño y Rose suelta una risita.

Cuando Rowan y Olive se van, y estamos seguras de que el padre de Cathal se ha ido también, tomo la mano de Rose y seguimos a Ivy de vuelta a la casa.

Justo antes de llegar, escuchamos un crujido y un ruido sordo. Las tres corremos el resto del camino. En la entrada, cubierta de maleza despedazada, al frente de la casa, hay una tabla de madera, con los clavos todavía ahí, sobresaliendo en el aire como espinas. Yo misma martillé esos clavos, sobre la escalera de Mags, ayer por la mañana. No debí haber golpeado con la fuerza necesaria, o tal vez la tormenta de anoche debilitó la madera. Miro hacia arriba, a la ventana de mi dormitorio medio descubierta, y me quedo helada.

Hay alguien ahí.

Una sombra oscura en la ventana. Alta y ancha. Sujeto el brazo de Rose con fuerza, busco la manga de Ivy.

—Alto —levantan la vista y lo observan también. Eso. Algo.

Ivy retrocede y Rose suelta un grito ahogado. Sin pensarlo, corro hacia la parte trasera de la casa. Arranco las tablas de las puertas francesas y subo con estrépito las escaleras.

—¿QUIÉN ESTÁ AHÍ? —grito. Escucho a Rose e Ivy, que me llaman desde abajo.

Abro la puerta de mi habitación.

Está iluminada por primera vez. El colchón luce sucio, las bolsas con mis cosas se desbordan sobre el suelo.

La habitación está vacía.

Doy media vuelta e irrumpo en los otros dos dormitorios. En el baño. En el armario de blancos. Me arrojo por las escaleras y reviso la habitación de enfrente. El comedor. El baño de abajo. El gabinete debajo de las escaleras. Todo vacío.

Rose e Ivy permanecen vacilantes frente a la puerta de la cocina.

—¿Ustedes también lo vieron, verdad? —me encuentro con ellas. Asienten lentamente con rostros tensos.

—¿Tú... crees que podría ser Ash otra vez? —pregunta Ivy.

Asiento con la cabeza, pero sólo para no asustarla. Esa sombra no tenía forma de chica. Intento imaginar al chico que vi el viernes por la noche, la primera vez que las tablas se desprendieron de la ventana. Recuerdo su cabello largo, su collar que podría haber sido de cuentas o de dientes. El silbido de "Hey, Jude". Podría haber sido alto, pero definitivamente tenía más o menos mi edad. La sombra de arriba se veía más como la de un hombre maduro.

No sé por qué pienso en papá. Tal vez porque es alto y ancho, porque estaba en el departamento con mi madre cuando Rowan y yo huimos, porque si ella murió, él también lo hizo.

Tal vez conseguimos traer a nuestra madre de regreso de los muertos con nuestro hechizo. Pero no escribimos el nombre de nuestro padre en esa pared junto al de ella. Cuando apareció su nombre, estaba en una lista de cosas perdidas. Tal vez eso significa que lo condenamos para siempre.

Olive

Domingo 14 de mayo

Perdido: juego de llaves de un auto (llavero de perro);
gran juguete de ratón adorable (raído y deteriorado,
responde al nombre de Bunny)

Salimos en bicicleta del fraccionamiento en silencio. El camino todavía está empapado. El sol ha despejado toda la niebla y el día está poniéndose brillante, la luz se refleja en el agua y el negro lustroso de la húmeda carretera. Nuestras ruedas salpican lodo hacia nuestras pantorrillas descubiertas. El mundo se está calentando.

—Entonces… —pregunto, después de pasar por el límite del fraccionamiento—, ¿qué hay con ese encendedor?

—¿Qué encendedor? —pregunta Rowan como si yo pudiera creer que no sabe de qué estoy hablando.

—Vamos —digo—, Hazel se asustó cuando lo encontré. ¿Lo había arrojado al agua a propósito?

Rowan conduce un poco atrás de mí, así que tengo que girar la cabeza para verlo. No puedo leer su expresión.

—No puedo… —comienza a decir, luego se detiene y se muerde el labio—. No sé —responde finalmente—. Creí que ella lo había perdido hace mucho tiempo, pero tal vez lo tenía consigo.

Disminuyo la velocidad para poder hablar.

—Es igual que el tuyo.

—Los tenemos de nuestros padres. Eran suyos cuando eran jóvenes. Tenían nuestras iniciales grabadas en ellos cuando nos los dieron —*suelta* una risa seca—. Regalos, sobornos, ¿cuál es la diferencia? ¿Qué hay con el tipo que buscaba la Guardia?

—Él es un... él... —giro bruscamente para evitar un charco— es de la escuela. Ha estado acosando a Rose. Es una triste excusa de ser humano.

—Y ahora está perdido.

—Puede que esté perdido, puede que no —digo.

—La policía salió a buscarlo, Olive.

—Eso no significa nada —insisto. Me adelanto en una curva.

Rowan acelera y avanza a mi lado.

—Hazel me contó lo que pasó —dice—. Lo que le pasó a Rose. Es una maldita coincidencia si él es... por quien ella lanzó el hechizo.

—Si quieres decir que fue él quien la agredió sexualmente, entonces, sí.

—Sí. Sólo quiero decir que tal vez ella tiene razón. Tal vez nosotros lo hicimos. Tal vez fue el hechizo.

La ira se acumula en mi interior.

—Sí, bueno, tengo que decir que si se ha ido, no estaré terriblemente destrozada al respecto —ni siquiera me importa si Rowan piensa que soy una persona horrible por decirlo. Pero él sólo me mira con seriedad y asiente con la cabeza. Recuerdo los nombres de sus padres en la pared del túnel; el nombre de su madre, escrito con la esperanza de encontrarla, y el de su padre, escrito misteriosamente en la lista de cosas perdidas. ¿Sacrificarías a una persona por otra, si pudieras?

Me quedo en silencio hasta llegar a mi calle. Quiero cambiar desesperadamente de tema, pero no estoy segura de cómo hacerlo. Finalmente, pienso en la suerte de que Mags condujera todo el camino a Oak Road para advertirnos sobre la gente que estaría buscando en el fraccionamiento.

—¿En verdad Mags también llamó a esa perrita Lucky? —pregunto de repente.

Él parece sorprendido por un segundo, como si no hubiera pensado para nada en eso.

—Sí —dice, con una mirada comprensiva—. En realidad, Mags tiene muy mala suerte con las mascotas. Tienden a morir o desaparecer. Entonces ella consigue una labradora marrón nueva y la llama Lucky, otra vez.

—Es una persona realmente extraña.

Rowan ríe.

—¡Y que lo digas!

Nos detenemos algunas casas antes de la mía. Rowan se levanta sobre su bicicleta hasta quedar a mi nivel y se inclina para darme un suave beso en los labios. Mi cerebro se apaga.

—¿Quieres mi número? —pregunto—, ¿dado que lo olvidamos la última vez?

Registra mi número y me llama para que tenga el suyo.

—Adiós —dice Rowan antes de alejarse—. Olive, como el árbol.

Lo observo mientras se marcha. La semana pasada Rose me dijo que era típico que me enamorara de un dudoso ocupante ilegal y yo me reí, pero ahora me doy cuenta de que tenía razón. Cuatro corazones perdidos, y parece que el mío era uno de ellos. No tanto de un dudoso ocupante ilegal, sino de alguien extraño, triste y levemente mágico. Rowan, como un serbal. No puedo quitar la sonrisa de mi rostro cuando abro la puerta de mi casa.

En el interior, papá está arreglando la cocina antes de nuestra comida mensual de domingo con toda la familia, intenta sin éxito rumiar al ritmo del jazz procedente de la radio. Tomo una barra de chocolate de la despensa y me hace un gesto para que le lleve una.

—Te quedarás sin apetito —me dice con la boca llena de chocolate.

Mamá entra en la cocina con el ceño fruncido. Siento pánico por un instante al pensar que la madre de Rose pudiera haber llamado anoche, o que su hermano mayor nos haya descubierto, pero mamá me acaricia distraídamente el hombro.

—¿Dónde está Emily? —pregunta.

—En su habitación probablemente. Acabo de llegar a casa, estaba con Rose.

—¿Puedes llamarla? —pregunta mamá.

—¿A Rose?

—No, a Emily. No está en su habitación y dejé mi teléfono en algún lugar y ahora no puedo… —mira vagamente por la cocina y sacude la cabeza.

Sostengo mi teléfono sobre mi oreja con el hombro y espero hasta que deja de sonar. La llamada fue remitida al buzón de voz.

—Emily, llama a mamá —digo en voz alta—, o ahora serás tú la que se meta en problemas. Pensándolo bien, no llames, porque ésa es una reprimenda que he estado esperando por años.

Mamá me mira, pero luego medio sonríe y pone los ojos en blanco.

—¿Qué hice para merecer dos adolescentes? —murmura.

—¿Han considerado cambiar el jazz experimental por bandas de chicos? —les pregunto a mis padres—. Podría funcionar como el llamado de una sirena.

—Mmmm —dice mamá—, podría valer la pena intentarlo.

—En ese caso —dice papá—, tengo ensayos que calificar. Olive, estos platos son todos tuyos.

Nana y las tías llegan a casa para la comida alrededor de las dos de la tarde. Se derraman dentro en una nube de perfume y pasteles cubiertos de plástico en altas torres sobre bandejas y platos.

Como un funeral, dice Emily siempre. *Nadie debería hacer tanta comida a menos que alguien haya muerto.*

Por lo general, Emily desaparece en su habitación una vez que llegan los primos de su edad. Se sientan en su cama todos juntos y miran videos estúpidos en internet y hacen sonar la música para ahogar el sonido de los primos más jóvenes que, con Max como su líder, corren como locos alrededor de la casa con los perros hasta que una de las tías tiene la claridad mental para abrir la puerta de la cocina y dejarlos libres en el jardín. Pero, incluso cuando la última de las tías y sus hijos han llegado, Emily todavía no está en casa. Los primos se apilan en la sala de estar.

Como la mayor, cada domingo me veo obligada a quedarme en la cocina con mamá. *Tú eres mi escudo de sanidad*, me dice, *no te alejes de mi lado*, entonces escuchamos a Nana dar órdenes a todo mundo e intercambiar chismes.

—Escuché que el chico de Pattie Murdock desapareció —dice Nana, lanzando una mirada interrogante a tía Gill.

—No es un informe oficial —replica ésta—. Los adolescentes desaparecen por un par de días todo el tiempo. Por ahora sólo mantenemos los ojos abiertos.

—¿No se había perdido otro chico la semana pasada? —pregunto, pensando en el diario de Laurel—. ¿De sexto año?

Tía Gill parece sorprendida.

—No que yo sepa —afirma—. ¿Estás segura de que no estás pensando en el chico de Pattie?

—No, probablemente sólo se trata de un chico que violó su toque de queda una noche y sus padres se preocuparon.

Nana hace un sonido de reprobación.

—Lo más probable es que estuviera haciendo Dios sabe qué —dice en lo que se supone que es un murmullo, pero probablemente puede escucharse todo el camino hasta el pueblo—. He visto a esos muchachos por aquí, sin respeto, ni siquiera te saludan cuando los miras.

—¿No se perdió un chico cuando nosotras estábamos en la escuela? —pregunta tía Lucy bajo el sonido del discurso de Nana. Ella es la más cercana en edad a mamá, así que conocían a la misma gente—. El tipo de desaparecidos que no vuelven.

Mamá asiente con la cabeza.

—Qué cosa tan terrible —dice—, ni siquiera recuerdo su nombre.

—… con su cabello *hippie* y sus drogas; a su edad, yo estaba casada y tenía dos hijos… —dice Nana. Pero finalmente se queda sin vapor, y luego añade—: Me alegro de que nuestra Olive sea una buena chica.

Miro a cualquier parte excepto a mis padres. Las tías ocultan sus sonrisitas lo mejor que pueden.

—Olive es un ángel. Es como su madre a esa edad —dice tía Lucy, manteniendo apenas una expresión seria.

—Laura era mejor que tú, Lucy —Nana mira a tía Lucy, y luego señala a mamá con su taza de té—. Era su amiga la que causaba problemas. ¿Cuál era su nombre, Laura? La que huyó con un protestante.

—Vas a tener que ser un poco más precisa, mamá —dice mamá mientras mis tías ríen. Nana piensa que cualquiera cuyo apellido no empiece con *O'* o *Mc'* es protestante. Mi padre, con su barba y su abrigo de lana y su doctorado en Trinity, es definitivamente protestante en sus registros. Probablemente consideraría mi bisexualidad como una prueba del protestantismo, salvo porque ella me sostuvo mientras yo estaba siendo bautizada. De todos modos no me siento particularmente cómoda hablando de mis preferencias sexuales con mi abuela.

—Ah, así que era la *amiga* de mamá la que era revoltosa —me burlo—. Seguuuuro.

—Ninguna de *mis* amigas revoltosas vació el estómago en el auto de mi madre —responde mamá serenamente. Rose ha arruinado mi reputación para siempre.

—Oh, estoy bastante segura de que Amy Kennedy le habría dado competencia a Rose —dice tía Gill a mamá, levantando una ceja. Mamá sólo sacude la cabeza.

—¿Cómo le va a Amy ahora? —pregunta tía Lucy—. Aparte de haber huido con un protestante —añade, mirando de reojo a Nana.

—Kyle, ése era —murmura Nana—. Sabía que era un apellido protestante.

—No sé... —dice mamá, pero Nana interrumpe para preguntarle algo a tía Gill. Mi boca está abierta.

Amy Kennedy. Sabía que el nombre me parecía familiar. Lo vi esta mañana, escrito en la pared del túnel. *Amy Aisling Kennedy*. Podría ser otra persona con el mismo nombre, pero Nana dijo que huyó con un tipo apellidado Kyle.

Jack Kyle. Otro nombre escrito en la pared del túnel.

Mamá conoce a la mamá de los mellizos.

—Mamá —siseo, para que Nana no escuche—. ¿Conociste a tu amiga en la escuela? ¿Amy Kennedy? ¿Tiene mellizos de mi edad?

Mamá entrecierra los ojos.

—¿Cómo lo sabes?

—En realidad, los conocí. Ellos se están... quedando en el pueblo.

—¿Están?

—Sí. Quiero decir, yo sabía que sus abuelos vivían aquí, pero no sabía que conocías a su madre.

Si los ojos de mamá se estrechan más, terminará por cerrarlos.

—No la conozco —dice—. No realmente, ya no. Fuimos a la escuela juntas, pero perdimos el contacto cuando dejé el pueblo. Yo estaba viajando y luego entré a la universidad... Hace años que no sé de ella.

—Ah, me preguntaba cómo era ella.

—No puedo creer que esté de regreso en el pueblo —dice lentamente.

—Oh, ella no está aquí —digo—. Los mellizos se están... quedando con unos amigos.

—¿Y dónde están sus padres? —pregunta mamá—. Tal vez debería tratar de contactar a Amy...

—Mmmm —considero mentir pero decido en contra—. No me lo dijeron. Viven con sus abuelos en realidad. Hazel y Rowan, quiero decir. En Dublín.

—Hazel y Rowan —dice mamá—, así es —mira a lo lejos por un segundo, luego sale de ahí y dice—: ¿Puedes llamar a tu hermana de nuevo, por favor, Olive? Seguramente estará con Chloe después de las noticias de su hermano, pero agradecería que me llamara antes de que se pierda la convivencia del domingo.

Voy al jardín trasero, donde hay silencio, para llamar a Emily, quien sigue sin responder. Le envío un mensaje de texto a Chloe diciendo que mamá está buscando a Emily. Luego le escribo a Rowan para contarle lo que acabo de descubrir sobre mi madre.

SABÍA que me parecías conocida, responde de inmediato. Había una foto de mamá con sus amigas en la repisa sobre la chimenea. Te pareces mucho a tu mamá a los diecisiete años.

Constantemente me dicen que me parezco a mamá. Es curioso pensar que cuando la miro podría estar viendo exactamente cómo seré yo cuando sea mayor.

Cuando regreso, Nana está en medio de una de sus diatribas favoritas: el precio de una cerveza y cómo no se puede conseguir una buena Guinness estos días ni por amor ni por dinero, y la disminución general de las tabernas rurales.

—Y la de Maguire —dice—. Como quiera que se llamara la dueña cuando yo era niña —Mags—, solía hacer poitín según los antiguos métodos. Ya nadie hace buen poitín.

—No, mamá —dice tía Lucy—. Mags no puede tener más de sesenta años… no puede haberse encargado de la taberna cuando eras niña.

Nana me mira a los ojos y dice:

—Ya pasó antes y va a pasar de nuevo —es como si sus ojos me atravesaran—. No hay nada que puedas hacer para detenerlo.

—¿Qué? —miro a Nana, luego a mamá y a las tías. Nadie parece haberla oído hablar—. ¿Estás bien, Nana? ¿Qué acabas de decir?

Nana parpadea, luego bosteza y aleja mis palabras con la mano.

—Dije que alguien más buscara en los bolsillos de mi abrigo. Nunca puedo encontrar las malditas llaves del auto.

Sacudo la cabeza. Ya la estoy perdiendo en verdad. Nana comienza a discutir con las tías sobre quién la llevará a casa. La pelea por las llaves del auto durará media hora y es más que probable que culmine en que Nana descubra quién se las está escondiendo y amenace con dejar a esa hija fuera de su testamento. Esto sucede cada comida familiar, sin falta.

Me levanto y me preparo para esfumarme. Mamá lo nota y tira de mi brazo.

—No me dejes sola con estas locas —sisea por las comisuras de su boca.

—Sólo necesito ir al baño —miento. Afortunadamente, una distracción llega en la forma de mi padre, que entra en la casa en ese momento con un Max muy sucio de lodo. Hay manchas de llanto en sus mejillas y raspones en las rodillas de los jeans.

—¿Alguien vio a Bunny? —pregunta papá a la asamblea de tías. Todas niegan con la cabeza. Max lloriquea.

—Ven aquí —le extiendo la mano a mi hermano—. Te ayudaré a buscar —entono un rápido silbido y los perros se congregan a nuestro alrededor—. Lo que necesitamos —le digo a Max— es un buen perro de caza para encontrarlo.

Max se limpia la nariz con la manga de su ropa.

—No Cocoa —dice—, ni siquiera puede encontrar su propia cola cuando la persigue.

—Una observación aguda —digo—. Será Galleta.

Para el momento en que Max, Galleta y yo hemos peinado la casa en busca de su juguete desaparecido, la pelea por las llaves del auto ha concluido y Nana y las tías se han marchado. Bunny no está en ninguna parte.

—Vamos a probar en el jardín —le digo a Max.

De vuelta en la cocina, mis padres están con sus respectivos teléfonos e idénticas líneas de preocupación atraviesan sus frentes.

Mamá me hace señas para que me detenga, antes de salir.

—¿Puedes intentar con el teléfono de tu hermana de nuevo? —me pide—. Sigue sin responder.

—Intenta con Chloe —le digo cuando el buzón de voz de Emily vuelve a activarse—. Probablemente fueron al cine en Castlebar o algo así.

Max y yo decidimos separarnos para cubrir más terreno. Él busca entre los macizos de flores y los árboles en el lado opuesto de la casa, mientras yo doy la vuelta al gallinero y el cobertizo de las bicicletas. La puerta de la cochera está abierta y un par de las cajas que están sobre las paredes están volcadas. Meto un montón de herramientas para el jardín y accesorios de automóvil de regreso a una de ellas y casi piso una muñeca de plástico que, obviamente, cayó de otra caja. Sostengo la muñeca bajo la luz. Es una Barbie. Una vieja muñeca, con cabello tijereteado y marcas de bolígrafo en sus brazos y dedos y alrededor de su cuello. Recuerdo vívidamente que dibujaba en ellas. Se suponía que eran joyas, pero después de diez años en una cochera lucen espeluznantes. Parecen más cicatrices.

Mi primera Barbie. Estaba segura de que mamá la había regalado.

Max llega hasta la puerta de la cochera, desanimado.

—¿Nada de Bunny? —pregunto.

—Nada.

Abrazo a mi hermanito.

—Aparecerá —le aseguro—. Probablemente salió en busca de aventuras, ya te contará todo cuando regrese —Max lloriquea—. De cualquier forma —añado—, estoy segura de que todavía queda algo de helado en el congelador. Voy a distraer a mamá y a papá mientras lo tomas.

Eso lo anima un poco. Él incursiona en el congelador mientras intento una vez más tranquilizar a mis padres con que probablemente Emily está haciendo cosas normales, aunque vagamente rebeldes, con su mejor amiga, y sin duda estará en casa antes de la hora del té.

Llevo mi propio recipiente lleno de helado a mi habitación y me recargo en la puerta por un minuto. Hago una lista mental de cosas perdidas, empezando con los padres de los mellizos, pasando por Cathal y Lucky, la perra, y el Bunny de Max, el bolso de maquillaje de Rose y las llaves de Nana, que realmente se perdieron esta vez porque una de las tías terminó llevándolas consigo a casa.

Llamo de nuevo a Emily, pero no responde. Tal vez no sea nada. Tal vez se encuentre bien. Tal vez he pasado demasiado tiempo con fugitivos preocupados en fraccionamientos abandonados y Emily estará de regreso antes de la hora del té. Encontrará en su teléfono nuestros mensajes. Tomará prestado un teléfono y llamará. En cualquier momento.

A las diez de la noche, mis padres llaman a la policía.

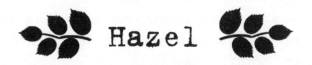# Hazel

Domingo 14 de mayo

*Perdido: perra (labradora marrón,
responde al nombre de Lucky)*

Buscamos en el fraccionamiento de nuevo. A papá, o al chico que silbaba "Hey Jude", o a un alma perdida o lo que sea que haya producido el aullido. Le envío un mensaje a Rowan para que esté atento en su camino a casa y me llama para decirme que salga de Oak Road.

—Vamos a Maguire —dice—. Mantente lejos por unas horas.

Pero quiero encontrarlos. A ellos. A mi padre, si fue él quien estaba detrás de mi ventana. A mi madre, si fue ella la que dejó el encendedor. A Ash, si fue quien escribió las palabras en las paredes del túnel.

Ivy sale en su bicicleta para encontrarse con Rowan, para buscar en los caminos a quien pudiera haber entrado. Rose viene conmigo al bosque.

—Hazel —dice Rose—, ¿a quién estamos buscando? ¿Qué buscabas después de que Olive encontró ese encendedor?

—Pensé que tal vez… que podría haber sido mi madre, que el hechizo había funcionado y ella… había regresado. Ese encendedor es mío, pero no lo traje aquí, a Oak Road. Lo dejé con mamá cuando Rowan y yo escapamos.

Rose parece aturdida. Mira a nuestro alrededor como si mi madre pudiera aparecer en los límites del bosque. Cuando de repente señala en una dirección, creo por un instante que podría ser cierto. Pero entonces Rose dice:

—Oye, ¿no es ésa la perra de Mags?

Una forma se mueve lentamente a través de los árboles.

—¿Lucky? —silbo. La perra da vuelta a su cabeza marrón, pero después sigue su camino—. Sí —le digo a Rose, frunciendo el ceño—, creo que sí. Quiero decir, es la *vieja* Lucky. Mags ya tenía otra cachorrita esta mañana.

Nos miramos. Bajamos de los escombros y saltamos por encima del muro hacia el bosque para seguir a la perra.

Lucky nos conduce cuesta abajo a través de los abedules plateados, los gordos castaños y los nudosos robles, hacia donde los árboles son más viejos, más grandes, más cercanos uno al otro. No está muy lejos, pero siempre la perdemos entre los árboles.

Cuando ya casi llegamos al lago, Rose se detiene y me toma del brazo.

—Hazel —dice muy lentamente, como lo harías con un animal que no quieres asustar y eso hace que yo no quiera dar la vuelta.

—¿Sí?

—No había nada en este camino antes —dice en la misma voz—, ¿cierto? ¿Todas esas cosas estaban por la ladera y hasta el fraccionamiento?

Partes de juguetes y baratijas, calcetas y sombrillas, llaveros y cables.

Asiento.

—¿Sí...?

—Mira —dice, y tengo que dar media vuelta. Lo primero que noto es el cordón. Plateado y brillante, del tipo que Ivy usó para atar las palabras perdidas que escribimos en la pared del túnel. Está en todas partes: en el musgo (rociado con algo rojo como sangre); en los arbustos; enredado entre las ramas y entre los árboles. Está envuelto alrededor de un par de botas negras de senderismo, con cierres a los lados.

Cierro los ojos y siento cómo mi corazón cae dentro de mi pecho, golpeando cada costilla como los peldaños de una escalera, rodando por el interior de mi vientre y aterrizando con un *plaf* en la cuna de mi cadera izquierda. Hay palabras escritas con corrector blanco en la parte posterior de las botas, no necesito verlas para saberlo. *Nada detrás de mí, todo delante.* El lema de papá. Lo busqué una vez, es de Jack Kerouac. *Nada detrás de mí, todo delante, como siempre es en el camino.* Siempre he odiado esa cita.

Sigo pensando que lo veo y ahora aquí están sus botas en medio de este estúpido bosque.

Más abajo en el camino puedo ver lo que se parece mucho a una hilera de pequeños dientes. Una línea de llaves de diarios. Uñas. Huesos de perro. Los ojos amarillos en la cara de un perro parpadean frente a mí entre los árboles, y luego desaparecen. Al otro lado del sendero, otro perro permanece en silencio. La mano de Rose se aprieta dolorosamente alrededor de mi brazo.

—Hazel...

Pero he vuelto a ver a Lucky, a sólo unos metros de nosotras. Está caminando lentamente hacia la orilla del lago. Tengo esta loca idea en mi cabeza de que ella está tratando de llevarme hasta papá. Sus botas vacías son fantasmas detrás de mis párpados. Doy un par de pasos hacia la perra, pero Rose me detiene.

—Hazel...

—Es Lucky —digo, y algo en mi expresión debe haberla convencido porque me sigue a través de los últimos árboles hasta el agua, con su mano todavía apretada alrededor de mi brazo.

Lucky nos conduce hasta el lago. Ella sigue hasta el agua y se mete. Cuando camina, sus pasos son pesados, pero una vez que comienza a nadar, se desliza. Entonces pone su nariz en el agua y se sumerge. Rose y yo estamos en la orilla y observamos cómo se hunde. Esperamos a que emerja, pero no lo hace.

El lago está rodeado de árboles. Podemos ver cada borde. No podría haber salido sin que nosotras lo notáramos.

No me detengo a pensar, sólo corro a través de las rocas y chapoteo en el lago. Mis zapatos se sienten pesados en mis pies vendados y el agua fría en mis piernas. Me tropiezo con las piedras sumergidas y agito los brazos para mantener el equilibrio. Me meto y maldigo el agua por hacerme tan lenta, pero incluso si hubiera sido tan rápida como un pez, sé que nunca la habría encontrado. No puedes encontrar algo que no está allí.

—Hazel...

Doy vueltas en el agua.

—¿Lucky?

—Hazel, *regresa*.

—Estaba *justo aquí*.

—Se ha *ido*, Hazel —dice Rose con enojo—. Y esto es jodidamente espeluznante y quiero volver a casa.

Silbo una última vez, sin mucha esperanza.

—Si crees que voy a seguirte dentro del agua, ya puedes olvidarlo —advierte Rose—. Vuelve o me iré sin ti.

Vuelvo atrás. Yo estoy goteando delante de ella y ella está temblando casi tanto como yo. Es alta, pero yo lo soy más. Estamos casi frente a frente.

—No sé qué estoy haciendo aquí —murmura.

De alguna manera señalo a mis espaldas, en dirección al lago.

—Seguimos a la perra...

—No, quiero decir que no sé lo que estoy haciendo. Aquí —señala sus pies, que están justo frente a los míos. Estoy goteando en la orilla. No sé lo que ella quiere decir, pero luego comprendo.

—¿Conmigo? —pregunto. Rose suspira.

—Con todo esto —responde. Mira hacia atrás, hacia el bosque, hacia todas sus cosas perdidas, sus hallazgos, el cordón. El olor a humo y los ojos amarillos que nos miraban tranquilamente desde los árboles.

—No sé si sigue siendo lo que bebimos anoche, o... —su voz se va apagando— todo está muy jodido.

Escurro el agua del lago sobre las rocas y le digo:

—Creo que me estoy enamorando de ti.

Rose ríe indefensa.

—No me conoces —afirma.

—Seguro lo haré.

—Casi no *te* conozco.

—Quiero que lo hagas —digo—. Conóceme, aunque temo que no te guste lo que encontrarás.

Quiero decirle: *Estar contigo me hace sentir que merezco ser amada. Como si yo fuera menos un monstruo. Como si el hecho de que tú confíes en mí significara que yo puedo confiar en mí también.*

Rose sacude la cabeza. No sé cómo convencerla cuando yo no estoy convencida. Confianza. Aceptación. Decido entonces decirle la verdad. El temor frío me barre. Esa sensación que se ha estado construyendo. Siento que ha estado conduciendo a esto.

—Nada detrás de mí, todo delante —digo suavemente.

—No te ofendas —dice Rose—, pero es una manera realmente estúpida de vivir.

—No, si eres un monstruo.

Rose ríe secamente.

—He visto casi todo tu cuerpo, Hazel —dice—. Creo que me habría dado cuenta de las púas y las escamas.

—Yo maté a mis padres —digo. Cinco palabras. Mi voz es tan fina que podría pasar a través de una aguja. Temblorosa como una hoja. Más fría que el frío.

No puedo sentir. No puedo sentir mi piel.

—¿Qué? —pregunta. Saco las manos de mis bolsillos. La mitad del lago se derrama sobre las rocas. La llave luce como parte de un naufragio. El encendedor sigue chispeando fuego. Las palabras emergen como si estuvieran derramándose sobre las rocas.

—Después de que abu murió y abue entró en el asilo, Rowan y yo tuvimos que volver a vivir con mamá y papá. Nos estábamos alojando en un lugar de alquiler, justo fuera de Wexford. Mis padres estaban peleando, así que empaqué nuestras cosas, sólo aquello que no podríamos soportar que se quedara atrás. Papá se desmayó en el dormitorio, ambos habían estado bebiendo. Sus cosas también estaban empacadas, pero no creo que mamá lo supiera. Debería haberlo sabido, de cualquier forma. Nunca se quedaba en un lugar mucho tiempo.

"Estaba ebria. Se quedó dormida en el sofá con un cigarrillo en la boca. Habíamos estado allí tres semanas y ya había perdido la cuenta de cuántas veces había tenido que tomar un cigarrillo encendido de su mano cuando ella se desmayaba de ebria en el sofá. Era como si hubiera olvidado lo que le había ocurrido a Rowan. Ella había dicho que lo sentía, pero nunca cambió sus hábitos.

Un parpadeo de pregunta cruza el rostro de Rose y le explico sobre la habitación cerrada con llave, el cigarrillo encendido, el departamento en llamas, la cicatriz de Rowan. Los ojos de Rose están totalmente abiertos.

—Supongo que yo sólo quería darle una lección —digo—. Supongo que sólo quería mostrarle lo que ella había hecho, que se enfrentara con su propio destino. Rowan está marcado para siempre por su culpa. Por ellos, por papá. Ellos habían asegurado la puerta y Rowan se había quemado, y ahí estaba ella otra vez haciendo lo mismo, así que enloquecí.

"Encendí su cigarrillo. Se lo quité y lo prendí con mi encendedor y dejé el encendedor abierto y no apagué la llama. Había licor derramado sobre la mesa. No era mucho, pero lo vi. Había una revista abierta a su lado. Las borlas de una manta barata en el sofá. Todo estaba tan cerca. Todo lo que se necesitaba era una pequeña chispa.

"Encendí el cigarrillo. Dejé el encendedor activo. Rowan estaba afuera, esperándome con nuestras maletas. Creí ver una luz. Una chispa. Ceniza caliente caer, lo suficientemente brillante para atraparla. Y aun así, salí.

"Y cuando salí, aseguré la puerta por fuera.

Olive

Lunes 15 de mayo

Perdido: una hermana

Ninguno de nosotros durmió mucho anoche. Por la mañana, despierto lentamente y me toma un momento entender por qué no he sido llamada fuera del sueño por la voz de mi papá. Mamá dejó una nota en la mesa de la cocina.

Fui a la estación con Gillian, va a ayudarme a encontrar a Emily. Max está con tu Nana. Llámanos cuando despiertes.

Le envío un mensaje para que sepa que ya estoy despierta y que Rose y yo peinaremos el pueblo en busca de Emily. Meto la nota en mi bolsillo.

Rose se acerca y me abraza con fuerza. Parece que tampoco durmió bien anoche, pero cuando le pregunto si está bien, ella ignora la pregunta y dice que está aquí para ayudarme a encontrar a Emily.

Llamamos a todos sus amigos. Ninguno la ha visto, pero no conseguimos hablar con Chloe, así que imagino que están juntas, lo cual es algo esperanzador, creo. Significa que no pudo haber ido muy lejos. O bien, Chloe todavía está dormida o está buscando a su hermano desaparecido. Mi corazón se encoge.

Miramos a través de lo que podemos encontrar de la actividad en línea de Emily durante los últimos dos días. Fotos de su esmalte de uñas, de sus ojos maquillados, de sus zapatos. Comentarios acerca de su odio a los exámenes escolares y melosos escritos de autoayuda con fondos florales. Recorremos todos los lugares en donde habríamos pasado el rato a su edad. El estacionamiento de la antigua estación de servicio. El parque. Los muros bajos alrededor de algunas de las casas de sus amigos.

—No es nada —sigo diciendo, tratando de asegurarme de que mi voz no tiemble—. Ella celebró un maratón de comedias románticas de mierda durante toda la noche con algunas amigas, y olvidó cargar la batería de su teléfono. O quizá probó su primera cerveza y está vaciando el estómago en un retrete, en alguna parte —si lo digo las suficientes veces, espero comenzar a creerlo. Espero que al decretarlo, se vuelva realidad. Conjuro a Emily para que salga de donde se esconde. Pero, a medida que avanza la mañana, mi pánico se intensifica.

El parque está desierto cuando llegamos, así que paramos un minuto y nos sentamos en los columpios.

Rose envuelve sus brazos alrededor de las cadenas del columpio y pregunta:

—¿Crees que podemos confiar en ellos?

No necesito preguntarle a quién se refiere. Secretos en las paredes del túnel, piel entintada, besos sobre el manubrio.

—¿Qué te hace preguntarlo?

—Nada, en realidad —inclina su cabeza hacia la cadena y se balancea de lado, golpeándome suavemente—. Es sólo que son tan... misteriosos, supongo. Como si guardaran muchos secretos.

—Sí —digo—. Pero no creo que debamos preocuparnos. Son extraños, sí, pero creo que están atravesando muchas cosas. Abuelos muertos, padres negligentes.

Rose me mira con agudeza.

—¿Qué te ha contado Rowan? —pregunta—, sobre sus padres.

—¿Aparte de lo que ya sabemos acerca de cómo abandonaban a sus hijos con los abuelos y que por lo general eran una mierda como padres? —pregunto.

Rose asiente, así que le hablo sobre lo que Rowan me contó del fuego, de su piel quemada.

—Hazel mencionó algo al respecto —dice Rose en voz baja.

—Pero él no cree que su madre sea una mala persona —continúo—. Sólo está confundida por su relación. Dijo que su padre es... controlador. Quizás abusivo. Piensa que ésa es la razón por la que su madre bebe.

No digo: *Yo creo que ésa es la razón por la que ellos también beben.*

—Mamá la conoció —digo en cambio—. Amy Kennedy. Su madre. Nana dijo que era una revoltosa.

—¿Qué dijo tu mamá?

—Perdieron el contacto cuando mamá comenzó a viajar para encontrarse a sí misma. Dice que no han hablado desde entonces.

—Cuando nos conocimos —dijo Rose—, le mostré a Hazel los mensajes que había estado recibiendo de Cathal, y me dijo que su padre era así. Con su mamá. Controlador, como dijiste, abusivo. Pero Hazel parece culpar sobre todo a su madre —la voz de Rose suena extraña, distante, como si no estuviera hablando conmigo.

Mi mente deriva a mis propios padres: la poesía y el olor a café, las reprimendas, los perros. La música de Max y Emily resonando desde los extremos opuestos del rellano, compitiendo por hacer más ruido.

Y pienso: *Emily, ¿dónde diablos estás?*

Es cerca del mediodía cuando los mellizos e Ivy se encuentran con nosotras.

—¿Todavía no hay señales? —pregunta Rowan mientras se acercan a nosotras en sus bicicletas. Rose y yo negamos con la cabeza.

—Si terminó en la casa de una amiga, tal vez ni siquiera esté despierta —dice Hazel—. Tal vez por eso no ha llamado.

Rose me pone una mano en el hombro.

—Probablemente así es, ya sabes —dijo—. Se despertará en un par de horas con su primera resaca y llamará a tu madre para que la lleve a casa.

—Lo sé —digo con voz débil. He hecho eso muchas veces desde que tenía su edad.

Rowan toca mi cabello con gentileza antes de sugerir que nos dividamos para cubrir más terreno. Rose, Hazel e Ivy se dirigen en una dirección, Rowan y yo en otra.

Terminamos en Maguire, donde Mags está apilando vasos de cristal detrás de la barra.

—¿Has visto a mi hermana por aquí? —le pregunto a Mags—. Su nombre es Emily. Tiene trece años. Delgada, alta, de cabello largo y rubio —saco mi teléfono y le muestro una fotografía.

—No atiendo a menores de edad —dice Mags, y levanto una ceja incrédula hasta mi fleco. Ella mira la imagen—. Lo siento, cariño —dice—, no la he visto. Pero estoy segura de que aparecerá.

—Sé que lo hará —confirmo—. Sólo espero que sea *antes* de que mis padres sufran un infarto.

—Estoy segura de que lo hará, cariño —dice Mags, en lo que supongo que debe ser su voz más suave, antes de volverse hacia Rowan y decir en su habitual tono abrasivo—: Si no sacas esa jodida guitarra de mi almacén, voy a quemar la maldita cosa.

Rowan hace un irónico saludo militar y me conduce por un estrecho pasillo junto a la barra al cuarto del personal (que apenas es un armario de escobas), en donde toma su guitarra y comienza a guardarla en su estuche.

—Espera —digo—, detente.

Desabrocho el estuche y saco la guitarra. Atorado entre las cuerdas hay un trozo de papel. Tal vez sean partituras o acordes o algo así, pero lo saco de todos modos.

No son partituras. Es una página de una libreta, un diario. Lo levanto y se lo doy a Rowan. Reconozco la letra de Laurel lo suficientemente bien a estas alturas. No sé cómo podría haber entrado aquí, pero cuando Rowan lo lee, ni siquiera me sorprende.

Algo se estaba preparando y no era la tormenta.

Es sobre el sábado por la noche. Hace dos días. La noche en que lanzamos la invocación, la noche de la tormenta. La noche en que Ash tocó a la puerta y la perdimos en el bosque.

Mientras Rowan lee, mi rostro se nubla. Es la preparación para esa noche. La tormenta comienza; Ash y Laurel se dirigen al bosque y encuentran a Holly besando a Jude. Ellas beben algo que él les da, quizás un líquido adulterado.

Ash le confiesa a Laurel que ella fue la que tomó sus diarios. *Así* fue como desaparecieron.

Ash corre por el bosque bajo la lluvia. Ash con las páginas rotas de los diarios en sus manos. Ash corre sobre los escombros.

Rowan se queda en silencio, mirando el diario. Luego toma mi mano.

—Tenemos que decírselo a Hazel —dice.

—¿Decirle qué? —le pregunto, pero él comienza a correr y me lleva detrás de él, a través de la calle y por un camino que va al café favorito de Emily, donde Rose me dijo que ella y los demás buscarían después. Rose acaba de salir de la cafetería. Hazel está esperando afuera con Ivy.

Rowan camina directo hasta su hermana.

—El segundo nombre de nuestra madre es Aisling. *Ashling* —dice.

—¿Y entonces? —pregunta Hazel.

—Y entonces nos ha estado viendo la cara todo este tiempo.

—¿Qué pasa? —pregunta Rose.

—Siempre dijo que la hubiéramos odiado si se hubiera quedado en este pueblo insignificante —dice Rowan y le entrega la entrada más reciente del diario a Hazel—. *Este pueblo insignificante.*

—¿Qué quieres decir? ¿Qué pasa? —pregunta Rose.

Pero siento que me cae la moneda. Se golpea en la parte posterior de mi mano como una diminuta medalla de estaño. ¿Cara o cruz?

—Es por eso que no las conocemos —casi quiero reír—. Ash y Laurel y Holly. No estaban en la fiesta de verano del pueblo, al menos, no en la que ocurrió el sábado pasado. No perdieron sus diarios la semana pasada.

Rowan asiente con la cabeza.

—Perdieron esos diarios hace años.

—Por supuesto —los ojos de Ivy brillan—, por supuesto.

—Bueno, al carajo todo —dice Hazel con elocuencia, y se sienta en el alféizar de la cafetería—. Ash es nuestra madre.

Laurel

29 de Julio de 1997, 30 de julio de 1999, 21 de octubre de 2006

Encontrado: tres cartas perdidas (la tercera sin enviar); un pensamiento inconcluso en un trozo de papel

Julio de 1997

Querida Holly,

pensé que si me iba del pueblo podría olvidarlo todo, pero viajar sólo hace que los recuerdos sean más nítidos. Las cosas se aclaran. Hace algunos meses, en Grecia, fui a una conferencia sobre las musas, pero el orador estaba más interesado en hablar sobre la madre, la diosa titánide Mnemósine, que dio su nombre a un río en el Hades, a un lado del Lete. Las almas perdidas bebían del Mnemósine para recordar y bebían del Lete para olvidar. ¿Recuerdas su nombre en el libro de hechizos? Todavía podría recitar la lista de ofrendas. Incluso aquí, a la distancia, todo me conduce de vuelta a casa.

El mes pasado, en París, me quedé con algunos estudiantes de arte y bebí una absenta que haría a Mags Maguire ponerse verde de la envidia. ¿Es la magia que destila con el azúcar y la cebada lo que evoca visiones, o es que esperamos que sucedan y eso es lo que las hace presentarse? De cualquier manera, estos días siento como si hubiera estado bebiendo del río de la diosa de la memoria, no de las aguas del olvido.

Pienso en Jude a veces, cómo deseaba contarnos la historia de Ícaro, como si estuviera enseñándonos algo nuevo.

Divago mucho en estas cartas, ¿verdad? Es sólo porque te extraño. No volveré a casa por un tiempo, aunque no voy a estar tan lejos como estoy ahora. San Petersburgo es una ciudad hermosa, dorada y fría, te encantaría. Para octubre estaré en Dublín, comenzando mis estudios en los clásicos. Espera a que conozcas a Daniel, Holly. Lo amarás más que a San Petersburgo. Yo ya lo hago.

Mis mejores deseos para tu mamá, y si alguna vez Ash pasa por ahí otra vez, dile que pienso en ella a menudo.

Todo mi amor,
Laurel

Julio de 1999

Querida Laurel,
encontré una carta que me enviaste hace dos años. Las cosas siguen desapareciendo y apareciendo de nuevo, pero espero que me digas que es porque soy una atolondrada. Tal vez lo sea. O tal vez incluso, años más tarde, el hechizo que lanzamos permanece. En ella —la carta— escribiste sobre la diosa Mnemósine. Todavía puedo recordar la lista de ofrendas sugeridas en el libro de hechizos. Pestañas perdidas, listones de seda, bellotas maduras, pequeñas llamas.

Estuviste en San Petersburgo después de París, después de Atenas, después de Marrakech. Yo apenas si he salido del condado. A veces me preocupa que pueda desaparecer. Las cosas están tan tranquilas ahora sin mamá rondando. Me encuentro a mí misma caminando como un fantasma a través de la casa.

También mencionaste a Ash en la carta. Puedo contar con una mano las veces en las que mencionas a Ash. Ella regresó al pueblo el mes pasado. Ella y Jude. Ella ha cambiado tanto en —¿puede ser?— cuatro años. Y sin embargo, no ha cambiado nada. Le dije que tú piensas en ella a menudo, porque no espero que eso haya cambiado. Le dije que estás embarazada. Tienen eso en común. Ella está esperando gemelos. Su vientre ya es dos veces el tamaño del tuyo.

¿Recuerdas que todas tuvimos nuestro primer periodo juntas? En la misma semana. Hemos sangrado a la misma hora todos los meses a partir de ese día. Ahora el flujo de las tres se ha detenido, por un tiempo. Mi vientre se hincha lentamente. Si tengo una hija, la llamaré Ivy. Como una resistente planta trepadora.

Con amor,

Holly

Octubre de 2006

Queridas Holly y Laurel,

hay tanto que quiero escribir que no puedo soportarlo. Sería imposible que me comprendieran.

Un día les dije que vi el futuro. Que llamé a su puerta y se abrió para mí y vi lo que iba a pasar. Fue la noche de la tormenta. Cuando me alejé corriendo de ustedes, me perdí. Me encontré con una casa que antes no estaba allí. Pensé que me había confundido. El roble donde encontramos el libro de hechizos, donde encontramos a Jude, había desaparecido. Sólo quedaba la mitad del bosque, marcando todo el camino hasta mi casa. Estos árboles que estaban cortando para hacer el camino, ahora sé que ese camino conduce directamente allí.

No había robles. Sólo estas casas, todo un fraccionamiento, grande pero abandonado. Oí voces dentro de una de ellas. Llamé a la puerta. Vi el futuro. Vi a sus hijos. De Jude. Se veían exactamente como él. Mellizos. Un chico y una chica, altos, con el cabello marrón rizado y un millón de pecas. La misma barbilla, la misma nariz. El chico era tan parecido a él que casi creí que era Jude. Pero estaban golpeados y lastimados. Cortes en sus rostros y fango en su piel.

No sé cómo supe que lo que estaba viendo llegaría a ser, pero lo supe. Pensé que eran tus hijos, Holly, tuyos y de Jude. Pensé que si te quedabas con él, eso sería lo que pasaría. No te vi a ti. Sólo vi la casa abandonada, los chicos abandonados, y supe que él significaba problemas.

Lo dijiste una vez, Laurel, hace mucho tiempo. Él significa problemas. *Mantente alejada o lo perderás todo.*

Supe que tenía que advertirles. Supe que tenía que detenerlo. Es sólo ahora, años más tarde —cinco años después de que dejaste de hablar conmigo, Laurel— que me he dado cuenta de que no se trataba de los hijos de Holly. Eran mis hijos. Míos y suyos. Ya se parecen mucho a él.

Por eso no podía quedarme con ellos. Por eso los dejé con mamá y papá. Sabía que nunca lo comprenderías, Laurel, pero tengo que mantenerlos lejos de él. Es mi culpa que haya entrado en nuestras vidas. Si no hubiera tomado esos diarios, no habríamos necesitado el libro de hechizos. Si no hubiéramos lanzado el hechizo, no habríamos invocado a las cosas perdidas. Las almas perdidas. El malvado muchacho. No me arrepiento de las cosas que he hecho, pero lamento cómo las hice. De cualquier manera, es demasiado tarde para volver ahora, y los mellizos están mejor con mamá y papá.

¿Recuerdan a ese muchacho de la escuela que desapareció después de la fiesta de verano del pueblo aquel año? No recuerdo su nombre, pero sí su rostro. Cabello rubio, una perforación en la ceja. Nunca fue encontrado. ¿Creen que nosotras hicimos eso? ¿Con nuestra magia? Hay tantas cosas que pueden perderse. La vida es una de ellas.

Mamá y papá han dado un anticipo para una de las casas, para mí y para Jude. ¿Pueden imaginarlo? Oak Road, donde estaba nuestro viejo roble. La casa en el número 5. En la que llamé. La que vi mucho antes de que fuera construida, mucho antes de que el bosque fuera talado, mucho antes de que el roble fuera derribado. Se detuvo la construcción durante muchos años —problemas con el permiso de construcción, dice mamá—, pero finalmente ahora están construyendo de nuevo. Las terminarán en un año.

A veces me dejaba creer que nuestros hijos podrían jugar juntos en los jardines del frente, que podrían nadar en el lago en verano, que podrían correr por el bosque como lobos. Sé que eso nunca va a suceder, pero sólo quiero que ustedes dos sepan que lo deseo.

Tenías razón, Laurel. Él significa problemas.

Él es un problema, pero yo también.

Con amor,
Ash

Un trozo de papel con una frase ligeramente descuidada, ligeramente sesgada. Dice justo esto:

¿Cuántos años tiene Mags Maguire y durante cuánto tiempo ha tenido esa taberna?

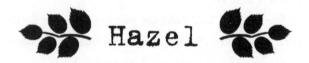

Hazel

Lunes 15 de mayo

Perdido: sangre; nervios; fe

Rowan sostiene la última página del diario y Rose y yo la leemos, con Ivy mirando por encima de nuestros hombros.

—Mi pulsera —dice Olive, y se sienta de repente junto a Rowan—, la perdí y pensé, cuando leí en el fragmento del diario que Laurel la había encontrado, que la habría tomado de dondequiera que la dejé caer, pero… era mi mamá cuando tenía mi edad. Su nombre es Laura —la voz de Olive suena un poco divertida—. Ella era amiga de tus padres cuando estaban en la escuela —me dice.

Rowan asiente con la cabeza.

—Conoces la foto… —empieza a decir.

—En la repisa de la chimenea en casa —termino. Mamá con dos de sus amigas de la escuela. Noelle, la madre de Ivy, y alguien más que no conocíamos. Alguien más que luce casi exactamente como Olive. No sé cómo lo dejé pasar.

Rose silba entre sus dientes.

—¿Tu *mamá* escribió esto? —le pregunta a Olive. Sacude la cabeza con incredulidad—. Eso es… un poco increíble.

—Un poco —dice Olive débilmente—. Creo que podría estar aturdida. Creo que así es como se siente estar aturdida.

—Pero —interviene Rose—, Ash llegó a la casa anoche durante la tormenta. Llamó a la puerta. Todos la vimos, ¿cierto?

Olive sacude la cabeza.

—Una coincidencia —dice—. Alguna chica pelirroja del pueblo en medio de la tormenta. O una alucinación derivada del poitín sangriento de Mags. Elige tu opción.

—O un fantasma —digo en voz baja al mismo tiempo que Rowan.

Rose exhala.

—Ustedes dos son realmente espeluznantes cuando quieren serlo.

Saco la llave de mi bolsillo y la pongo sobre el alféizar de la cafetería. La empuñadura es casi en forma de corazón, el metal forma círculos y espirales. Tiene dientes afilados y brillantes. Rowan sólo la mira.

—Estaba en el libro de hechizos —le digo—, la primera vez que lo encontré. Estaba presionada entre las páginas como el ala de una mariposa.

Rowan mira la llave.

—Es la misma de tu tatuaje —me dice Rose.

—¿De dónde es? —pregunta Olive—. ¿Qué puerta abre?

—Qué puerta cierra, quieres decir —añade Rowan lentamente.

—Después de que Rowan se quemó, fui a que me tatuaran la llave. No la tenía conmigo, la llave de la puerta de la habitación en donde lo encerraron, porque no volvimos al departamento después del incendio. No quedaba nada por lo que tuviéramos que regresar, y cuando Rowan salió del hospital fuimos directamente a casa de nuestros abuelos. Pero la recordaba bastante bien, así que la dibujé de memoria y fui a que me la tatuaran. Como un recordatorio, una promesa.

Si hacen algo como esto otra vez, los mataré. Prenderé fuego y aseguraré la puerta.

—¿Una promesa de qué? —Olive comienza a preguntar, pero el timbre de su teléfono la interrumpe.

—¿Ya regresó Emily? —Rose le pregunta a Olive cuando termina la llamada.

Olive niega con la cabeza, su boca es una fina línea.

—Mamá ha estado con Pattie y Dave Murdock toda la mañana —dice—. También Chloe está desaparecida.

—¿Murdock? —pregunto—. ¿No es ése el nombre de...?

—Chloe es su hermana —dice Rose, con los ojos apretados—, es la mejor amiga de Emily.

—Habían tenido una pelea... —Olive murmura para sí misma—. ¿Dónde *están*?

—Bueno —digo—, sabemos exactamente cómo recuperarla. No sé por qué nadie más lo ha sugerido, pero todavía tenemos todo lo que necesitamos para el hechizo.

—¿Otra vez? —dice Rowan—. Realmente no creo que sea...

—De la manera que lo veo —le digo, sin siquiera molestarme en suavizar la voz—, todo esto es culpa nuestra. Mía y tuya y de Ivy. Metimos a Olive y a Rose en ese túnel, les dimos el poitín y lanzamos el hechizo. Tenemos que ayudarles a arreglarlo.

—Eso no es... —dice Rose.

Pero Ivy saca el libro de hechizos de su bolso.

—¿Tercera oportunidad para un encantamiento? —dice.

Rowan frunce el ceño.

¿*Tercera* oportunidad para un encantamiento? Un recuerdo aparece en mi mente. Tembloroso y distante, de la fiesta de verano del pueblo, el sábado pasado. Ivy desapareciendo en la mitad de la noche. Una pequeña libreta roja que se asomaba de su bolso.

Esto no tiene sentido. Sacudo la cabeza. Intento concentrarme en lo que está sucediendo en este momento.

—Tal ve... —digo— necesitemos un sacrificio más grande. ¿Algo encontrado para alguien perdido?

—No tuvimos que decidir lo que perdimos la última vez —argumenta Rose.

—En realidad, no *creíamos* que íbamos a perder algo —añade Olive.

Ivy asiente lentamente.

—Mucho de la magia se sustenta en la fe —dice—. Quizás hacer una ofrenda, un sacrificio que nosotros decidamos, tal vez eso funcione.

—Pero ¿cómo lo *sabremos*? —insiste Rose.

—¿Instinto? —sugiere Ivy.

—De cualquier manera —digo—, ¿no vale la pena intentarlo?

Rowan todavía se está mordiendo su labio.

—Creo que no es la mejor idea —reafirma lentamente—. Tal vez esto no ha sido la mejor idea desde el inicio. No sabemos quién escribió esos hechizos, no los entendemos. Tal vez estamos jugando con cosas que no debemos.

—Más razón para hacerlo bien —replico.

Olive pone los ojos en blanco y suspira.

—Odio decir esto, pero estoy con Hazel. Si hay una posibilidad de que todo este asunto de los hechizos sea real, *vale* la pena intentarlo.

Regresamos a Oak Road. Tomamos la botella de limonada con los restos de poitín de la casa. En el fraccionamiento, es una brillante tarde de verano, pero dentro del túnel está oscuro. Nuestras palabras se leen en las paredes. El cordón de plata. Las ramas y bayas, los marcadores y la navaja, el musgo sanguinolento. Nadie habla, nadie ríe. El rostro de todos es serio. Humedecemos los labios con lo que queda del poitín y Olive toma la navaja.

Corta con fuerza. La sangre se derrama. Empapa el musgo en segundos. En lugar de ponerla en su boca para detener el flujo, se dirige a la pared del túnel y escribe el nombre de su hermana con sangre. Me estremezco y mi piel se siente fría.

—Dijiste que era cuestión de reciprocidad —le dice a Ivy—. Dar y recibir. Equilibrar. Pagar.

—Eso es cierto —murmura Ivy—. Eso es lo que dice el libro de hechizos.

Olive toma uno de nuestros marcadores rojos y marca líneas como cortes a través de cada palabra que escribió. No decía eso el libro de hechizos, pero ella actúa como si sus manos supieran exactamente lo que están haciendo. Toma el cordón de plata atado al frasco de musgo sangriento y hace un círculo alrededor del nombre de su hermana. La medalla de san Antonio oscila desde el otro extremo.

—Está bien —dice Olive, sin aliento y con el cabello desordenado—. Está bien.

Rose toma la navaja de donde Olive la dejó y, aunque Olive protesta, agrega su sangre al musgo. Ella escribe el nombre de Emily en la pared con el marcador. Se muerde el labio y tacha con una línea sus palabras. *Mi virginidad. Mis recuerdos. Mi mente. Mi confianza. Mi felicidad. A mí misma.*

—Rose, no —murmura Olive.

A lo lejos, escuchamos un aullido. No suena como un perro. No sé por qué pudimos pensar que parecía un perro.

Cuando salimos del túnel, Rose me detiene. Los otros buscan sus bicicletas detrás del muro para regresar al pueblo. Rose y yo los observamos.

—No sé si lo hice —dice Rose en voz baja—, con el hechizo. No sé si Emily está con él, todo lo que sé es que quería que se fuera. Cuando lanzamos el hechizo, eso era en lo que estaba pensando. Todo lo que dijo Ivy acerca de la intención. Eso es lo que yo deseaba. Quería que todo desapareciera, de manera que no tuviera que pensar en ello de nuevo. Como si nunca hubiera pasado.

—Rose —digo—. No es tu culpa que Emily haya desaparecido.

—Lo sé —dice—, pero si hay una oportunidad de que esto ayude… —sacude la cabeza y nos reunimos con los demás; nos movemos lentamente, como si estuviéramos dormidas—. Y de todos modos —dice—, tal vez ni siquiera perdí mi virginidad esa noche, tal vez la perdí el sábado, contigo.

Tomo su mano. No sé lo que esto significa, pero sé que quiero quedarme con ella, mucho más de lo que he deseado cualquier otra cosa en mucho tiempo.

—Me alegra haberte conocido —dice.

—También me alegra haberte conocido.

Montamos nuestras bicicletas y partimos.

—Quizá ya haya vuelto —dice Olive volviendo la cabeza—. Quizá regresemos a casa y ya esté ahí. Como por arte de magia.

Nos agrupamos en una sola hilera para dejar pasar un auto, y luego nos extendemos de nuevo cuando llegamos a la carretera más ancha. Nos movemos rápido en dirección a la casa de Olive, como si estuviéramos corriendo para averiguar si la magia funcionó. Pedaleamos tan rápido que cuando la bicicleta de Olive vuela sobre un bache, su mochila sale expulsada de la canasta y cae a un lado del muro junto a nosotros.

—Ah, *carajo* —dice Olive en voz alta, y de repente se dirige al costado del camino. Todos apretamos nuestros frenos y la seguimos. Nos detenemos frente a un altar en la carretera.

Hay pozos sagrados por montones en las carreteras del país irlandés, y éste no tiene nada especial. Tiene una estatua de la Virgen María, una placa con una oración, algunas flores doradas todavía en su envoltura de plástico y una etiqueta amarilla que indica su precio.

De repente, Olive ríe sin alegría. Entiendo rápidamente por qué: dentro del plástico, entre las rosas, hay una envoltura de dulce y una página del diario.

Estamos lo suficientemente cerca de casa de Olive para que haya volado desde su basurero; después de todo, su madre lo escribió. Tal vez eso es todo: una mujer hojeando sus viejos diarios que perdió y encontró hace mucho tiempo, tirándolos con el correo no deseado y las cáscaras de zanahoria después de haberlos leído.

Olive desliza la página fuera del ramo y lee mientras caminamos, empujando nuestras bicicletas a nuestros costados.

Es sobre la noche después de la tormenta. Ash, nuestra madre, aparece en casa de Laurel, goteando, descalza, igual que en Oak Road. Hablan de Jude… de su poder.

Él significa problemas, le dice Laurel a Ash. *Ha perdido mucho y tú también lo harás. Mantente alejada o lo perderás todo.*

Laurel ve a Ash acostada en un sofá con un cigarrillo encendido, ve la habitación en llamas. Es como si ella supiera —lo supo, hace veinte años— lo que iba a suceder. Visiones del futuro. *Mantente alejada o lo perderás todo.* Mamá no lo hizo, y parece que terminó por perderlo todo.

Olive, ya pálida de preocupación, luce aún más extraña.

—Mamá —dice—, ella me dijo eso. Esas palabras exactas. Era como si estuviera en trance o algo así, ni siquiera me veía a mí. Pensé que no la había escuchado bien. Quiero decir, mi aparato falla a veces. Pensé que tal vez lo estaba perdiendo. Estaba preocupada de que estuviera hablando de ti —sus ojos vuelan a Rowan—, pero no era eso. Ella hablaba de Jude.

—Las *atacó* —dice Rowan, disgustado, pero fue Ash quien llevó a sus amigas al bosque. Fue Ash quien ató a Jude a un árbol y abrió su encendedor de plata.

Mientras el humo se acurrucaba en el cuerpo del árbol, él se liberó. Se arrancó la bufanda de la boca. Las llamas lamían las hojas, pero él las pateó hacia un lado. Vino hacia nosotras con los brazos extendidos. Se lanzó sobre nuestras gargantas. Nos tomamos de las manos, dimos media vuelta y corrimos.

Es espeluznante, incluso con los pájaros cantando y las vacas mugiendo y los coches pasando en el camino iluminado por el sol. Es incluso peor, sabiendo lo que ahora conocemos.

—El libro sobre los árboles que utilizamos para identificar las hojas para el hechizo —dice Ivy en voz baja— es de mi madre. Pensé que ésa era la razón por la que me había llamado Ivy. Ella solía leérmelo todas las noches y por eso lo traje conmigo. Lo conozco de memoria.

La madre de Ivy, pequeña y rubia, delicada como su hija, obsesionada con las constelaciones y los nombres de los árboles. Holly.

Ivy cita, con los ojos cerrados:

—*Fresno, "Ash", el poderoso, es el árbol común más alto del bosque. De sus ramas brotan semillas que parecen llaves. No hay mejor leña que un árbol de fresno. Tiene una estrecha relación con el serbal, "Rowan", o fresno de montaña, cuyo nombre proviene del* raun *nórdico y significa "encantamiento" o "hechizo". Se dice que beber el espíritu destilado de las bayas rojo sangre del árbol de serbal puede hacer que veas el futuro. El fresno, sin embargo, no cuenta con tales propiedades. Aunque tiene el poder de la resurrección: después de haber sido derribado, puede retoñar. Puede volver a crecer.*

Puede retoñar; puede volver a crecer; puede convencer a dos chicas ingenuas de que un chico que aman es una especie de monstruo.

—Pero ¿y si sí lo era? —murmura Ivy como si me estuviera leyendo el pensamiento—. ¿Y si en verdad era un monstruo?

—El único monstruo de esa historia es mi madre —digo—. Y tal vez yo lo sea: de tal monstruo, tal hija.

No hay mejor leña que un árbol de fresno.

—Tu madre no era un monstruo —dice Olive con desprecio—. Robó los diarios de sus amigas porque era insegura. Ató a un chico con un cordón de plata y activó su encendedor para asustarlo. Es preocupante, claro, y una locura, pero no es monstruoso.

—Y tú tampoco eres un monstruo —dice Rose—. No fue tu culpa. Nada de esto fue tu culpa.

—Tú no estabas allí —digo—. Así fue, maté a mis padres. ¿Quién es el monstruo ahora?

—Espera —dice Olive—, ¿tú hiciste qué?

Estamos parados al borde de la carretera, sosteniendo nuestras bicicletas por el manubrio. Los autos nos rebasan por un costado. Miro a mi hermano a los ojos y lo cuento todo. No evita mi mirada. Apenas parpadea. Guardo silencio.

Olive silba lentamente en el silencio.

—Está bien —dice—, eso es… eso es… lo siento, pero eso es…

—¿Cómo sabes? —pregunta entonces Rose con cuidado—. ¿Cómo sabes que ellos… murieron?

Ivy la mira. Realmente no sé cómo responder. Llevo cargando esto por tanto tiempo.

—Ya lo dije —respondo—. Vi una chispa, vi... el fuego comenzar. Pero aun así, me salí y aseguré la puerta.

—Quiero decir, ellos pueden haber salido —dice Olive con una voz que intenta sonar tranquila—. Quizás había otra llave...

Baja su rostro cuando niego con la cabeza. Mi voz es este viejo y delgado fantasma.

—No quería matarlos. No en realidad. Te dije que había jurado que los mataría si volvía a suceder. Pero yo sólo... estaba tan enojada. Quería darles una lección. Asustarlos un poco. No me importaba si les quedaban cicatrices como las de Rowan, pensé que lo merecían. No estaba pensando bien. Juro que no quería que murieran.

Todos están en silencio. Cuando parpadeo, puedo ver las llamas detrás de mis párpados. Las llamas del fuego que quemó a Rowan. Las llamas del fuego que Ash encendió para Jude. Las llamas en el departamento iluminado por mi encendedor de plata. El pasado repitiéndose, una y otra vez.

—Pero —dice Olive, todavía tratando de dar sentido a todo esto—, ¿no dijo Mags que su abuelo había sabido algo de Ash... de Amy, quiero decir? Los fantasmas no hacen llamadas telefónicas.

—Él no es... bueno, nuestro abue. Ya no sabe quiénes somos.

Rose se estira y toma mi mano. Después de todo lo que sabe, ella toma mi mano.

Entonces Rowan finalmente habla.

—Tú no la mataste, Hazel —algo en su modo de hablar me conmociona. Mira a Ivy, quien asiente con la cabeza para que continúe—. Por lo menos, ya no.

—¿Ya no?

—No necesitabas invocarla de regreso con el hechizo la otra noche —dice Ivy—. No era una cosa perdida para encontrar: ya había sido encontrada.

—¿Qué?

Ivy y Rowan se miran el uno al otro.

—Ya la habían encontrado —dice de nuevo—, porque ya habíamos lanzado el hechizo.

—*¿Qué?* —pregunto de nuevo.

—Oh, Dios —dice Rose de repente—. Fueron *ustedes*. No fueron Laurel, Ash y Holly quienes lanzaron el primer hechizo en la fiesta, porque ellas lo hicieron hace como veinticinco años. Pero alguien tenía que haberlo lanzado esta vez.

—Querías saber lo que estaba haciendo con Ivy en la fiesta —me dice Rowan—. Eso es lo que estábamos haciendo, queríamos recuperarla, encontrarla. Pero entonces el crucigrama de Mags seguía anunciando pérdidas y yo... *nosotros* teníamos miedo de que no hubiera funcionado. Pensamos que habíamos hecho algo mal. Pero debe haber funcionado: abue *supo* algo de ella, Hazel, debe haber funcionado.

—¿Qué? —digo de nuevo, porque toma mucho tiempo que los hechos lleguen hasta mi cerebro. Nada de esto tiene sentido. Mags dijo que abue supo de mamá después de que todos lanzamos el hechizo en el túnel. Eso podría significar que *nuestro* hechizo funcionó, no el suyo.

Su hechizo.

—*Ustedes* lanzaron el hechizo durante la fiesta —repito las palabras de Rose. Pero incluso decirlo en voz alta no hace que lo asimile.

—Sí —dice mi hermano. Mira a Ivy—. Mags había traído una pequeña botella de poitín para dársela a alguien y ambos tomamos un par de sorbos cuando ella no estaba mirando.

Hay una arboleda dos terrenos más allá y ahí estuvimos. Pensamos... Ivy pensó que si realmente habíamos perdido a nuestros padres, entonces tal vez el hechizo nos podría ayudar a encontrarlos.

—Espera. ¿Tú *sabías*? ¿Sabías lo que hice? —he estado resistiendo y ocultando y bebiendo y olvidando y alucinando jodidamente, ¿y él sabe lo que hice?

Rowan parece triste.

—Tú me lo dijiste, unos días después de que escapamos. Sé que no lo recuerdas. Nunca te había visto así de ebria antes. Te mantenías hablando de este secreto que guardabas, de que era acerca de mamá...

—¿Por qué no dijiste algo a la mañana siguiente, una vez que estuve sobria? —pregunto con voz débil.

Rowan sacude la cabeza.

—No supe cómo, durante los primeros días —continúa—, luego llegamos aquí y le conté a Ivy lo que habías dicho, y ella me dijo que había encontrado un libro de hechizos en los escombros de un antiguo fraccionamiento. Dijo que había encontrado un hechizo. Fue lo único que se me ocurrió que podía hacer. No imaginé que funcionaría, no pensé que nos haría perder algo a cambio. No sabía cómo decírtelo. Sólo quería ayudar, hacer algo. Cualquier cosa.

Mamá en el sofá con mi encendedor de plata y un cigarrillo encendido. Salgo y aseguro con llave la puerta. El cigarrillo chispea en el vodka derramado que mamá ha estado bebiendo. La alfombra se incendia. El fuego se extiende rápidamente. Papá duerme. Para cuando mamá despierta e intenta abrir la puerta, ya es demasiado tarde. Todo lo que queda es cabello y pies descalzos, pilas de cenizas en habitaciones vacías.

—Queríamos deshacerlo —murmura Ivy—. Tomar esa pérdida y cambiarla. Volver a encontrarlos.

Mamá en el sofá con mi encendedor de plata y un cigarrillo encendido. Salgo y aseguro la puerta. Con el sonido de ese último *clic,* mamá abre los ojos.

Laurel

7 de abril de 2017, 10 de abril de 2017

Encontrado: dos cartas

7 de abril de 2017

Querida Holly,

lo fastidié. Sé que esto no te sorprenderá. Lo he estado fastidiando desde el día en que nací.

Mamá está muerta y papá se ha ido, y ahora también se fueron los mellizos. Me odian y no los culpo.

Puedo culpar a Jude todo lo que quiera, pero eso no me exime de lo que yo debí haber hecho mejor. No cambiará el hecho de que siempre lo he seguido. He pasado toda mi vida persiguiéndolo. Amándolo, odiándolo. Manteniéndolo lejos de ti, de los mellizos. Estoy lista para dejarlo ir.

Hubo un incendio en el departamento. Fue como una llamada de atención. Tomé las botas de Jude y rompí la ventana. No sé si él estaba o no en el departamento. Eso todavía me atormenta.

He estado usando sus botas desde entonces.

Holly, necesito tu ayuda. Sólo fui fuerte junto a ustedes dos. Sé que es mucho pedir, después de todo este tiempo, después de todo lo que he hecho, pero te necesito. Necesito que me mantengas alejada de Jude y a Jude lejos de mí. Necesito que me hagas quedarme en este maldito lugar hasta que esté mejor. Hasta que esté por fin sobria. Hasta que esté libre de él.

¿Me ayudarás? ¿Vendrás?

Con todo el amor y la
esperanza del mundo,
Ash

10 de abril de 2017

Querida Ash,
los mellizos están en Balmallen. Llamaron a Ivy para que se encontrara con ellos. Es extraño que terminen en nuestro viejo pueblo natal, donde todo comenzó. Le he pedido a Mags que cuide de todos ellos. Dijo que no va a interferir, ya sabes cómo es Mags, pero sé que podemos confiar en ella. No tienes que preocuparte, sólo tienes que recuperarte.

Estoy en camino. Te quiero.

Tu amiga, siempre,
Holly

Olive

Lunes 15 de mayo

Perdido: un hermano

El hechizo no funcionó. Emily no está en casa.

Mamá está a la mesa con la cabeza entre las manos. Papá acaba de servirle una copa de vino y sus manos están temblando. Guardan silencio. Incluso los perros están en silencio. He estado tratando de convencerme durante tanto tiempo de que mi hermana sólo salió con sus amigas a algún lugar que ver a mis padres así me golpea como un ladrillo.

Los demás se colocan torpemente en la puerta hasta que Rose se deja caer en una silla junto a mamá. Mamá desliza su copa de vino hacia ella y Rose bebe un sorbo.

—Supongo que sólo se está recuperando de su primera resaca —dice Rose con suavidad—. Y volverá a casa tarde y apestando a vodka, siguiendo los pasos de su hermana mayor.

Ni siquiera consigo fruncir el ceño.

Mamá toma su copa de vino de nuevo.

—En ese caso —me dice con voz débil—, debo volver a castigarte por ser una mala influencia —bebe el resto de su copa y papá le sirve un poco más.

Hazel y Rowan entran lentamente en la cocina; Hazel se sienta en la silla al lado de Rose, y Rowan se para contra el lavabo conmigo y desliza un brazo alrededor de mi espalda. Ivy se queda en la puerta.

De repente mira detrás de ella y dice:

—¿Eh? —con su voz permanentemente sorprendida. Se aparta y la puerta trasera se abre.

Es Emily.

Todos se levantan al mismo tiempo.

Chloe sigue a mi hermana hasta la cocina. Ambas están pálidas y temblorosas, su cabello, que por lo general es brillante y con un idéntico estilo liso, es un desastre. Su ropa está rasgada y hay rasguños en sus brazos que me hacen pensar en espinas de rosa. Detrás de ellas, Mags Maguire está en el umbral, amplia y robusta y sólida, con los brazos cruzados sobre el pecho.

—¡*Emily!* —mamá se acerca a toda velocidad hacia mi hermana y la envuelve en sus brazos. Papá también se acerca y cubre la cabeza de Emily tiernamente con la palma de su mano.

—Está bien, mamá —dice Emily—. Estamos bien.

Chloe guarda silencio y permanece con la mirada baja.

—¿Dónde estaban? —pregunto. La preocupación, la molestia y el amor salen de mí en forma de palabras—. ¡Las buscamos por todas partes! ¡Le preguntamos a todo mundo por ustedes! ¡Estábamos muy preocupados! ¡Lo intentamos todo! *¡Hasta me hice una cortada!* —levanto mi mano para mostrarla.

Mags me mira con agudeza, y mira el corte en mi palma. Algo me dice que sabe exactamente lo que significa.

Mamá toma el rostro de Emily en sus manos.

—¿Estás bien? —pregunta.

—Estamos bien —dice Emily nuevamente—, en serio.

Mamá mira a Chloe por encima del hombro de Emily.

—¿Estás bien, Chloe? —pregunta.

Chloe asiente, pero no levanta la cabeza.

—La llevaré a casa —dice Mags con rudeza, pero la mano que pone en el hombro de Chloe es amable.

—Espera —pide mamá, con las palmas de las manos aún en el rostro de Emily—. ¿Dónde estaban? —mira a Mags—, ¿cómo las encontraste?

—Una coincidencia afortunada —dice Mags, y da media vuelta con Chloe hacia la puerta.

Cuando se marchan, hay silencio por un minuto. Es Rose quien habla. Ella no pregunta: *¿Dónde estabas?*, en su lugar, inquiere:

—¿Qué pasó?

—No es lo que estás pensando —dice Emily, sus manos inconscientemente van a las rasgaduras de su playera, a los arañazos en su piel.

—No sabes lo que estamos pensando —otra pequeña pizca de rabia regurgita desde dentro de mi pecho. La imaginé con resaca sobre un colchón en la habitación de Chloe tantas veces que había llegado a creerlo. Ella luce bien, pero sus arañazos me asustan.

—¿Dónde estabas, Emily? —pregunta papá, llevándola a la mesa.

—Gankilty —responde Emily con voz baja.

—¿Qué hay en Gankilty? —pregunto al mismo tiempo que mamá interviene:

—¿Y qué hacías exactamente en Gankilty?

El poblado de Gankilty, con quinientos habitantes, al otro lado del lago, consta de una tienda, una oficina de correos y un par de tabernas, ninguna de las cuales es tan indulgente con los límites de edad como en Maguire. No puedo pensar en una razón por la que Emily y Chloe pudieron haber estado allí.

—Entonces —dice rápidamente Emily—. Chloe dijo que su madre estaba preocupada porque Cathal no había vuelto a casa, ¿cierto? Chloe sabía dónde estaba, pero había jurado guardar el secreto. Ella quería que él regresara porque su madre estaba enloqueciendo, pero él no atendía su teléfono, probablemente por la fiesta.

Papá levanta las manos para detener a Emily.

—¿Cuál fiesta?

—Ah. Ellos... Cathal le dijo a Chloe que iba a tener una fiesta en el lago. Hay un pequeño muelle en Gankilty que está superaislado, así que nadie lo sabría.

Entonces Emily se queda muy callada y se muerde el labio. Miro a Rose. No se mueve. Sus ojos no han dejado el rostro de Emily.

—¿Pero? —dice mamá. Recuerdo, de repente, por primera vez desde que llegamos a casa, que mamá es Laurel. Ella escribió ese diario. Ella lanzó ese hechizo. Es difícil de creer, viéndola aquí, en nuestra cocina, con su cabello corto y canoso y sus orejas llenas de pequeñas argollas, con los grandes anillos de plata en sus dedos y las sencillas sandalias en sus pies. Todavía hay mucho que ignoro de ella.

—Pero —Emily se estremece ligeramente— cuando llegamos allá... fue... extraño. Realmente no sé cómo explicarlo.

—Intenta —dice papá.

—Terminamos... perdidas —dice lentamente Emily—. Había una tormenta y sabíamos que estábamos cerca del lago, pero había todo este humo, o niebla, y estos ruidos... —se detiene otra vez y muerde su labio inferior un poco más.

—Aullidos —dice Ivy suavemente—. Aullidos y gritos.

Emily continúa como si estuviera medio dormida, como si parte de ella estuviera allá, reviviéndolo:

—Podíamos oír la música del camino, pero no podíamos encontrarlo. Había... cosas... en todos los árboles. Sangre y... cosas. También había ojos. Gente tal vez —trata de sacudirse un poco—. Probablemente, gente de la fiesta, pero parecían...

—¿Tomaste algo, Emily? —pregunta papá con voz suave—. ¿Bebiste?

Emily niega con la cabeza.

—Ya te lo dije, nunca llegamos a la fiesta. Nos perdimos en el bosque.

Los ojos de mamá se estrechan. Probablemente estamos pensando lo mismo: no hay un bosque del otro lado del lago. Sólo los campos y la orilla y las casas fuera del pueblo, sus embarcaciones atadas a diminutos embarcaderos de madera, bamboleándose en el agua.

—La gente —dice Emily—. Ellos... sé que esto suena a locura, pero no parecían reales. Sin embargo, le dije a Chloe que probablemente eran los amigos de su hermano, así que los seguimos hasta el lago.

Se queda callada por tanto tiempo que papá toca su muñeca y dice:

—¿Emily? —y mi corazón hace fuertes ruidos en mi pecho. Aullidos y humo y rostros entre los árboles.

—Era como si las ramas no nos quisieran allí —dice Emily mientras jala los jirones de su ropa con sus dedos—. Pero Chloe creyó haber visto a su hermano, así que continuamos y todo fue extraño y creímos ver... Pero no pudo haber sido así...

—¿Qué cosa? —susurra Ivy.

Emily parpadea.

—Creímos ver que él entraba en el agua para no salir —sacude su cabeza—. Pero entonces estábamos de regreso en el camino, justo donde habíamos estado antes, y todo era normal, salvo que no había nadie alrededor —Emily frunce el ceño—. Y ya era... mucho más tarde de lo que pensábamos.

—¿Y Cathal? —pregunta Hazel.

Emily niega con la cabeza.

—No creo que la fiesta haya ocurrido —dice—. O tal vez sí y al terminar él se fue a casa.

—No ha regresado —le digo. Emily palidece.

—¿Tú crees...?

—Parece que tú y Emily se quedaron dormidas —dice papá con firmeza—. O tropezaron y se golpearon sus cabezas. Deberíamos llevarte con la doctora Driscoll.

La expresión de Emily se aclara un poco, como si se sintiera aliviada.

—¿Por qué no nos llamaste para que fuéramos a buscarte? —pregunta mamá.

—Nuestros teléfonos estaban muertos —dice Emily, con expresión apologética. Y de cualquier forma, Mags Maguire apareció justo en ese momento y nos trajo a casa.

Mamá mira vagamente por la ventana por donde el auto de Mags desapareció.

—Una afortunada coincidencia, de hecho —murmura.

—No queríamos preocupar a nadie —dijo Emily, suplicante—. Cuando me quedo en casa de Chloe, no siempre llamo y pensé que volveríamos para la cena, lo juro.

—Está bien —dice papá, porque mamá sigue mirando por la ventana y sus pensamientos están lejos—. ¿Por qué no subes por ropa limpia y visitamos a la doctora Driscoll para asegurarnos de que te encuentras bien?

Cuando Emily sube las escaleras para cambiarse, papá se acerca a mamá y le acaricia el cabello. Ella ni siquiera lo nota.

—Había un chico —dice mamá con una extraña y lejana voz—. No recuerdo su nombre. Era rubio y tenía una perforación en la ceja, creo. Se ahogó en ese lago, tal vez hace veinticinco años. Mags Maguire fue la última que lo vio. Dijo que estaba junto al lago.

Siento escozor en la piel. *¿Cuántos años tiene Mags Maguire y durante cuánto tiempo ha tenido esa taberna?*

¿De dónde vino ese pensamiento?

—Pensaron que fue un suicidio —murmura mamá en voz baja—, pero nadie lo sabía con certeza. Sólo sé que desapareció, se perdió.

—Las chicas deben haberse caído —dice papá con el mismo tono suave que utilizó con Emily—. Debieron haberse golpeado la cabeza y vieron a un grupo de chicos en una fiesta, jugando en el lago, y pensaron que se trataba de algo siniestro. Están bien, Laura. Ellas están bien.

Mamá asiente con la cabeza. Parece volver en sí bajo su caricia.

—Encontramos tus diarios —intervengo, mi voz resuena en el silencio—, de cuando tenías nuestra edad.

Mamá finalmente sale de su trance y me mira.

—Encontraron… —todavía parece impactada—. Los he estado buscando por todos lados —dice—. Por eso acepté traer esas cajas de la casa de tu Nana. He pasado la última semana mirando cosas de hace veinte años, tratando de encontrarlos.

Pasó dos mañanas enteras buscando entre papeles en la barra. Los papeles se derramaron sobre el piso en el estudio, revolotearon fuera de la papelera de reciclaje. ¿Quién iba a decir que esas páginas no se perderían? Arrojadas en la papelera con el resto de los recibos. En realidad, no hay magia en eso.

—Siempre es sorprendente para los adolescentes —dice papá con un ligero brillo en sus ojos— enterarse de que sus padres tuvieron vidas tan emocionantes como las suyas.

Rose y yo intercambiamos una mirada.

—¿Qué pasó al final? —pregunta Hazel, su voz suena extraña después de todo lo que hemos oído—. Con mamá… y con Holly.

Mamá se permite una pequeña sonrisa, aunque parece que todavía está asimilando la idea de que hayamos leído sus viejos diarios.

—El verdadero nombre de Holly es Noelle —dice, e Ivy asiente con la cabeza—. Ella eligió su apodo porque hay acebos en Navidad. Acebos y hiedras —asiente hacia Ivy—. Ni siquiera me había dado cuenta de que las tres elegimos para ustedes nombres de árboles.

Decido no mencionar que también nos llamaron inadvertidamente como los ingredientes del hechizo.

—De hecho, me bautizaste como Olivia —le recuerdo—. Y la hiedra es una planta, no un árbol.

Mamá toma su copa de vino de nuevo y la levanta hacia mí.

—¿Pero qué les pasó? —pregunta Hazel, y sé que realmente pregunta por Ash, su madre.

—¿Después de que terminamos la escuela? —pregunta mamá—. Dejé el pueblo. Quería encontrarme, viajar por el mundo. Amy se marchó también, poco después, con Jude.

Hazel cierra los ojos como si sintiera dolor.

—Me refiero a Jack —dice mamá—, Jack Kyle. O *Caill*, creo que así dijo que era, aunque no estoy segura de que sea un verdadero apellido. Es en irlandés el verbo *perder*. Solía pedir a la gente que le dijera Jude —sacude la cabeza—. Judas, el santo patrón de las almas perdidas y los jóvenes pretenciosos con grandes ideas y mentes estrechas.

Mamá sacude la cabeza.

—Éramos muy jóvenes —dice—. Sabíamos que era... —mira a Hazel y a Rowan, luego parece elegir las palabras cuidadosamente—, sabíamos que era un problema, en ese momento. Era fácil dejarse llevar. Amy dijo que era la única forma, irse con él, quiero decir. Noelle parecía casi aliviada.

—Espera, ¿qué? —dice Rose—. ¿Estás diciendo que el tipo al que ustedes ataron y amenazaron con quemar, el tipo que se lanzó sobre sus gargantas, acabó casándose con Ash? ¿Él es el padre de Hazel y Rowan?

Mamá se encoge de hombros.

—Nunca lo entendí —dice, con la veracidad de alguien que ha bebido tres copas de vino en rápida sucesión—. Pero el amor se presenta en múltiples formas.

—*El amor es una sombra. / Cómo te arrastras y lloras después* —recita papá—. *Escucha: éstos son sus cascos, ha partido como un caballo.*

Mamá mira en su copa de vino como una adivina en las hojas de té.

—Quién sabe qué habría pasado si Noelle se hubiera quedado con él. Era mucho más frágil que Amy, mucho más delicada... —dice en voz baja.

¿Qué decía el diario? *La besó, la golpeó y le rompió su delgado cuello. Volvió al bosque y subió al árbol una última vez para arrojarse con una cuerda alrededor de su garganta. Se balanceó entre las ramas.*

Mantente alejada o lo perderás todo.

Observo a mi madre y pienso: *Tú sabías lo que le pasaría si se quedaba con ella.*

Y también lo sabía Ash.

Debemos proteger a Holly, dijo Ash.

Tal vez, al seguirlo, Ash protegió a Holly.

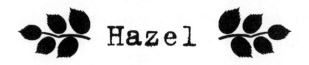

Hazel

Lunes 15 de mayo

Perdido: vieja libreta delgada y desgastada, empastada
en piel roja, asegurada con una liga negra

Cuando regresamos la casa ha sido saqueada. Nuestras cosas están regadas por el piso de la cocina como si alguien hubiera arrojado todas las cajas de los mostradores para revisar detrás de ellas, sin preocuparse por los fideos, las latas abolladas, las galletas convertidas en migajas, el pan aplastado bajo los pies. Hay marcas de botas por las escaleras y en cada habitación.

—Igual que las de papá —dice Rowan roncamente, aunque no sabe de las que encontré en el bosque.

—Como las de papá —murmuro.

Somos sólo los tres de nuevo. Rose desapareció poco después de que la hermana de Olive apareció, y todos pensamos que Olive y su mamá tenían que ponerse al día. Olive y Laurel.

No se llevaron nada, o eso parece. No es que haya mucho aquí que pudieran tomar. De cualquier forma, hacemos un barrido cuidadoso. Cuando volvemos fuera, vemos huellas de botas en el suelo alrededor de todas las casas. Hay tornillos sueltos y clavos doblados de donde todas sus tablas han sido arrancadas. Es un trabajo bastante completo.

—Entonces fue la Guardia, en busca de Cathal —dice Rowan, como si intentara convencerse a sí mismo. Niego con la cabeza y le cuento de las botas que encontré con Rose.

—¿Y estás segura de que eran las de él? —pregunta. Sólo lo miro—. Muéstramelas —dice.

Pero cuando entramos en el bosque, por la ladera y cerca del lago, yo al frente, y Rowan detrás, con Ivy siguiéndonos con el ceño fruncido, ya no hay nada allí.

Las botas se fueron. Los dientes de leche. Las llaves de diarios. Las manchas de sangre podrían ser las sombras de los troncos de los árboles.

—Odio que esto siga sucediendo —digo—. Odio que no pueda afirmar qué es real y qué está sólo en mi cabeza. Como dijo la hermana de Olive. Odio no saber.

Rowan se sienta pesadamente sobre una roca y descansa los codos sobre las rodillas, presionando las manos juntas frente a su boca como si estuviera a punto de orar.

—Lo sé —dice—. Yo sólo… odio no saber si mamá está viva. Odio todo esto.

—Lo sé —añade Ivy en voz baja a pocos metros de distancia—. Lo sé. Sé de su mamá.

La voz de Rowan es afilada cuando pregunta:

—¿Qué? ¿Qué sabes?

Parece que Ivy no quisiera responder. Parece como si deseara no haber dicho absolutamente nada.

—¿Ivy? —pregunta Rowan.

Los hombros de Ivy caen y mi corazón cae con ellos.

—¿Mags te dijo algo? —pregunta él. Yo todavía no consigo hablar.

—No es eso —murmura Ivy.

—¿Entonces *qué* es?

Abro y cierro mi boca como en una canción silenciosa. Mi corazón late con ritmo irregular.

Ivy mira el suelo, luego directamente a mí.

—El hechizo funcionó —dice—. Ambos funcionaron.

Cada palabra resuena en mis oídos.

—¿Cómo lo sabes? —pregunta Rowan.

—Mamá está con ella —dice Ivy, y mi corazón es todo un conjunto de batería—. Su mamá está en un centro de tratamiento.

—¿Está en rehabilitación? —pregunta Rowan, pero apenas puedo oírlo sobre los golpes de los tambores.

—No quería decírselos en caso de que no... en caso de que ella no lo lograra, en caso de que después las cosas siguieran igual.

Mi corazón late tan fuerte que todo mi cuerpo salta con él. No puedo quedarme en mi piel.

—Pero Ivy, ella está viva y está recibiendo ayuda. Eso es *enorme*. Eso ya es diferente —los ojos de Rowan brillan, pero he escuchado a través de todas las palabras de Ivy lo que está escondido detrás.

—Tú lo supiste desde el principio —le reclamo cuando finalmente consigo hablar—. Lo sabías desde el principio.

Parece que Ivy está a punto de llorar.

—¿No es así? —añado, mi voz suena áspera, como lija.

—Lo siento —apenas murmura.

—¿Lo sientes? —dice Rowan, como si no lo creyera. Como si no lo entendiera todavía.

—No quería que me dejaran. Éramos sólo mamá y yo, y estaba tan sola y los amo tanto, tanto... —los ojos de Ivy se llenan de lágrimas.

—Pero ¿por qué, Ivy? —es como si rogara por una explicación, porque no entiendo cómo pudo ocultarlo cuando todo este tiempo la duda me ha atormentado.

—Cuando recibí su mensaje sobre que habían escapado, que pensaban venir a Balmallen, se lo dije a mamá y ella... ella acababa de escuchar sobre su madre. Le dije que los cuidaría y me pidió que les dijera que su mamá estaba tratando de mejorar, que ella no podía contactarlos todavía, y yo quería hacerlo, realmente quería, pero estábamos aquí juntos y era maravilloso. Tienen que entender: mamá me sofoca tanto, es como si quisiera mantenerme a salvo, lejos del mundo. ¡Pero yo amo el mundo! Me encanta estar aquí con ustedes. Fue esta aventura increíble, y me sentí como si tuviera una familia normal por una vez, no sólo a mí y a mamá. Iba a decírselos. Yo sólo... quería que esto durara tanto como fuera posible. Tenía tanto miedo de que si volvían con su madre entonces sería como cuando éramos niños. Todo marcharía bien por un tiempo, pero entonces sus padres se los llevarían lejos y yo estaría de nuevo sola. No podía perderlos ahora.

Sacudo la cabeza. Rowan parece un poco conmocionado.

—¿Por eso querías volver a lanzar el hechizo? —pregunta—. No porque pensaras que el que lanzamos durante la fiesta no había funcionado, sabías que había funcionado. Sabías que estaba viva. Sabías exactamente dónde estaba. ¿Por eso *lo* hiciste? ¿Para mantenernos cerca? ¿Para seguir viviendo en este... lugar? Éste no fue un lindo viaje de campamento, Ivy.

Las lágrimas de Ivy se desbordan.

—Lo sé —dice—. Juro que no fue por eso que lo hice, no al principio. Lancé el hechizo porque no quería que perdieran a su mamá para siempre. Lo hice para que la rehabilitación funcionara, para que ella volviera a sí misma. Para que encontrara el camino.

—Pero has mentido para mantenernos aquí, contigo.

Las lágrimas caen de su barbilla.

—¿A dónde habrían ido? —dice ella—. Este lugar es... suyo. Es suyo.

—Es un fraccionamiento abandonado, Ivy. No es de nadie —dice Rowan con enojo.

—No, algunas de las casas fueron pagadas antes de que el trabajo se detuviera —dice—. La casa en donde nos hemos estado hospedando, en el número cinco, sus abuelos compraron el terreno. Para su mamá y papá, cuando ustedes aún eran muy pequeños.

Rowan y yo nos miramos y sé que tenemos la misma mirada de incredulidad en nuestras caras.

—¿Por qué, Ivy? —suplico otra vez—. ¿Por qué nos ocultaste todo esto? ¿Por qué nos dejaste creer que nuestra madre estaba muerta, que yo la había matado, que no teníamos adónde ir? ¿Por qué harías algo así?

Ahora Ivy está llorando.

—Yo iba a decírselos —murmura—. En verdad iba a hacerlo. Simplemente no quería darles falsas esperanzas.

—Ivy —añade Rowan—. Podíamos soportarlo. Incluso si no lo logra, podemos hacerlo —se levanta y me hace una señal. Lo sigo hasta el camino, de regreso al fraccionamiento.

—¿Me perdonarán? —pregunta Ivy suavemente a nuestras espaldas.

Rowan no responde, pero sé que lo haremos.

Sigo a mi hermano a través del bosque e Ivy se queda junto a las rocas y los árboles, pero no estamos muy lejos cuando dice:

—Pero hubo un incendio —Rowan y yo nos detenemos, damos la media vuelta. Los ojos de Ivy están rojos tras soltar todas esas verdades que finalmente nos dice—. Esas botas que encontraste, las de tu padre, ella las estaba usando.

—¿Qué?

—Su madre se lo contó a la mía en una carta. Hubo un incendio y usó las botas para romper la ventana. Las ha estado usando desde entonces.

Rowan y yo miramos alrededor, al bosque, como si nuestra madre fuera a aparecer de la nada, con nuevas canas en su cabello rojizo y las grandes botas de nuestro padre en sus pies.

—Hay una última cosa que no les he dicho —dice—. Su papá no… no sé si él… —toma un poco de aire—. Sólo quiero decir que mamá dice que no han sabido de él desde entonces.

Esta noche sólo espero a que mis padres aparezcan. Fuera de mi ventana en la oscuridad. Tendidos boca abajo en el campo. En lo más profundo del bosque, como el fantasma de ellos mismos cuando eran jóvenes. Sigo sintiendo como si todo esto fuera su regreso en fragmentos: un encendedor de plata, un par de botas. *Nada detrás de mí, todo delante.*

Veo cómo el mundo se oscurece entre las grietas de los tablones que cubren la ventana de mi habitación, con mi libreta de dibujo sobre mi regazo y el polvo de carboncillo en el aire. Esta noche he estado dibujando gente, no cosas. Rose en la esquina de un estacionamiento, con la cabeza sobre sus rodillas. Rowan sobre el montón de escombros. Ivy con su crucigrama. Olive en su bicicleta. Mamá de joven.

Hay una figura caminando por el muro del fraccionamiento. Me quedo paralizada y la veo, mientras recuerdo las marcas de las botas, la cocina saqueada. Cuando Ivy dijo todo eso acerca de mi madre, me dejé creer que tal vez se trataba de ella. Que había destrozado el lugar con dolor y culpa. Que nos estaba buscando. Pero ¿y si no había sido ella? ¿En verdad ella destrozaría el lugar de esta manera? ¿Y si sólo estoy eligiendo creer que era ella para no tener que pensar en alguien más?

¿Qué hay de papá, con su mano dura, su voz enojada? *No han sabido de él desde entonces*, dijo Ivy. Como si sólo hubiera desaparecido, de la misma manera que sólo apareció cuando mamá se hacía llamar Ash. Pensó que ella y sus amigas lo habían invocado... que habían encontrado esta alma perdida en medio del bosque y se enamoraron de él. Y lo odiaron. Tal vez ambas cosas. Si ella pensaba que él era un alma perdida, ¿pensaba que Rowan y yo estaríamos siempre algo perdidos?

Tal vez nosotros lo invocamos también, con nuestro hechizo. Tal vez era él quien aullaba en el bosque. Tal vez era él el fantasma en el fraccionamiento. Si perdió la vida en ese incendio, tal vez invocamos a su alma perdida. Y, si ése es el caso, supongo que Ash fue capaz de quemar a Jude después de todo.

Presiono mi rostro contra la grieta en los tablones para mirar a la figura caminar hacia la casa. Deja de moverse antes de que yo pueda distinguirla con claridad. Estoy a punto de llamar a los demás cuando, en el silencio del anochecer, una pequeña corriente de burbujas de jabón flota en el fraccionamiento.

Desciendo los escalones de dos en dos y casi me caigo. Me detengo unos metros delante de Rose, que no sonríe.

—No sabía si regresarías —digo. Ella conoce todos mis secretos.

—Yo tampoco —dice.

Quiero tocar las mejillas bajo sus ojos, donde su maquillaje se deslavó.

—Pensé que esto era… demasiado —dice Rose—. El hechizo, la… magia absurda. La desaparición de Cathal. Por nosotros. Es… mucho. Saber que somos responsables, que yo soy responsable.

Pienso: *Que tenga buen viaje.* Pienso: *Yo, en cambio, lo volvería a hacer sin pensarlo.* Pero no estoy segura de que eso sea lo que ella está esperando escuchar.

—Tú no eres responsable, no es tu culpa —digo en cambio.

—Deberías de haber visto a Chloe —las manos de Rose tiemblan cuando sopla otro racimo de burbujas a través del fraccionamiento—. Mamá está trabajando con ella, por el trauma. Deberías de haberla visto a ella y a sus padres entrar. Sus ojos parecían como si lo hubieran perdido todo.

—Rose —digo—. Incluso si lo hicimos desaparecer, de lo cual no hay ninguna prueba, quiero decir, él estaba en una fiesta con algunos amigos. Tal vez se cayó en el lago. Tal vez sufrió una sobredosis. Quizá tomó un autobús a Dublín como un desafío y volverá molido y con resaca la próxima semana. Pero si *nosotros* lo hicimos, si fue el hechizo, recuerda que él te atacó. Él fue quien te hizo creer que lo habías perdido todo. Él hizo eso, no tú.

Los ojos de Rose están húmedos.

—Quería que desapareciera, quería darle una lección, quería encontrar algo grande a cambio.

—Así que tal vez ambas somos unos monstruos. Pero ellos eran peores monstruos que nosotras.

—¿Y eso hace que esté bien?

—No sabíamos que pasaría. Diablos, no sabíamos que podríamos lanzar un hechizo mágico. No hay manera de que *realmente* quisiéramos esto, porque para empezar no hubiéramos creído que era posible.

—Aun ahora no estoy segura de creerlo.

Me encojo de hombros. Yo estoy bastante convencida y apuesto que ella también.

—¿Qué vas a hacer si vuelve? —pregunto.

Rose endereza su espalda.

—Hablé con mi madre —dice—. Llamó inmediatamente a la tía de Olive, Gill. Me imagino… —ella mira hacia abajo, a la varita de burbujas en su mano—. Hay más que formas mágicas para hacer pagar a alguien.

Tal vez sea lo mismo para papá. Tal vez también sea suficiente que queramos mantener a nuestra mamá lejos de él ahora. Tal vez este tipo de cosas requiere que las personas trabajen juntas. Para encontrarse.

Río un poco.

—Parece que el hechizo funcionó —digo—, porque parece que encontraste tu fuerza.

Rose ríe como si lo que acabo de decir fuera totalmente cursi. Sopla un montón de burbujas que flotan directamente hacia mí.

—Entonces, ¿tú qué has encontrado? —pregunta ella.

—A mamá, espero —digo. Le cuento lo que Ivy dijo y que había alguien en la casa. Si era mamá, podría estar aquí en el pueblo. Podría estar esperando con Mags. Esperándonos, por una vez. Entonces sonrío y añado—: Y a ti.

Rose ríe de nuevo. Y sé que me enamoro con demasiada facilidad. Guardo secretos y digo mentiras. Bebo demasiado y a veces robo cosas.

He perdido mi corazón. No todas las pérdidas son malas.

—Si tu madre vino aquí —dice Rose—, si está quedándose en el pueblo y está esperando que ustedes vuelvan a casa, o que Mags les diga en dónde está, espero que sigas por aquí algún tiempo.

—Me quedaré por aquí algún tiempo —mi corazón perdido brilla.

Sus besos son serios. Somos labios y lengua y manos en el cabello, y es tan fácil perder de vista las cosas de las que no estamos seguras. Ambas, como monstruos, lanzamos hechizos que destruyen la vida de otras personas porque destruyeron la nuestra. Sería fácil no creerlo. Decir que ambos aparecerán algún día, Cathal y papá. Decirnos que no hay tal cosa como la magia.

Pero yo tenía el libro de hechizos en mi bolsillo. Lo sentí allí todo el tiempo que pedaleamos rumbo a casa. Estaba allí cuando llegamos. Estaba allí cuando fuimos al bosque. Estaba allí cuando miré por la ventana y vi a Rose caminar hacia mí y puse mi mano en mi bolsillo y lo toqué sólo para asegurarme que no había desaparecido. Sentí la cubierta de cuero y la banda elástica. Sentí los pliegues de sus páginas gastadas. Mis dedos estaban alrededor de él.

Lo sentí cuando desapareció.

Olive

Lunes 15 de mayo

Perdido: nosotros, una y otra vez

Mamá camina alrededor de la cocina mientras espera que Emily baje con ropa limpia y zapatos secos. Acomoda los jarrones en el alféizar de la ventana, pero su manga deshoja algunas flores. Arregla todos sus tarros de especias en una hilera. Pasa la mano por las hierbas secas que cuelgan sobre la estufa.

—Ella está bien, ya sabes —digo, aunque no sea algo de lo que yo misma esté completamente segura.

—Cuando eres madre —dice— siempre estás preocupada por tus hijos. Incluso si no lo aparentas. Cuando conducen en bicicleta por la noche. Cuando se quedan fuera hasta tarde. Cuando llegan a casa alcoholizados —miro fijamente al suelo—. Anoche fue la peor pesadilla de una madre.

—Pero ella está bien —digo, aunque la entiendo. Todo este día fue una larga pesadilla—. La encontramos.

Mamá se sobresalta con la palabra *encontramos*. Me pregunto si sospecha que lanzamos el hechizo, como ella misma lo hizo mucho antes de que naciéramos. Si lo sospecha, guarda silencio.

Pero sé que el libro de hechizos —o por lo menos, su viejo diario— está en su mente, porque dice:

—Voy a llamar a Noelle más tarde para conseguir el número de Amy. Ella debería de estar con sus hijos.

Me quedo paralizada. Las palabras de Hazel corren en mi cabeza: *Maté a mis padres. ¿Quién es el monstruo ahora?* Si el hechizo trajo a Emily de vuelta, ¿eso significa que también puede traer de vuelta a Ash? ¿O Emily nunca estuvo realmente perdida para empezar?

—¿Ella… se mantuvo en contacto con la mamá de Ivy? —pregunto—. ¿Es por eso que tiene su número?

Mamá asiente, con la mirada todavía perdida y su mente en otra parte.

—Se mantuvieron lo más cerca que alguien podía estar de Amy —dice—. Aunque siempre hubo cosas que Noelle compartió conmigo que no compartía con ella.

Todavía me resulta difícil creer que mi madre es Laurel. Que todo lo que escribió en ese diario le sucedió a ella.

—¿Como qué? —pregunto.

Mamá mira por la ventana hacia el jardín.

—No creo que le haya contado a Amy quién es el padre de Ivy.

Mi boca se abre.

—Debe haberlo sospechado —dice mamá—. Era bastante obvio para el resto de nosotros.

—No —digo—, de ninguna manera.

—Pero Amy era deliberadamente inconsciente a veces.

De hecho, necesito sentarme. Me dejo caer en una silla y los perros vienen a husmear en mi regazo.

Jude. Por supuesto que Jude. El padre de Ivy es Jude.

Ella es media hermana de Rowan y Hazel.

—Ella mantuvo a esa niña encerrada tan estrictamente —dice mamá—, como si quisiera mantenerla a salvo a toda costa. Les llamaré a las dos esta noche —añade—. Ya es tiempo.

Me estremezco y pienso en decirle lo que Hazel nos contó sobre su madre y el fuego, pero en ese momento mi teléfono se enciende sobre la mesa. Es un mensaje de Rowan.

Ivy mintió. Su mamá ha estado con la mía todo el tiempo, y ella lo sabía. Mamá está en rehabilitación. La magia la hizo encontrar su camino.

Un segundo mensaje llega inmediatamente después.

Cuando regresamos a casa hoy, vimos que alguien había estado allí. Llamamos a Mags. Mamá está en el pueblo.

Mi mandíbula se cae. No puede haber sido el hechizo. Pero puedo ver por qué Hazel y Rowan creerían que así fue.

Emily aparece en la puerta de la cocina con ropa limpia, su cabello cepillado y atado con ese tipo de moño alto desordenado que por lo general a mí me toma por lo menos cinco horas conseguir.

—La doctora Driscoll cree que probablemente hubo algún tipo de fuga en el gasoducto debajo de la carretera —dice—, por ese lado del lago. Pero dijo que podíamos ir.

Papá la sigue a la cocina y mamá le entrega un paquete de galletas.

—Para el camino —le dice.

—Sé lo que le pasó —dice Emily en voz baja cuando pasa junto a mí en su camino a la puerta—. A Rose.

Puedo sentir cómo se frunce mi ceño.

—¿Lo sabes? ¿Cómo?

—Usé mi cerebro, Olive —dice Emily con desdén—. No tenía sentido lo que Chloe decía acerca de que había visto a Rose con Cathal en la fiesta. Y entonces yo estaba en su casa y el teléfono de él se estaba cargando y vi todos esos mensajes...

—¿Miraste su teléfono?

—Y eran horribles —continúa—. No sé exactamente qué pasó en la fiesta, pero sé que él es una mierda —dice, luego lanza una mirada furtiva en dirección a mamá—, quiero decir, desechos orgánicos.

Así que ella no sabe lo que pasó. Decido esperar antes de contarle a mi hermana pequeña. Decido dejar que Rose se lo diga, si es que ella quiere hacerlo.

—En cualquier caso —Emily—, dile a Rose que lo siento, ¿de acuerdo? Que no pude confrontarlo al respecto.

—¿*Por eso* aceptaste ir con Chloe? —pregunto, con cierto asombro en mi voz—. Por eso pelearon ustedes dos. Todo ese asunto de dispararle al mensajero.

—Lo reconsideró, eventualmente —dice Emily—. Quiero decir, aceptó ir conmigo.

—¿Tú eras la que querías ir a la fiesta de Cathal?

—Quería que lo admitiera —responde—, que entendiera lo que había hecho. Quería decirle, con Chloe presente, que si alguien le hacía algo así a su hermanita, él querría matarlo.

De manera completamente inesperada, siento que estoy llorando.

—Ay, Emily —abrazo a mi hermana con fuerza—, me alegra que estés bien.

Cuando Emily se va con mi padre, mamá se detiene en la puerta de la cocina y me mira de forma extraña. Creo que va a decir algo sobre el vínculo que existe entre hermanas, y sobre cómo ella y sus hermanas se mantuvieron siempre tan cerca y que está contenta de que Emily y yo finalmente nos llevemos bien, pero lo que dice es:

—Supongo que tus amigos te estarán esperando.

—¿Puedo ir? —pregunto.

Mamá asiente.

—No vuelvas a casa demasiado tarde —dice, y luego sale, mientras el sonido de papá encendiendo el auto llega desde la entrada.

—No lo haré —digo y me despido con un movimiento de la mano.

Mamá me mira una última vez y dice:

—¿Olive?

—¿Sí?

—Quema el libro de hechizos.

La noche cae lentamente cuando llego al fraccionamiento abandonado. *No vuelvas a casa demasiado tarde* es una instrucción vaga de cualquier manera. ¿Qué es demasiado tarde en una agradable tarde de verano, cuando tu hermana fue encontrada y hay un hermoso chico esperando en un bajo muro con su guitarra?

Las primeras notas llegan flotando hasta mí cuando llego al borde del fraccionamiento, con el túnel de desagüe. Me detengo de pronto, desorientada. El túnel no está allí. En el sitio, hay un roble.

Me toma varios minutos percatarme del cambio: no debería de haber un roble ahí. Hubo uno alguna vez, antes de que el fraccionamiento se construyera. El árbol en donde Laurel, Ash y Holly encontraron el libro de hechizos. Donde encontraron a Jude. Donde lanzaron el hechizo e hicieron que sucediera todo. Aquel roble estaba aquí. El fraccionamiento lleva el nombre de aquel árbol, Oak. Un toque de extraña maravilla se arrastra sobre mí.

Ahí está. Un viejo roble en lo que antes era una bifurcación en el camino y ahora es un horrible túnel de desagüe, en el borde de un fraccionamiento abandonado. Por un momento, creo que veo algo —a alguien— ahí arriba, entre las hojas, pero cuando detengo mi bicicleta para mirar, no hay nada allí. No hay roble, ni bifurcación en la carretera. Sólo el fraccionamiento vacío, la tierra apisonada bajo mis pies y el túnel debajo de ella. Debo estar todavía en una especie de conmoción.

Sigo a pie mi camino hacia el muro que rodea el fraccionamiento y casi me estrello contra Rose, que está mirando el túnel de desagüe, igual que yo hace un momento.

—¿Rose?

Ella se sacude.

—Creí verlo... —dice, luego su voz se va apagando.

—Sí —digo—. Yo también.

—Justo iba a buscarte —me da un abrazo rápido de saludo, aunque nos vimos hace un par de horas. Ha sido un largo día.

—Bueno, me encontraste —digo, y da media vuelta para poder caminar juntas. La detengo con una caricia en su codo.

—¿Qué pasa?

—Yo sólo... —estoy teniendo dificultades para saber qué decir. Ha sido un día en verdad muy, muy largo—. Pensé que te había perdido hace un tiempo. Supongo que estoy tratando de decir que espero que estés bien.

Rose toma mi mano.

—Yo pensaba que me había perdido —dice—. Pero creo... que estaré bien. Eventualmente. ¿Cómo está Emily?

Le cuento a Rose todo lo que Emily me dijo. La sonrisa de Rose es dulce y triste al mismo tiempo.

—Comienza a agradarme tu hermana —dice.

—A mí también —digo. Me pregunto cuánto de todo esto, el comprender a Emily, habría sucedido de cualquier forma, y cuánto no habría sucedido si hubiera tenido cerca a Rose en la última semana. Soy un poco diferente sin ella. Un poco más abierta a otras personas. Como Emily. Como Rowan. Tal vez a Rose le suceda lo mismo. Tal vez, si no hubiéramos tenido esa distancia, nunca habría conocido a Hazel.

Es como si leyera mis pensamientos.

—¿Crees que podemos confiar en ellos? —pregunta. Pero la pregunta es más suave esta vez, como si ya hubiera encontrado la respuesta.

—¿Podemos confiar en alguien en realidad? —digo, tratando de mantener mi voz ligera—. ¿Con nuestros corazones?

Rose luce mucho más seria de a lo que me tiene acostumbrada, pero supongo que eso es lo que provocan los cambios.

—Siempre he confiado en *ti* —dice. Envuelvo un brazo alrededor de su cintura y camino con ella a través del fraccionamiento.

—Yo no cuento —digo—, soy tu mejor amiga. Somos nuestra única constante —recuerdo a mamá en la cocina, a Emily por la puerta trasera—, además de a nuestras familias.

Rose ríe.

—¡Oh, mi pequeña verruga de pecho! —dice, con una perfecta ceja levantada—. Tú *eres* mi familia. Ahora ve a hablar con ese chico que ha mantenido la mirada fija en ti durante los últimos diez minutos.

Me empuja hacia Rowan y se aleja caminando hasta la entrada del fraccionamiento Oak Road.

—Olvida lo que dije —grito detrás de ella—. Creo que podemos confiar en ellos. Creo que puedes confiar en ese corazón perdido tuyo —agita una mano detrás de su espalda como respuesta.

Subo al muro junto a Rowan, que no deja de tocar cuando dice:

—Decidí quedarme.

—¿Ah, sí? —trato de sonar casual, pero mi corazón salta alrededor de sus palabras.

—Sí —asiente en dirección al fraccionamiento—. Resulta que somos dueños de esta casa. O nuestra mamá lo es, en todo caso.

—¿En verdad?

—Sí. Mis abuelos compraron el terreno cuando éramos bebés.

Miro al fraccionamiento.

—¿En serio? ¿Cómo lo sabes?

—Ivy —dice Rowan rápidamente. Hace una pequeña pausa antes de continuar—. Ella guardó el secreto —dice cuando me lo ha explicado todo—. Lo supo durante todo este tiempo y hasta ahora lo dijo.

Me tomo un momento para considerar mi respuesta.

—¿Está mal que no la culpe? —pregunto—. Quiero decir, entiendo por qué ella querría mantenerte cerca —me sonrojo como una manzana—. A ustedes dos, quiero decir. Son como... una familia para ella —confío en que mis palabras no revelen lo que estoy pensando, lo que mamá me contó—. Entiendo por qué querría quedarse aquí tanto tiempo como pudiera.

—Supongo —dice Rowan.

—El amor te hace hacer cosas realmente estúpidas —digo suavemente—. Y si sólo vivió con su madre durante casi toda

344

su vida, tal vez ella no tiene las... habilidades sociales que el resto de nosotros sí.

—Hazel y yo no somos exactamente los más sociables tampoco —Rowan concede.

Miramos el fraccionamiento algún tiempo, los dedos de Rowan siguen rasgueando las cuerdas suavemente.

—¿Así que piensas que tu madre regresó? —pregunto—, ¿que está en el pueblo?...

Rowan asiente con la cabeza.

—Va a ser muy extraño —dice— verla de nuevo —descanso una mano en su hombro y se inclina hacia atrás ligeramente con mi contacto—. Yo no... ni yo ni Hazel, vamos a creer que ella ha cambiado hasta que lo veamos. No es suficiente que ella esté aquí, si es que lo está. Quiero decir, nosotros estaremos bien de cualquier forma. Tenemos casi dieciocho, así que no tendremos que ocultarnos para siempre. Espero... —su voz se apaga—. Pero nos las arreglaremos, en todo caso —mantengo mi mano sobre su hombro—. Supongo que todo esto con Hazel y el hechizo ha hecho más fácil dejar ir a la gente.

—Sí —pienso en Rose—, lo sé.

Pronto llegan Rose y Hazel, seguidas rápidamente por Ivy. Todos nos sentamos en hilera sobre el muro, y Hazel y Rose sacan idénticas botellas de burbujas.

—¿Qué le pasó a tus cigarrillos? —le pregunta Rowan a su hermana.

Ella se encoge de hombros con indolencia.

—Decidí dejar de fumar —sopla una ráfaga de burbujas que coinciden con las que Rose expulsa sobre el fraccionamiento y hacia el bosque.

Una ligera brisa susurra a través de los árboles. Las hojas secas y la basura se escabullen a lo largo del muro a nuestros pies. Un pequeño trozo de papel vuela por los aires y yo lo atrapo sin pensarlo.

Reconozco el papel. Reconozco la letra. Es la parte final de una entrada del diario, arrancada, azotada por el viento, gastada y arrugada.

Es sólo una frase:

¿Cuántos años tiene Mags Maguire y durante cuánto tiempo ha tenido esa taberna?

Rowan recarga su guitarra contra la pared.

—Es el diario de Laurel —dice—. Tu madre, quiero decir.

Guardé la nota que mamá me dejó esta mañana en el bolsillo trasero de mis jeans. La sostengo y todos comparamos la letra.

—Ha cambiado desde que tenía nuestra edad —digo en mi defensa—. Es similar pero lo suficientemente diferente para no reconocerla.

—¿Qué significa eso? —pregunta Ivy—. *¿Cuántos años tiene Mags Maguire y durante cuánto tiempo ha tenido esa taberna?*

—Bueno —digo—, ¿cuántos años tiene?, ¿durante cuánto tiempo ha tenido esa taberna? Nana dijo ayer que una mujer llamada Mags era su dueña cuando ella era una niña. Que hacía poitín según los antiguos métodos.

Ivy parece insegura.

—¿Tu mamá te ha dicho alguna vez qué clase de tataratía abuela era? —le pregunta Rowan a Ivy.

—¿O cuántas veces tatara? —murmura Rose.

—No lo sé —Ivy se encoge de hombros—. Ella misma nunca ha estado segura.

—Uh —dice Hazel.

—Uh, en serio —exclamo.

—¿Y qué si dejó el poitín a propósito? —pregunta Rowan—. Para nosotros, para Laurel. ¿Y si supiera lo del libro de hechizos?

¿Cuántos años tiene Mags Maguire y durante cuánto tiempo ha tenido esa taberna?

¿Qué fue lo que Nana dijo? *Ya pasó antes y va a pasar de nuevo. No hay nada que puedas hacer para detenerlo.* Un pensamiento aparece en mi cabeza y brota de mi boca antes de que pueda detenerlo y racionalizarlo.

—¿Y si Mags escribió el libro de hechizos?

—Uh —dice Rowan—. La letra me parecía familiar…

Ivy salta del muro y corre hacia la casa. Regresa con una nota de papel amarilla. La escritura en ella es de estilo antiguo, sesgada y descuidada. Dice: *Dieciocho horizontal, siete vertical.*

Todos nos inclinamos sobre la nota.

—No lo sé —digo—. ¿Podría ser? Muéstranos el libro de hechizos y comparemos.

—Ya no está —dice Hazel.

—¿A qué te refieres con que ya no está?

—Me refiero a que ya no está. Desapareció, se perdió.

—No tiene sentido.

—Así es —dice Rose—. Porque todo ha tenido siempre sentido.

Todos reímos un poco.

—Pero es extraño —dice Rowan entonces—. ¿Cómo fue que apareció Mags justo cuando Emily y Chloe la necesitaban?

¿O cómo estaba casualmente cerca cuando pasó lo que sea que le haya pasado a Cathal? De la misma manera que mamá dijo que Mags había estado casualmente cerca cuando pasó lo del chico que desapareció cuando ella tenía mi edad. Casi sonaba como si mamá se estuviera preguntando si Mags había tenido algo que ver con eso.

Es sólo ahora que comienzo a vincular lo que mamá dijo antes con lo que escribió en su diario. Todavía me tengo que recordar que ellas son la misma persona: mamá y Laurel. Por un tiempo, en aquel entonces, cuando todos pensábamos que lo que estaba sucediendo en el diario estaba teniendo lugar justo ahora, yo creí que el chico que había desaparecido era el mismo que estaba a un lado de mí cuando desperté después de la fiesta. Pero no podía ser. Ese muchacho ha estado muerto durante veinticinco años. Mi piel se eriza. Vidas perdidas, almas perdidas, aullidos en la tormenta.

Me doy cuenta de que he estado mirando sin ver cuando Rowan toca mi rodilla suavemente.

—¿Olive? —dice. Vuelvo en mí.

—Mags probablemente sólo estaba de paseo —digo—. Fue una suerte.

—Sí —dice. Su mano se siente tibia sobre mi rodilla.

Sé que todos estamos pensando que la suerte tiene muy poco que ver con esto. Sólo Mags, quienquiera que sea.

—¿Emily va a estar bien? —pregunta Rowan.

Asiento con la cabeza.

—La mamá de Rose es nuestra doctora de cabecera, y ya la convenció de que sólo se trató de una fuga de gas. Fueron con la doctora Driscoll, pero no hay nada mal en ella. Estará bien.

Una fuga de gas, o visiones de almas perdidas en un bosque que no estaba allí. Un fuego, o una chispa que salió antes de que se encendiera el fuego. Un hechizo, o cosas que se pierden y son encontradas todos los días sin que seamos conscientes, hasta que comenzamos a darnos cuenta de ello.

Quizás una mezcla de ambos.

Rowan toma su guitarra y comienza a cantar.

Hey, Jude, don't make it bad. Take a sad song and make it better…

En el fraccionamiento, las casas permanecen en silencio. Por encima de los escombros, hay un rastro de ratas. Una pequeña forma oscura sale corriendo hacia nosotros y saltamos, luego nos relajamos, cuando vemos que es un gatito. Es diminuto, blanco y negro, con una marca en cada oreja. Ivy se acerca a él con cautela, y él se deja levantar y acariciar.

—Entonces el libro de hechizos ya no está en verdad —digo—. Ése es el final de la magia.

—¿Qué? —pregunta Ivy—. No seas tonta. No es sólo el libro de hechizos. Todos somos magia. La magia está alrededor de nosotros todo el tiempo.

—Oh, vamos —digo—, no te encuentras un antiguo libro de hechizos todos los días.

—No lo necesitas —responde Ivy—. Hay hechizos por todas partes. Tú lanzas cien por semana sin darte cuenta.

—Te aseguro —digo— que no hago tal cosa.

—Tocar madera —dice Ivy.

—Superstición —respondo.

Los otros miran con desconcierto como si estuviéramos dando un espectáculo.

—Es un hechizo —insiste Ivy—. Dices: *Salud* cuando alguien estornuda. Eso es un hechizo.

Pongo los ojos en blanco.

—Es un asunto de cortesía.

—Bebes té de jengibre con limón y miel antes de un resfriado. Tomas un baño cuando te sientes tensa.

—Ivy… —digo, pero ella no ha terminado todavía.

—Tus padres están casados, ¿verdad? Decir: *Acepto* es un hechizo mágico. Son sólo palabras como cualquier otra palabra, pero cuando se dicen en medio de un ritual, con intención, son parte de un hechizo. *Algo viejo, algo nuevo, algo prestado, algo azul.* Cuando eligieron para ti un nombre, fue un hechizo. Cuando te dejaban cortar flores y guardar hojas secas, era un hechizo. Tus muñecas cobraban vida por tus hechizos. Tu amiga imaginaria. Tus sueños. La forma en que escribes tus iniciales y las de alguien más dentro de un corazón por todos lados en tus libretas. ¿Qué es eso, sino un hechizo de amor?

Ya ni siquiera intento detenerla, pero no puedo evitar imaginar el anillo de Claddagh de mi madre, la colección de cosas como talismanes que están encima de mi cama, las palabras escritas en nuestros brazos con marcador.

—Lanzas hechizos todos los días. Tu maquillaje es glamour mágico. Ocultar y resaltar. La ropa que eliges para que tus piernas se vean más largas, tu cintura más delgada. El rojo que usas para sentirte segura, el negro cuando estás triste, el azul para la claridad. Tu sostén favorito. Tus calcetas de la suerte. La forma en que te tomas una hora para arreglar tu cabello. Es un ritual. Nunca se trata sólo de ropa, o maquillaje, o peinados desordenados perfectos. Se trata de magia.

Toco mi cabello porque creo que se refiere a mí. El recorrido en bicicleta ha convertido mi moño desordenado perfecto en un nido de pájaro. Busco en mi mochila algunos broches para intentar arreglarlo y encuentro mi pulsera. La miro fijamente.

¿Qué es esto sino magia?

—Cree en lo inexplicable, Olive —Rowan me dice con una sonrisa.

Rose ríe, con su mano sobre la de Hazel.

—Confío en lo incierto —añade. Compartimos una sonrisa secreta.

—Acepta la magia —Ivy respira. Hazel saca un marcador y escribe las palabras en nuestros brazos.

Pongo mi pulsera en su lugar, en mi otra muñeca, sobre las palabras ya desteñidas, casi ilegibles: *nunca serás encontra-*

da. Al lado del pequeño olivo hay un adorno que no estaba allí cuando perdí la pulsera: una medalla de san Antonio.

No todas las pérdidas son malas, me dijo Rowan la otra noche. Tal vez necesitamos perder algunas cosas para hacer espacio a otras. Las cosas que todos los días dejamos ir para que podamos seguir adelante con una carga más ligera. Rose tenía razón: *si no te pierdes, nunca serás encontrada*.

Es como mi madre dijo: *todo mundo perdió algo*. Puede que no lo sepan, pero todos tienen una pérdida que los define: un padre, una mascota, una baratija, un tesoro, un recuerdo, una creencia. Algunos tienen más de una. Y si no prestas atención, puedes pasar toda tu vida buscando lo que has perdido.

Pero la verdad es que siempre estamos perdiendo algo. Cada día caen cabellos de nuestros flecos; recortamos nuestras uñas; mudamos de piel. Todos estamos hechos de eso: de anhelo, de pertenencia y de todas las cosas que perdemos en el camino.

¿Qué he perdido?

A mi lado, Rowan abre su encendedor y luego vuelve a cerrarlo. Cuando me sorprende mirándolo, sonríe.

¿Qué he encontrado?

Ivy se posa en el muro como un pájaro de cabello azul que nos cuida. Hazel trenza su llave con un trozo de cordón de plata y la cuelga alrededor de su cuello, en donde luce extraña y linda.

¿Qué he guardado?

Rose toma su botella y sopla una columna de burbujas al viento.

No estallan ni se alejan volando. Sólo se quedan allí, inmóviles y brillantes, justo por encima de nuestras cabezas.

Agradecimientos

Un centenar de millones de gracias a:

Maman, por el consejo y las sesiones de psicología de personajes; papá, por las pistas del crucigrama y los libros prestados sobre árboles irlandeses; Kevin y Thomas, por los juegos de palabras y las citas; Claire, *circa* 2003, por la estética de un dormitorio de una chica adolescente; Claire, *circa* 2016, por las lecturas del primer capítulo y la retroalimentación crítica; toda mi familia, por ser la resonancia perfecta, y por listas interminables de cosas perdidas; Trish, Barry y Lorraine, por la consulta acerca de las medallas de santos; casi todos mis amigos, por responder preguntas muy específicas en Facebook; Elsa y Luna, por recordarme, con sus colecciones de variados objetos, la importancia de las baratijas y los santuarios; Trish y Barry, *maman* y papá, Claire, Kevin, Thomas y Erin, y por supuesto, Joan, por ocuparse de las chicas, y finalmente Alan, por las ideas brillantes, las excavaciones en los agujeros de la trama, la redacción correcta, los caminos ligeramente diferentes para la historia a contar, el consejo sobre el aparato auditivo, el hombro donde llorar, las sugerencias de comida para llevar, las tazas de té o los vasos de whisky, dependiendo de lo que él sentía que era necesario y por ocho años de amor.

Gracias también al padre de Etta Monahan (presumiblemente, el señor Monahan), que despertaba a sus hijos recitando en voz alta la "Elegía escrita en un cementerio campestre", de Thomas Grey, todas las mañanas antes de ir a la escuela, una anécdota que Etta compartió alguna vez con Alan y que luego tomé prestada y adapté para el padre de Olive.

Otro centenar de millones de gracias a:

Claire Wilson, por las palabras de ánimo ante el plazo de entrega, la conmiseración frente a la falta de sueño, el par de ojos frescos, el apoyo constante; Rosie Price, por responder un millón de preguntas y preocupaciones; Natalie Doherty y Kathy Dawson, por la increíble retroalimentación editorial, las llamadas telefónicas de dos horas de duración, la fe en este libro y, sobre todo, por aceptar el desorden del manuscrito que envié y, con gran habilidad y estupenda magia, extraer de ahí todo lo que siempre quise decir; Harriet Venn, por ser la más maravillosa corredora en andenes de tren, empuja-carritos, jala-cajas y bolsas, en la gira del libro con un bebé en brazos, y la más increíblemente organizada publicista que el mundo haya visto jamás; Wendy Shakespeare y Jane Tait, por la brillante corrección y por aceptar la inconsistencia del inglés de Irlanda; Maeve Banham, por enviar mis libros por todo el mundo; Claire Evans, Julia McCarthy y el siempre increíble equipo en Penguin Young Readers US, y el siempre increíble equipo en Penguin Random House Children's UK, por hacer de un puñado de mis palabras un libro.

Los poemas citados en este libro son: "Reticencia", de Robert Frost; "La última rosa del verano", de Thomas Moore; "Balada del viejo marinero", de Samuel Taylor Coleridge; "Una rama de avellano para Catherine-Ann", de Seamus Heaney; "Delta", de Adrienne Rich; "Un arte", de Elisabeth Bishop; "No todo el oro reluce", de J. R. R. Tolkien y "Olmo" de Sylvia Plath.

El hechizo para invocar las cosas perdidas estuvo inspirado en los hechizos reales encontrados en la *The Element Encyclopedia of 5000 Spells*, de Judika Illes. Los nombres de los árboles y el folclore son tomados directamente de dos libros: *Into the Forest: An Anthology of Three Poems*, editado por Mandy Haggith; e *Irish Trees: Myths, Legends and Folklore*, de Niall Mac Coitir. Sin embargo, Hazel se equivoca cuando dice que los fresnos ("ash") tienen una estrecha relación con el serbal ("owan", o fresno de montaña, "mountain ash"). Aunque comparten un nombre, los árboles no están realmente relacionados en absoluto. Hazel también se equivoca cuando dice que William Faulkner acuñó la frase *mata a tus seres queridos*. Es una atribución incorrecta y común y, aunque nadie está seguro de quién es el autor de esa frase, se remonta generalmente a sir Arthur Quiller-Couch, que dio una conferencia en Cambridge en 1914 sobre el estilo de escritura, en ella dijo *asesina a tus seres queridos*. Lo que también habría sido un tatuaje apropiado.

Esta obra se imprimió y encuadernó
en el mes de septiembre de 2017, en los talleres
de Impregráfica Digital, S.A. de C.V.,
Calle España 385, Col. San Nicolás Tolentino,
C.P. 09850, Iztapalapa, Ciudad de México.

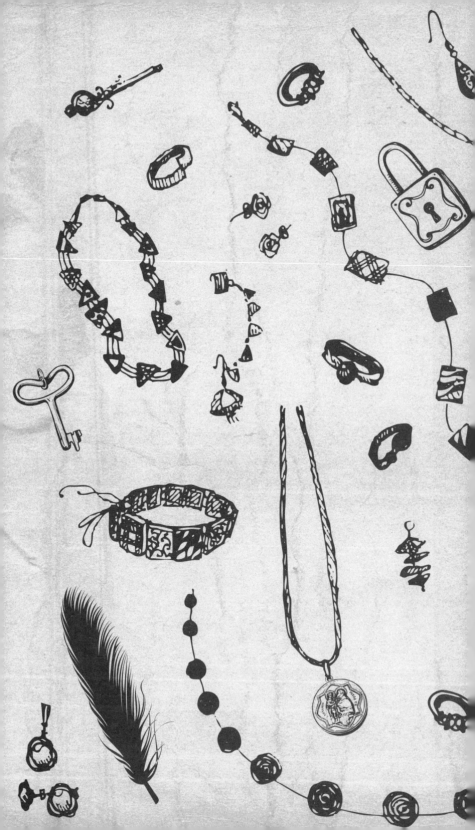